國家古籍整理出版專項經費資助項目

唐宋史料筆記叢刊

唐國史補校注

〔唐〕李肇 撰
聶清風 校注

中華書局

圖書在版編目(CIP)數據

唐國史補校注/(唐)李肇撰;聶清風校注. —北京:中華書局,2021.4(2024.4 重印)
(唐宋史料筆記叢刊)
ISBN 978-7-101-15086-5

Ⅰ.唐…　Ⅱ.①李…②聶…　Ⅲ.筆記小説-中國-唐代　Ⅳ.I242.1

中國版本圖書館 CIP 數據核字(2021)第 032462 號

責任編輯:胡　珂　劉　學
責任印製:管　斌

唐宋史料筆記叢刊
唐國史補校注
〔唐〕李　肇 撰
聶清風 校注
*
中 華 書 局 出 版 發 行
(北京市豐臺區太平橋西里 38 號　100073)
http://www.zhbc.com.cn
E-mail:zhbc@zhbc.com.cn
北京新華印刷有限公司印刷
*
850×1168 毫米 1/32 · 12⅝印張 · 2 插頁 · 235 千字
2021 年 4 月第 1 版　2024 年 4 月第 3 次印刷
印數:4501-5300 册　定價:49.00 元

ISBN 978-7-101-15086-5

目録

唐國史補卷之中

唐國史補卷之下

附録

前言

唐國史補三卷，唐李肇撰，記述了唐自開元以後的人物軼事及典故制度，是今存唐人筆記中較爲重要的一種。書中所載，或僅此一見而可資拾遺補闕，或可與他書相互印證發明，甫成書即爲時人稱引，直至今日，專注有唐史事、制度、文學、藝術、文化者往往取資。一九七九年，上海古籍出版社曾利用古典文學出版社舊紙型，予以重印；二〇一二年出版的全唐五代筆記也收入本書，二〇一五年又有常鵬唐國史補校箋出版。但從整理角度而言，本書尚有深入校注的必要與可能。

李肇，兩唐書無傳，據考元和初在韋丹、崔芃江西幕中，後試太常寺協律郎。十三年（八一八）自監察御史充翰林學士（據重修承旨學士壁記），次年遷左補闕（據李肇翰林志）。同年九月賜緋，次年閏正月賜紫，並加司勳員外郎。長慶元年（八二一）十二月，因與李景儉於史館同飲，景儉乘醉謾駡宰相，貶澧州刺史。旋徵還爲中散大夫，任左司郎中。大和三年（八二九）後坐薦柏耆，自中書舍人左遷將作少監。大中七年（八五三）至八年刺台州。其後不詳。

新唐書卷五八著録李肇著述三種。除本書外，還有翰林志一卷，入職官類，後收入翰苑群書。此書詳載翰林院典章制度，對於後人瞭解其沿革規章、學士職掌待遇、禮儀設置和院署設施佈局等極有價值。又有經史釋題二卷，已佚，惟玉海卷四二云：「唐經史釋題。志目録類：李肇，二卷。崇文目同。書目：釋文題三卷。序云：『經以學令爲定，以藝文志爲編，史以史通爲準，各列其題，從而釋之。』」

唐代以史職爲重，並不輕易授人，撰修國史尤非常人所得染指。李肇曾入翰林爲學士，政事、軼事、傳説一定聽過不少，日積月累，遂生下筆成書之念。然而李肇並未踐履史職，只有退而求其次，「因見聞而備故實」，「慮史氏或闕則補之意」，卒撰成唐國史補一書。唐國史補序云：「予自開元至長慶撰國史補」，書中所載之事也大體依時間先後，玄宗、肅宗、代宗、德宗、順宗、憲宗及穆宗諸朝事信手拈來，娓娓道去。自序又稱：「言報應，敘鬼神，徵夢卜，近帷箔，悉去之；紀事實，探物理，辨疑惑，示勸戒，採風俗，助談笑，則書之。」本書即遵從此原則，以人物故實、典章制度、風俗民情爲主要内容，怪力亂神、猥褻淫靡，則語不多及。如卷上94節記韋丹以驢易黿，放還水中，徒步而歸。李肇於其後云：「後報恩，別有傳。」想必是李氏以爲報恩之事語涉報應之説，故略去不書。

值得注意的是，卷中81節敘李德裕爲相十年，則已下探大中元年（八四七），想必成書之後又有增補。卷中18節記江淮客謁江州刺史崔沆事，據唐刺史考全編卷一五八，崔沆刺江州已在咸通中；又卷下83節敘杜悰除江陵事，據唐方鎮年表及唐刺史考全編，杜悰曾兩鎮江陵，一在咸通十年（八六九）至十一年，一在咸通十三年至十四年。李肇元和初在江西幕中，咸通末若尚在世，當已入耄耋之年；年深如此，史書並無隻言片語，想必當時李肇已經辭世。以此度之，崔沆之刺江州、杜悰之鎮江陵，都不是本書作者所能親見親聞的。換言之，今日所見的唐國史補，已經羼入後人補入的文字，並不純然是李肇原書的本來面目。不過，本書卷中第18節，宋人王讜唐語林卷四中亦見載，可知即使不出李肇本人，也當爲唐、宋人之記載，彌足珍貴，此中關節，誠如陳寅恪所云：「然真僞者，不過相對問題，而最要在能審定僞材料之時代及作者，而利用之。」〔二〕

唐國史補一經問世，即引人注目，唐、宋人徵引甚多，唐摭言、北夢瑣言、唐語林、太平御覽、太平廣記、紺珠集等書均有引用。歐陽脩撰歸田録，自云以此書爲準式；司馬温公之曠世傑構資治通鑑，徵引本書凡九處；唐語林則採用百五十六節，全書泰半皆入；太平廣記收録百四十一節。李肇撰作此書，以補國史未備爲目的，經整理者此次校注，發現書中絶大多數記事都可以信據，有資於考補史文，價值頗高。

首先，本書爲後人提供了以唐人眼觀唐人事的視角。以千年後今人的眼光觀察唐代，每每與李肇身臨其境、耳濡目染大相徑庭，於全景之外，更增添了歷史的細節。如卷上66節：「李相夷簡未登第時，爲鄭縣丞。涇州之亂，有使走驢東去甚急。夷簡入白刺史曰：『聞京城有故，此使必非朝命，請執而問之。』」今人得以考知此使東去，是爲追還趣襄城而未出潼關之幽、隴兵，若無本書，又豈知其爲驢行？又如奉天之難後，藩鎮漸成尾大不掉之勢，德宗痛定思痛，自然對藩鎮割據及强臣跋扈深惡痛絶。本書卷上87節：「馬司徒孫始生，德宗命之曰繼祖。退而笑曰：『此有二義。』意謂以索繫祖也。」88節：「張建封自徐州入覲，爲朝天行，末句云：『賴有雙旌在手中，鏌鎁昨夜新磨了。』德宗不説。」89節：「伊慎每求甲族以嫁子，李長榮則求時名以嫁子，皆自署爲判官，奏曰：『臣不敢學交質罔上。』德宗從之。」雖然每節文字寥寥，行文倏然而來，忽然而去，但連綴相關章節，確能反映當時的政治氣氛與社會環境。再如卷中102節記載，李勉於開封任上曾釋一囚，後勉罷秩，客遊河北而遇故囚，囚不以恩答，反欲殺勉。安史亂後，河北藩鎮對唐廷態度漸顯跋扈，亟欲使其承認河北三鎮父子相繼的交接運作，即「河朔故事」的合法化，官書對此也多所詰責。李肇久任京官，自然以長安士大夫的立場觀照河朔三鎮，此節即可視爲這種傾向的反映。

書中還記載了不少有唐一朝的史實及名人軼事。如杭州高僧徑山，書中記載其三節軼事，卷上41節：「崔趙公嘗問徑山曰：『弟子出家得否？』答曰：『出家是大丈夫事，非將相所爲也。』」57節：「韓滉妻乃曰：『願乞一號。』徑山曰：『功德山。』後聞自杭至潤，婦人乞號，皆得『功德山』也。」58節：「杭州有黄三姑者，窮理盡性。時徑山有盛名，常倦應接，訴于三姑。姑曰：『皆自作也。試取魚子來咬著，寧有許鬧事。』」通過上文，徑山其人的形象也得以油然活脱地表現出來。書中所載文人、藝人軼事，也可供相關領域研究參考。如卷上12節記王維取嘉句事，知詩家述作先後相承，而意興益遠；13節記張旭書法，45節記李端、錢起及韓翃即席賦詩的盛況，引人遐思；卷下46節記天寶至元和間文風替嬗，52節至63節記琴笛歌樂，豐富了文學史與音樂史史料。文學藝術慣於並長於打破時空維度，超越古今，若無本書，對後人遠想大唐的藝文盛況，不免稍覺寥落。

書中對當時的典章制度，也有詳悉準確的記述，尤其以卷下各節爲多。2節記拜相禮，3節記宰相判事目，4節記臺省相呼之稱，5節記兩省上事之所，6節記參酌院之設，7節記僕射儀注，8節記中晚唐尚書轉輕、丞郎反貴之重大轉折，41節敘進士科舉制度，不一而足，極有史料價值。謹舉卷下第8節予以申説。三省制確立後，唐時又欲分三省之權，置同中書門下平章事，又以翰林學士掌機要，以樞密使授中人，三省機構事務讓渡於使職差遣。唐初，左右僕射爲宰相正官，職權崇重自不待言，尚書之任尊榮矜貴，絶不輕授。故而李肇云：「國初至天寶，常重尚書，故房梁公言李緯好髭鬚，崔日知有望省樓，張曲江論牛仙客，皆其事也。」代、德以後，僅吏部尚書稍有職事，仍用清德宿望之人，至於僕射及其他各部尚書，職事清閒，不常除官，地位也不甚高，而方鎮之崇重榮寵，遠非尚書所能企及。安史亂後，以尚書領節度，充留守，無暇視本司職事，漸漸廢墮，位任轉輕。僕尚之職既失，職事下移，轉入丞郎之手，其位任也因之轉隆，故而李肇又曰：「兵興之後，官爵寖輕，八座用之酬勳不暇，故今議者以丞郎爲貴。」〔三〕

本書也有關於唐代風俗和物産的記載。如卷下75節敘古摴蒲法，「其法：三分其子三百六十，限以二關，人執六馬，其骰五枚，分上爲黑，下爲白。黑者刻二爲犢，白者刻二爲雉。擲之全黑者爲盧，其采十六；二雉三黑爲雉，其采十四；二犢三白爲犢，其采十；

全白爲白，其采八：四者貴采也。開爲十二，塞爲十一，塔爲五，禿爲四，撅爲三，梟爲二：六者雜采也。貴采得連擲，得打馬，得過關，餘采則否。新加進九退六兩采。」將之與世説新語方正、演繁露卷六相參，可知摴蒲之戲淵源甚早，至東晉南朝已風行士族。此外如卷下66節記茶葉分佈，67節記酒之出産，68節記造紙佈局，76、77、80、83節記水運交通，對博考當時地理物産也有重要參考價值。

最後，本書記載還可以糾正其他文獻的謬訛。如太平廣記卷二一一：「維嘗至招國坊庾敬休宅。」據本書卷上19節及長安志卷八，知當作昭國坊。太平廣記卷二四二：「今荆襄之人呼『堤』爲『提』。」據本書卷下65節，「堤」與「提」誤倒。全唐詩卷三〇八陸羽歌有句「曾向金陵城下來」，據本書卷中15節知當作竟陵。唐語林卷四：「李汧公勉爲開封府」，據本書卷中102節及舊唐書卷一三一，知當作開封尉。唐語林卷三：「慕容韋綏笑曰」，據本書卷下63節及新唐書卷一六二，當作「幕客韋綬笑曰」。

當然，書中也不可避免地存在一些不足甚至舛錯之處。如卷上19節記王維觀畫，以爲是霓裳羽衣曲第三疊第一拍，夢溪筆談卷一七已駁其妄。24節記楊貴妃好食荔枝，每歲自南海飛馳以進，其實貴妃寵貴年深，荔枝所出也不止一處，李肇特以遼遠重罪其人。

55節記路嗣恭節度嶺南，帝召，幕下元載勸其當日過江，宿石頭驛。其實自嶺南赴召，飛騎最快也不能當日即抵石頭驛。94節記韋丹在東洛以驢易黿，以時間考之絶無可能。103節以爲貞元十五年（七九九）討吴少誠時始令度支供諸道出界糧，其實早於建中四年（七八三）即已行之。卷下10節以爲吏部懸長名始於開元二十二年（七三四），其實始於總章二年（六六九）。不過瑕不掩瑜，本書犖犖大者足資徵信，細微之處也堪稱嚴謹，總體來看仍不失爲唐人筆記中紀事較爲準確的一種。

本書存世有三卷本與一卷本兩種系統，依各自時間先後列之於下：

三卷本：影宋鈔本（影宋鈔）、津逮秘書本（津逮）、四庫全書本（四庫）、學津討原本（學津）、得月簃叢書本（得月簃）。

一卷本：宛委山堂説郛本、唐宋叢書本、唐人説薈本、唐代叢書本、無一是齋叢鈔本、商務印書館説郛本（商務説郛）。

三卷本各本内容相同，文字、分節稍有同異，詳見正文校注。需要説明的是，汲古閣影宋鈔本爲三卷本中存世最早的版本，摹寫工麗，但全書於宋諱「鏡」、「貞」等字有時闕筆有時不闕，且有數處脱行。津逮秘書本也有一些闕文脱字，可與之互相參校。一卷本之中，唐宋叢書本内容、版式與宛委山堂説郛本全同，後者蓋自前者翻刻。唐代叢書本與唐人説薈本内容亦同，而從文字細節上的比對看來，兩者與太平廣記存在明顯淵源關係。一卷本中又有不見於三卷本唐國史補的内容，共計四節，但細加考察，實際均是他書中的文字：

一、宛委山堂説郛本惜福：「肅宗爲太子，上使割羊臑，以餅餘刃，徐啖之。上喜曰：『福禄當如是愛惜。』」此節見於次柳氏舊聞。

二、唐代叢書本：「曲江大會，先牒教坊請奏，上御紫雲樓垂簾觀焉。時或擬作樂，則爲之移日。故曹松詩云：『追遊若遇三清樂，行從應妨一日春。』敕下後，人置皮袋，例以圖障、酒器、錢絹入其中，逢花即飲。故張籍詩云：『無人不借花園宿，到處皆攜酒器行。』」此節見於唐摭言卷三散序。

三、商務説郛：「王泠然上裴耀卿書云：『拾遺補闕，寧有種乎？僕亦公相一株桃李也。』」此節見於唐摭言卷六公薦，而遠較説郛爲詳。

四、商務説郛：「王元景使梁，李孝綽送之泣下。元景無泣，謝曰：『卿勿怪我，别後當闌干也。』」紺珠集卷三引出談藪。

綜合來看，津逮本時代較早，又爲足本，且流佈較廣，整理時擇爲底本，參校其他版本。唐語林、太平廣記等於本書各節多有收録，有校勘價值，取以相校。底本之訛誤闕脱，據他本他書訂補，並出校説明。凡底本不誤，他本他書顯誤者，不出校；底本與他本他書有異而是非難斷，且各有參考價值，則出校而不改。

近年來學界研治唐代文史，注重以人物構架起完備、周密的索引系統，本書注釋即以人物爲核心，以期達成人事物及時空的全面考察。注解中種種發現、懷疑、新見，儘量基於目前所能發掘的史實，抑或提出不同材料矛盾之處，以提供研究綫索，不敢妄下斷語，間或參考唐國史補校箋。有時材料繁複蕪雜，雖然盡力搜討，終因缺乏鐵證，或因本人學識淺陋，難以洞灼幽微，不得不付之闕如。凡此之處，尚祈讀者諒察，並請方家不吝指正。

書後附參考書目及人名索引，以便利用。此外又將翰林志附於後，以成李肇存世文獻之完璧。翰林志以一九二七年章鈺覆宋本百川學海爲底本，參校宛委山堂説郛本（簡稱説郛五一）、商務印書館説郛本兩種（説郛六、説郛九〇）、歷代小史本、四庫本、守約篇叢書本（守約）、四庫全書所收翰苑群書本（翰苑庫本）、知不足齋叢書所收翰苑群書本（翰苑齋本），正文一仍百川學海之舊，異文僅出校而不做考訂。

余嘉錫箋世説新語，劉永翔注清波雜志，注釋詳贍，引證繁博，箋注者功力之深，搜討之勤，遠非愚鈍如我所能企及。本書撰寫起始階段，深苦無從著手，幸賴鄔國平先生逐節相與討論，解疑釋惑，指示迷津。此書之成，首先感謝先生之諄諄教誨。友人唐雯、仇鹿鳴、鄒怡、羅婧、徐艷及時相助，勉愚前行。復旦中文系資料室韓萍老師、吴明老師及耶魯大學李唐老師提供用書便利，又幸得中華書局魯明先生及劉學先生指教並大力促成此書出版，謹致謝忱。父親母親多年來教愚向學，促愚向善，敬奉拙作，雖亦深知絶不能當春暉於萬一。

〔注〕

〔一〕陳寅恪：馮友蘭中國哲學史上册審查報告，金明館叢稿二編，上海古籍出版社，一九八〇年，頁二四七。

〔二〕此處參考嚴耕望唐僕尚丞郎表（上海古籍出版社，二〇〇七年，頁七）及陳仲安、王素漢唐職官制度研究（中華書局，一九九三年，頁二）二書。

唐國史補序

唐尚書左司郎中李肇撰

公羊傳曰：「所見異辭，所聞異辭。」未有不因見聞而備故實者。昔劉餗集小説，涉南北朝至開元，著爲傳記。予自開元至長慶撰國史補，慮史氏或闕則補之意，續傳記而有不爲。言報應，敘鬼神，徵夢卜，近帷箔，悉去之；紀事實，探物理，辨疑惑，示勸戒，採風俗，助談笑，則書之。仍分爲三卷。

唐國史補卷之上

凡一百三節

唐李肇撰

1 元魯山自乳兄子〔一〕，數日，兩乳湩流。兄子能食，其乳方止。

〔注〕

〔一〕元魯山：元德秀，字紫芝，河南人。少孤，事母孝，舉進士，不忍去左右，負母入京。擢第，母亡。家貧，求爲魯山令。歲滿去職，愛陸渾佳山水，乃居之，彈琴自娱。天寶十三載（七五四）卒。天下高其行，謂之元魯山，私謚文行先生。兩唐書有傳，新唐書（以下簡稱新書）一九四亦載乳兄子事。

據元和姓纂附四校記（以下簡稱姓纂）四，德秀兄若拙，江夏令，生亘。

2 崔顥有美名〔一〕，李邕欲一見〔二〕，開館待之。及顥至，獻文，首章曰：「十五嫁王昌〔三〕。」邕叱起曰：「小子無禮。」乃不接之。

〔注〕

〔一〕崔顥：汴州人。開元進士。有文無行，好蒱博嗜酒，娶妻惟擇美者，俄復棄之，凡四五娶，終司勳員外郎。天寶十三載（七五四）卒。兩唐書有傳。新書二〇三亦載此節事。

〔二〕李邕：字泰和，江都人，李善子。善注文選，邕補益之，附事見義，兩書並行。既冠，覽秘閣書，了辯如響。玄宗時官北海太守，稱李北海。善書，文名滿天下。天寶五載（七四六）爲李林甫所害。兩唐書有傳。

〔三〕搜玉小集崔顥古意：「十五嫁王昌，盈盈出畫堂。自矜年正少，復倚壻爲郎。舞愛前溪緑，歌憐子夜長。閑時鬭百草，度日不成粧。」文苑英華（以下簡稱英華）二〇五、全唐詩（以下簡稱全詩）一三〇皆載此詩，惟全詩文字小異，且詩題王家少婦。

3 玄宗令張燕公撰華嶽碑〔一〕，首四句或云一行禪師所作〔二〕，或云碑之文鑿破，亂取之曰：「巉巉太華，柱天直上。青崖白谷，仰見仙掌①。」

〔校〕

① 仙掌　全唐文（以下簡稱全文）二二三〇及張燕公集一八皆載西嶽太華山碑銘，作「靈掌」。

〔注〕

〔一〕張燕公：張説，字道濟，一字説之，洛陽人。永昌中策賢良方正第一，授校書郎。累官中書令。封燕國公。朝廷大述作多出其手，時人以與蘇頲並稱爲大手筆。素與姚崇不相能，罷爲相州刺史。後坐累徙岳州。後復爲中書令。開元十八年（七三〇）卒，謚文貞。兩唐書有傳。

〔二〕一行禪師：高僧。姓張氏，先名遂，張公謹之孫。武三思慕其學行，請與結交，逃匿，尋出家。開元中，玄宗强之至京，置於光太殿，數訪以安國撫民之道。開元十五年（七二七）卒，謚大慧禪師。曆數、天文並爲大家。舊唐書（以下簡稱舊書）有傳。

4 陸兖公爲同州刺史〔一〕，有家僮遇參軍不下馬〔二〕。參軍怒，欲賈其事，鞭背見血，入白兖公曰：「卑吏犯某①，請去官。」公從容謂曰：「奴見官人不下馬，打也得，不打也得；官人打了，去也得，不去也得。」參軍不測而退。

〔校〕

① 某　太平廣記（以下簡稱廣記）一七七、唐語林三作「公」，疑是。

〔注〕

〔一〕陸兖公：陸象先，字崇賢，本名景初，睿宗賜今名，蘇州吴人。舉制科高第。景雲中進同中書門下平章事。玄宗即位，太平公主謀廢立，象先不從，以保護功封兖國公。後爲劍南按察使。爲政尚寬恕，每曰：「天下本無事，庸人擾之爲煩耳。苟澄其源，何憂不治。」遷太子少保。開元二十四年（七三六）卒，謚文貞。兩唐書有傳。

〔二〕有家僮遇參軍不下馬：唐六典四：「諸官人在路相遇者，四品已下遇正一品、東宫官四品以下遇三師、諸司郎中遇丞相，皆下馬。凡行路之間，賤避貴，少避老，輕避重，去避來。」

5 劉迅著六説〔一〕，以探聖人之旨。唯説易不成，行於代者五篇而已。識者伏其精峻。

〔注〕

〔一〕劉迅：字捷卿，彭城人，劉知幾子。歷京兆功曹參軍事。上元中避地安康，卒。兩唐書有傳。新書一三二：迅「常寢疾，房琯聞，憂不寐，曰：『捷卿有不諱，天理欺矣。』陳郡殷寅名知人，見迅歎曰：『今黄叔度也。』劉晏每聞其論，曰：『皇王之道盡矣。』」

六說：舊書一〇二：「迅，右補闕，撰六說五卷。」新書一三二：「迅續詩、書、春秋、禮、樂五說，書成，語人曰：『天下滔滔，知我者希。』終不以示人。」同書五七亦曰六說五卷。郡齋讀書志（以下簡稱讀書志）四：「六說五卷。右唐劉迅撰。迅著書以擬六經，此乃其敘篇。惟易闕而不言，故止五卷云。」

6 玄宗開元二十四年，時在東都〔一〕。因宮中有怪，明日召宰相，欲西幸。裴稷山〔二〕、張曲江諫曰〔三〕：「百姓場圃未畢，請待冬中①。」是時李林甫初拜相〔四〕，竊知上意，及班旅退，佯爲蹇步。上問：「何故脚疾。」對曰：「臣非脚疾，願獨奏事。」乃言：「二京，陛下東、西宮也。將欲駕幸，焉用擇時。假有妨于刈穫，則獨可蠲免沿路租稅。臣請宣示有司，即日西幸。」上大說。自此駕至長安，不復東矣。旬月，耀卿、九齡俱罷，而牛仙客進焉〔五〕。

〔校〕

① 冬中　唐語林五作「冬仲」，廣記二四〇作「冬間」。

〔注〕

〔一〕時在東都：舊書八：開元二十二年（七三四）正月「己巳，幸東都。」「己丑，至東都。」二十四年（七三六）「十月戊申，車駕發東都，還西京。甲子，至華州……丁丑，至自東都。」新書五略同，惟「丁丑」作「丁卯」。資治通鑑（以下簡稱通鑑）二一四亦作「丁卯」。是月無丁丑，舊書誤。

〔二〕裴稷山：裴耀卿，字焕之，稷山人。擢童子舉，歷仕州縣，皆有惠政。開元中遷京兆尹，請廣漕運以實關輔，並陳置倉納租、水陸易道轉運諸便宜，玄宗然其計，拜黄門侍郎，同中書門下平章事，充轉運使。天寶初進尚書左僕射。一載卒，謚文獻。兩唐書有傳。

按舊書九八：開元二十一年（七三三）「拜黄門侍郎、同中書門下平章事，充轉運使。」「二十四年，拜尚書左丞相，罷知政事，累封趙城侯。」新書一二七同。通鑑二一四繫罷相事於十一月壬寅。

〔三〕張曲江：張九齡。曲江人，字子壽。景龍初擢進士。開元中徵拜同平章事、中書令。後罷相。卒謚文獻。兩唐書有傳。

按舊書九九：張九齡，開元「二十一年十二月，起復拜中書侍郎、同中書門下平章事。」「二十四年，遷尚書右丞相，罷知政事。」新書一二六同。據通鑑知與裴耀卿並同平章事，在二十一年（七三三）十月丁巳。

耀卿、九齡之罷，非徒因沮玄宗西幸，實以事積而罷。帝欲相李林甫，九齡持不可，帝不聽。林甫既相，引牛仙客爲尚書，預政事，九齡又持不可。帝滋不悦，以尚書左、右丞相罷政事。通鑑二一四論之甚詳，可參觀。

〔四〕李林甫：思誨子，小字哥奴，工書善畫，性柔佞狡黠，有權術。玄宗時累拜兵部尚書，同中書門下三品，進兼中書令。後結宦官妃嬪，察帝動静，故奏對皆稱旨。在朝十九年，專政自恣。兩唐書有傳。

按舊書一〇六：開元二十三年（七三五）「爲禮部尚書、同中書門下三品。」新書二二三上未著年月。通鑑二一四：二十二年（七三四）「五月，戊子，以……林甫爲禮部尚書、同中書門下三品。」唐大詔令集（以下簡稱大詔令）四五裴耀卿侍中張九齡中書令李林甫同三品制繫開元二十二年五月。册府元龜（以下簡稱册府）二七：開元「二十三年二月己亥，以奚契丹既平，宰臣裴耀卿、張九齡、李林甫等奏賀曰」云云。通鑑是。

〔五〕牛仙客：鶉觚人。初爲縣小吏，遷洮州司馬，清勤不懈。以蕭嵩薦，遷太僕少卿。開元末爲朔方行軍大總管，嗇事省用，倉庫積實，遷工部尚書、同中書門下三品。謹身無它，與時沈浮，累封豳國公，加左相。天寶元年（七四二）卒，謚貞簡。兩唐書有傳。

舊書一〇三：開元二十四年（七三六），「其年十一月，九齡等罷知政事，遂以仙客爲工部尚書、同中書門下三品，仍知門下事。」新書一三三、通鑑二一四同。

7 開元末，西國獻獅子，至長安西道中①，繫于驛樹。樹近井，獅子哮吼，若不自安。俄頃，風雷大至，果有龍出井而去。

〔校〕

① 長安西　「長」字疑衍。廣記四二〇、太平御覽（以下簡稱御覽）八八九並引作「安西」。事類備要別集七六、錦繡萬花谷後集三九亦引作「安西」，云出雞跖集；東坡先生物類相感志九亦作「安西」，未著出處。當皆源出於唐國史補此條。

8 裴旻爲龍華軍使〔一〕，守北平。北平多虎，旻善射，嘗一日斃虎三十有一。因憩山下，四顧自若①。有一老父至，曰：「此皆彪也，似虎而非。將軍若遇真虎，無能爲也。」旻曰：「真虎安在乎？」老父曰：「自此而北三十里，往往有之。」旻躍馬而往，次叢薄中，果有真虎騰出②，狀小而勢猛，據地一吼③，山石震裂。旻馬擗易④，弓矢皆墜，殆不得免。

自此慚愧⑤，不復射虎。

〔校〕

① 因憩山下四顧自若　御覽八九二引作「既而息於山下四顧自若」，廣記四二八引作「既而於山下四顧自矜」。

② 真虎　御覽卷八九二、廣記四二八並引作「一虎」。

③ 據　御覽八九二、廣記四二八所引並同。四庫、得月簃作「踞」。

④ 擗　御覽八九二引同。四庫、學津、得月簃及廣記四二八所引均作「辟」。

⑤ 慚愧　影宋鈔作「慚懼」，御覽八九二、廣記四二八引並同。

〔注〕

〔一〕裴旻：善劍舞，與李白歌詩、張旭草書稱「三絶」。嘗與幽州都督孫佺北伐，爲奚所圍，旻舞刀立馬上，矢四集，皆迎刀而斷，奚大驚而去。新書有傳。遇真虎事亦見載於本傳。唐文粹二二四李翰裴旻將軍射虎圖贊並序：「開元中，山戎寇邊，玄宗命將軍守北平州，且充龍苑軍使，以捍薊之北門。公嘗率偏軍，横絶漠，策匹馬，陷重圍。摇韃轤而百萬洞開，驅橐駞而沙場一掃。聲振北狄，氣慴東胡，稜威大矣。而北平連山廣野，地實多虎，擇肉於人，如有飛翼，荐食邊鄙，甚於戎夷。群老憂而請焉。公於是屏車徒，去矛鎩，曰：『賈予餘勇。』挺身以餌之。眈眈虓虓，烈烈騰逝。當其威怒也，百獸以伏，萬夫莫亢。而公馳單騎，彀白羽，挑之使來，翼之而迴，從容返視，咫尺旋翫。心即其度，手張其機，左射右拂，縈之疊四。中皆没羽，倒必應弦，毛紛血灑，腋洞心穿。或叱之而弭伏，或箠之而卻走。將威有所勝，氣有所全，精專於中，志正於内，故能以一人之力，戰群虎之命。使鋸牙鉤爪，戢而莫措，雷聲電視，消而不揚，猛摧於柔，衆怯於獨。其爲易也，若獵狐兔，聯鷙鴿。雖有矯牙冠群，亦垂頭揭尾，應鏑而斃。如此者凡三十有一矣。其餘竄匿，不敢復出。大漠之南，千里罷扃，鳥獸咸若，山川以寧。胡人服藝畏威，不敢南牧，願充麾下者五百餘人。兹所謂剛猛除暴，而戎夷格。昔漢飛將軍亦爲北平守，擊胡有困辱之事，射虎有騰傷之患。其與將軍神勇，非爲侔矣。」古今事文類聚後集三六、全文四三一皆載此文，而誤「斐旻」爲「裴昊」。

9 天寶中，天下屢言聖祖見〔一〕，因以四子列學官〔二〕，故有僞爲庚桑子者〔三〕，其辭鄙俚，非聖賢書。

〔注〕

〔一〕王維集校注一〇賀神兵助取石堡城表：「伏見絳郡太平縣百姓王英杞狀稱，去載七月，於萬春鄉界頻見聖祖」，「今載正月，又於舊處再見」云云。此文約作於天寶九載（七五〇）二月。大詔令九天寶十三載册尊號赦：「太清宫闕，聖祖仙居。頻降休徵，屢貽啓迪。」

〔二〕以四子列學官：舊書二四：「開元二十九年正月己丑，詔兩京及諸州各置玄元皇帝廟一所，并置崇玄學。其生徒令習道德經及莊子、列子、文子等，每年準明經例舉送。至閏四月，玄宗夢京師城南山趾有天尊之像，求得之於盩厔樓觀之側。至天寶元年正月癸丑，陳王府參軍田同秀稱於京永昌街空中見玄元皇帝，以『天下太平，聖壽無疆』之言傳於玄宗，仍云桃林縣故關令尹喜宅傍有靈寶符。發使求之，十七日，獻於含元殿。於是置玄元廟於太寧坊，東都於積善坊舊邸。二月丁亥，御含元殿，加尊號爲開元天寶聖文神武皇帝。辛卯，親祔玄元廟。丙申，詔：古今人表，玄元皇帝升入上聖。莊子號南華真人，文子號通玄真人，列子號沖虚真人，庚桑子號洞虚真人。改莊子爲南華真經，文子爲通玄真經，列子爲沖虚真經，庚桑子爲洞虚真經。」

〔三〕庚桑子：讀書志一一曰：「亢倉子二卷。右唐柳宗元曰『太史公爲莊周列傳，稱其爲書，畏累、亢桑子，皆空言無事實。今世有亢桑子書，其首篇出莊子而益以庸言，蓋周所云者尚不能有事實，又況取其語而益之者。其爲空言尤也。劉向、班固録書無亢倉子，而今之爲術者，乃始爲之傳注，以教於世，不亦惑乎。』按唐天寶元年，詔號亢桑子爲洞靈真經，然求之不獲。襄陽處士王士元謂莊子作『庚桑子』，太史公列傳作『亢桑子』，其實一也。取諸子文義類者，補其亡。今此書乃士元補亡者，宗元不知其故而遽詆之，可見其鋭於譏議也。其書多作古文奇字，豈内不足者，必假外飾歟？何璨注。」大唐新語亦載王士元事，同讀書志。

10 李白在翰林多沈飲。玄宗令撰樂辭，醉不可待，以水沃之，白稍能動，索筆一揮十數章，文不加點〔一〕。後對御引足，令高力士脱鞾〔二〕，上命小閹排出之。

〔注〕

〔一〕李白：字太白，號青蓮居士。天才英特，喜縱横術，擊劍任俠。賀知章見其文，歎爲謫仙，言於玄宗，供奉翰林。後至江州，永王璘辟爲府僚佐。璘起兵，逃還。璘敗當誅，郭子儀請解官以贖，詔長流夜郎。會赦還，卒。兩唐書有傳。

松窗雜録：「開元中，禁中初重木芍藥，即今牡丹也。得四本紅、紫、淺紅、通白者，上因移植於興慶池東沉香亭前。會花方繁開，上乘月夜召太真妃以步輦從。詔特選梨園子弟中尤者，得樂十六色。李龜年以歌擅一時之名，手捧檀板，押衆樂前欲歌之。上曰：『賞名花，對妃子，焉用舊樂詞爲？』遂命龜年持金花牋，宣賜翰林學士李白，進清平調詞三章。白欣承詔旨，猶苦宿酲未解，因援筆賦之。『雲想衣裳花想容，春風拂曉露華濃。若非群玉山頭見，會向瑤臺月下逢。』『一枝紅艷露凝香，雲雨巫山枉斷腸。借問漢宮誰得似，可憐飛燕倚新粧。』『名花傾國兩相歡，長得君王帶笑看。解釋春風無限恨，沉香亭北倚欄干。』龜年遽以詞進，上命梨園子弟約略調撫絲竹，遂促龜年以歌。太真妃持頗梨七寶盃，酌西涼州蒲萄酒，笑領意甚厚。上因調玉笛以倚曲，每曲徧將换，則遲其聲以媚之。太真飲罷，飾繡巾重拜上意。龜年常話於五王，獨憶以歌得自勝者無出於此，抑亦一時之極致耳。上自是顧李翰林尤異於他學士。會高力士終以脱烏皮六縫爲深恥。異日太真妃重吟前詞，力士戲曰：『始謂妃子怨李白深入骨髓，何拳拳如是？』太真妃因驚曰：『何翰林學士能辱人如斯？』力士曰：『以飛燕指妃子，是賤之甚矣。』太真頗深然之。上嘗欲命李白官，卒爲宮中所捍而止。」新書二〇二亦載此事而文字較略。

〔二〕高力士：宦官，馮盎曾孫，高延福養爲子，故冒其姓。性謹密彊悟。玄宗時以誅蕭、岑等功寵任極專。肅宗在東宮時兄事之，累官驃騎大將軍，進開府儀同三司。後爲李輔國所劾，長流巫州，尋赦還，卒。唐之宦官跋扈，自力士始。兩唐書有傳。

11 張垍〔一〕、張均兄弟俱在翰林〔二〕。垍以尚主，獨賜珍玩，以誇于均。均笑曰：「此乃婦翁與女壻，固非天子賜學士也。」

〔注〕

〔一〕張垍：張説次子。尚寧親公主。玄宗眷垍厚，許於禁中置内宅，侍爲文章。後坐事出爲盧溪司馬，入爲太常卿。安禄山亂，受僞相命，死賊中。兩唐書有傳，且載此節事。

〔二〕張均：説長子，天寶時累官刑部尚書，貶大理卿。受安禄山僞命爲中書令。肅宗立，免死長流合浦。兩唐書有傳。

12 王維好釋氏〔一〕，故字摩詰。立性高致①，得宋之問輞川别業〔二〕，山水勝絶②，今清源寺是也〔三〕。維有詩名，然好取人文章嘉句〔四〕。「行到水窮處，坐看雲起時。」英華集中詩也③〔五〕。「漠漠水田飛白鷺，陰陰夏木囀黄鸝。」李嘉祐詩也〔六〕。

〔校〕

① 立性高致 「立」，廣記一九八、唐語林二無。又，類説二六、紺珠集三、天中記三七作「性致高遠」。

② 勝絶 類説二六、紺珠集三、錦繡萬花谷後集二八並作「絶勝」。

③ 英華集 唐語林二、類説二六、紺珠集三、天中記三七同，廣記一九八作「含英集」。

〔注〕

〔一〕王維：祁人，字摩詰。九歲知屬辭，與弟縉齊名，資孝友。開元初擢進士，歷監察御史。累遷尚書右丞，世稱王右丞。工草隸，善詩畫。名盛開元、天寶間，後世謂爲詩中有畫，畫中有詩。兩唐書有傳。

〔二〕宋之問：弘農人，一説汾州人，令文子，字延清，一名少連。武后時累轉尚方監丞、左奉宸内供奉。以詩與沈佺期齊名，學者號「沈宋」。以媚附張易之貶。景龍中復官考功員外郎，諂事太平公主。卒坐賕餉狼藉，下遷越州長史。睿宗時流嶺南，賜死。兩唐書有傳。

〔三〕輞川别業：雍録七輞谷：「輞川在藍田縣西南二十里，王維别墅在焉，本宋之問别圃也。」清源寺：新書二〇二云：「别墅在輞川，地奇勝……(維)母亡，表輞川第爲寺」云云，即此寺也。長安志一六藍田：「清源寺，在縣南輞谷内，唐王維母奉佛山居，營草堂精舍，維表乞施爲寺焉。」

〔四〕好取人文章嘉句：宋葛立方韻語陽秋一云：「『水田飛白鷺，夏木囀黄鸝』，李嘉祐詩也，王摩詰衍之爲七言，曰『漠漠水田飛白鷺，陰陰夏木囀黄鸝』，而興益遠。」讀書志一七：「李肇譏維『漠漠水田飛白鷺，陰陰夏木囀黄鸝』之句，以爲竊李嘉祐者，今嘉祐之集無之，豈肇之厚誣乎？」

〔五〕英華集：舊書四七：「續古今詩苑英華集十卷，唐僧惠淨撰。」據讀書志二〇，續古今詩苑英華集二十卷，釋惠静撰。輯梁武帝大同年中會三教篇至唐劉孝孫成皋望河之作，凡一百五十四人，歌詩五百四十八篇。孝孫爲之序。

〔六〕李嘉祐：據唐才子傳校箋（以下簡稱唐才子傳）三、新書六〇及讀書志一七，李嘉祐，别名從一，趙州人。天寶七載（七四八）進士，爲秘書正字，以罪謫南荒，未幾量移爲鄱陽宰，又爲江陰令。後遷台、袁二州刺史。善爲詩，綺麗婉靡，與錢、郎别爲一體，往往涉於齊、梁時風，人擬爲吴均、何遜之敵。

13 張旭草書得筆法〔一〕，後傳崔邈〔二〕、顔真卿〔三〕。旭言：「始吾見公主擔夫争路，而得筆法之意；後見公孫氏舞劍器〔四〕，而得其神。」旭飲酒輒草書，揮筆而大叫，以頭揾水墨中而書之，天下呼爲張顛。醒後自視，以爲神異，不可復得。後輩言筆札者，歐〔五〕、虞〔六〕、褚〔七〕、薛〔八〕，或有異論，至張長史，無間言矣。

〔注〕

〔一〕張旭：吴人，字伯高，仕爲常熟尉。善草書，嗜酒，每大醉呼叫狂走乃下筆，世號張顛，又稱草聖。文宗時以李白歌詩、裴旻劍舞、張旭草書爲三絶。兩唐書有傳。此節事亦見載於新書二〇二，惟易「薛」爲「陸」。

〔二〕崔邈：據書苑菁華一九，崔邈，清河人。新書二〇二：「傳其（張旭）法，惟崔邈、顔真卿云。」

〔三〕顔真卿：之推五世從孫，琅琊人，字清臣。博學工辭章，尤工書，善正、草書，筆力遒婉。事親孝。開元中舉進士。累遷侍御史。爲楊國忠所惡，出爲平原太守。安禄山叛，平原獨完。真卿募義士，與從父兄杲卿等起兵討賊。謁肅宗，授憲部尚書，遷御史大夫。坐讒屢貶。代宗朝再遷至尚書右丞，封魯郡公。李希烈反，遣真卿往諭，卒遇害。兩唐書有傳。

〔四〕公孫氏舞劍器：御覽五七四：「開元中，有公孫大娘善舞劍氣，僧懷素見之，草書遂長。蓋壯其頓挫勢也。」杜甫有觀公孫大娘弟子舞劍器行并序，其序云：「開元三載，余尚童稚，記於郾城觀公孫氏舞劍器、渾脱，瀏灕頓挫，獨出冠時……昔者吴人張旭善草書帖，數嘗於鄴縣見公孫大娘舞西河劍器，自此草書長進，豪蕩感激，即公孫可知矣。」

〔五〕歐：歐陽詢，紇子，臨湘人，字信本。博貫經史。仕隋爲太常博士，太宗時官至太子率更令，弘文館學士，封渤海男。善書，初倣王羲之，而險勁過之。因曾爲率更令，故名其體爲「率更體」。兩唐書有傳。

〔六〕虞：虞世南，餘姚人，字伯施，少受學顧野王，十年精思不懈，文章贍博。仕陳入隋，爲秘書郎。煬帝疾其峭正，弗甚用。太宗時爲弘文館學士，改秘書監，封永興縣公。帝稱其德行、忠直、博學、文詞、書翰爲五絶。有北堂書鈔。世南始學書於浮屠智永，究其法，爲世秘愛。兩唐書有傳。

〔七〕褚：褚遂良，錢塘人，字登善。博涉文史，工楷隸。太宗嘗歎虞世南死，無與論書者，魏徵白見遂良。貞觀中歷官諫議大夫，兼知起居事。累遷黄門侍郎。高宗即位，遷尚書右僕射，封河南郡公。後以力諫立武昭儀爲后累貶愛州刺史，以憂卒。兩唐書有傳。

〔八〕薛：薛稷，汾陰人，字嗣通。擢進士第。以辭章自名。景龍末爲昭文館學士。初，貞觀、永徽間，虞世南、褚遂良以書顯家，後莫能繼。稷外祖魏徵家多藏虞、褚書，故鋭精臨倣，結體遒麗，遂以書名天下。畫又絶品。官至禮部尚書。竇懷貞誅，稷以知謀賜死萬年獄。兩唐書有傳。

14 李陽冰善小篆〔一〕，自言：「斯翁之後〔二〕，直至小生。曹喜①〔三〕、蔡邕〔四〕，不足言也〔五〕。」開元中，張懷瓘撰書斷〔六〕，陽冰、張旭並不及載。

〔校〕

① 曹喜 原作「曹嘉」，據影宋鈔、得月簃及廣記二〇八改。各書皆無善書人名曹嘉者，據三國志魏書二一、晉書三六、魏書九一，曹喜以善篆名。

〔注〕

〔一〕李陽冰：據舊書一九〇下、新書二〇二、新唐書宰相世系表集校二趙郡李氏及葉盛水東日記三〇城隍神，陽冰，趙郡人，字少温，白之從叔。乾元間爲縉雲令，後遷當塗令，官至將作少監。工篆書，舒元輿謂其書不減李斯。

〔二〕斯翁：李斯，楚上蔡人。西仕於秦，爲客卿。始皇定天下，斯爲丞相，定郡縣之制，下禁書令。始皇崩，二世立，爲趙高所構，腰斬咸陽市。斯變倉頡籀文爲小篆。史記有傳。

〔三〕曹喜：後漢扶風人，字仲則。建初中爲秘書郎。工篆書，邯鄲淳師之。作筆論一卷。

〔四〕蔡邕：後漢圉人，字伯喈。性至孝，三世同居。少博學，好辭章、數術、天文，妙操音律，善鼓琴。歷遷議郎，應詔上封事，爲所構，遠徙。後董卓辟之，三日三遷。後拜左中郎將。卓誅，邕因王允收付廷尉，死獄中。後漢書有傳。

〔五〕三國志魏書二一注：「(衛)覬孫恒撰四體書勢……其序篆書曰：『秦時李斯號爲工篆，諸山及銅人銘皆斯書也。漢建初中，扶風曹喜少異於斯而亦稱善。邯鄲淳師焉，略究其妙。韋誕師淳而不及也。太和中，誕爲武都太守，以能書留補侍中，魏氏寶器銘題皆誕書云。漢末又有蔡邕采斯、喜之法，爲古今雜形，然精密簡理，不如淳也。』」可知李斯、曹喜、蔡邕皆以篆名。

〔六〕張懷瓘：海陵人。開元中官至翰林院供奉。嘗録古今書體及能書人名，各述其源流，定其品第，爲書斷一書，紀述極詳，評論亦允。新書五七載張懷瓘書斷三卷。直齋書録解題(以下簡稱書録解題)一四、宋史二〇二同。

15 絳州有碑，篆字與古文不同，頗爲怪異。李陽冰見而寢處其下，數日不能去。驗其文是唐初①，不載書者姓名，碑上有「碧落」二字，人謂之「碧落碑」②〔一〕。

〔校〕

①文　廣記二〇八作「書」。

②人　廣記二〇八作「時人」。

〔注〕

〔一〕碧落碑：李綽尚書故實：「絳州碧落碑文，乃高祖子韓王元嘉四男爲先妃所製，陳惟玉書。」歐陽修全集一三八集古録跋尾五唐龍興宫碧落碑：「右碧落碑，在絳州龍興宫，宫有碧落尊像，篆文刻其背，故世傳爲『碧落碑』。據李璿之以爲陳惟玉書，李漢以爲黄公譔書，莫知孰是。洛中紀異云：『碑文成而未刻，有二道士來，請刻之。閉户三日，不聞人聲。人怪而破户，有二白鴿飛去，而篆刻宛然。』此説尤怪，世多不信也。碑文言『有唐五十三祀，龍集敦牂』，乃高宗總章三年，歲在庚午也。又云『哀子李訓、誼、譔、諶爲妣妃造石像』。按唐書，韓王元嘉有子訓、誼、譔，而無諶，又有幼子訥。元嘉以則天垂拱四年見殺，在總章三年後十八年，有子訥不足怪，而不應無諶。蓋史官之闕也。」金石録二四：「右唐碧落碑，大篆書，其詞則唐宗室黄公譔所述，或云陳遺玉書，或云譔自書，皆莫可知。李肇及李漢並言李陽冰見此碑，徘徊數日不去，又言陽冰自恨其不如，以槌擊之，今缺處是也。此説恐不然。陽冰嘗自述其書，以謂『斯翁之後，直至小生』，於他人書蓋未嘗有所推許。唐人以大篆當時罕見，故妄有稱説耳。其實筆法不及陽冰遠甚也。」董逌廣川書跋七碧落碑：「碧落篆，李肇得觀中石記，知爲陳惟玉書，歐陽永叔以李漢碑爲黄公譔書。然字法奇古，行筆精絶，不類世傳篆學。而惟玉於唐無書名於世，不應一碑便能奄有秦漢遺文，徑到古人絶處，此後世所疑也。李陽冰於書未嘗許人，至悉其書，寢卧其下，數日不能去。世人論書不逮陽冰，則未必知其妙處，論者固應不同。段成式謂此碑有『碧落』字，故世以名之。李肇謂此碧落觀也，故以爲名。李漢謂終于『碧落』字而得名。余至絳州，見其處今爲龍興宫，考其記知舊爲碧落觀，而開元改今名。又篆文若未畢其文者，其終非『碧落』字，則肇説是也。其云『有唐五十三禩，龍集敦牂』。爾雅，歲在午爲敦牂。永叔謂高宗總章三歲，以唐曆考之，自武德戊寅受命至咸亨元年庚午，實五十三年矣，然則總章者誤也。」洪頤煊平津讀碑記續記碧落文碑陰：「右碧落文碑陰，在絳州龍興宫。碧落文爲李譔書，碑陰記其始末。前題黄公記，末題開□二年十一月廿五月絳□長史李漢記。新唐書宗室世系表，譔封黄國公，碑『國』作『縣』字，雖泐下半，尚可辨。舊唐書李漢傳，大和九年六月李宗閔得罪罷相，漢坐其黨出爲邠州刺史。宗閔再貶，漢亦改邠州司馬，仍三二十年不得録用。其爲絳州長史史不言，『開』下泐者，當是『成』字。」

16 梨園弟子有胡雛者，善吹笛，尤承恩寵。嘗犯洛陽令崔隱甫〔一〕，已而走入禁中。玄宗非時託以他事召隱甫對，胡雛在側，指曰：「就卿乞此得否？」隱甫對曰：「陛下此言，是輕臣而重樂人也。臣請休官。」再拜將出。上遽曰：「朕與卿戲耳。」遂令曳出，纔至門外，立杖殺之。俄頃有敕釋放，已死矣。乃賜隱甫絹百匹。

〔注〕

〔一〕崔隱甫：武城人。爲殿中侍御史，時浮屠惠範倚太平公主脅人子女，隱甫劾之，反爲所擠，貶邛州司馬。玄宗立，擢汾州長史，兼河東道支度營田使，遷洛陽令。累爲御史大夫，多所劾正，威名赫然。後遷刑部尚書，封清河郡公。卒謚忠。兩唐書有傳。

17 王積薪棋術功成〔一〕，自謂天下無敵。將遊京師，宿于逆旅。既滅燭，聞主人媪隔壁呼其婦曰：「良宵難遣，可棋一局乎？」婦曰：「諾。」媪曰：「第幾道下子矣。」婦曰：「第幾道下子矣。」各言數十。媪曰：「爾敗矣。」婦曰：「伏局。」積薪暗記。明日覆其勢，意思皆所不及也。

〔注〕

〔一〕王積薪：嘗從玄宗西幸蜀，善棋，後世傳説甚多。崇文總目輯釋三：「金谷園九局圖一卷，王積薪撰。」通志藝文略七：「金谷園九局圖一卷，唐開元中王積薪、馮汪二人於太原尉陳九言金谷第弈碁，爲金谷園圖。」又云「鳳池圖一卷，王積薪撰。」宋史二〇七：「王積薪等，棋訣三卷，棋勢論并圖一卷。」全文三〇九授王積薪慶王友制：「朝散大夫，前行右領軍衛長史王積薪，博藝多能，精心敏識，久從班秩，頗著勤勞，俾遷環衛之司，宜在從車之列。可慶王友，餘如故。」集異記所記王積薪聞棋甚詳，可與此節參看：「玄宗南狩，百司奔赴行在，翰林善圍棋者王積薪從焉。蜀道隘狹，每行旅止息，中道之郵亭人舍，多爲尊官有力者之所見占，積薪棲棲而無所入，因沿溪深遠，寓宿於山中孤姥之家。但有婦姑，止給水火。纔暝，婦姑皆闔户而休，積薪棲於簷下，夜闌不寐。忽聞堂内姑謂婦曰：『良宵無以爲適，與子圍碁一賭可乎？』婦曰：『諾。』積薪私心奇之。況堂内素無燈燭，又婦姑各處東西室，積薪乃附耳門扉。俄聞婦曰：『起東五南九置子矣。』姑應曰：『東五南十二置子矣。』婦又曰：『起西八南十置子矣。』姑又應曰：『西九南十置子矣。』每置一子，皆良久思惟。夜將盡四更，積薪一一密記，其下止三十六。忽聞姑曰：『子已敗矣，吾止勝九枰耳。』婦亦甘焉。積薪遲明具衣冠請問，孤姥曰：『爾可率己之意而按局置子焉。』積薪即出橐中局，盡平生之秘妙而布子，未及十數，孤姥顧謂婦曰：『是子可教以常勢耳。』婦乃指示攻守殺奪救應防拒之法，其意甚略。積薪即更求其説，孤姥笑曰：『止此已無敵於人間矣。』積薪虔謝而别，行十數步再詣，則已失向之室閭矣。自是積薪之藝絶無其倫，即布所記婦姑對敵之勢，罄竭心力，較其九枰之勝，終不得也。因名『鄧艾開蜀勢』。至今碁圖有焉。而世人終莫得而解矣。」

18 韋陟有疾〔一〕，房太尉使子弟問之①〔二〕。延入卧内，行步悉藉茵毯。房氏子弟襪而後登②，侍婢皆笑。舉朝以韋氏貴盛，房氏清儉，俱爲美談。

〔校〕

① 房太尉　廣記一七四作「房尚書琯」。

② 後登　廣記一七四、類説二六引並作「登階」。

〔注〕

〔一〕韋陟：萬年人，字殷卿，安石子。十歲授朝散大夫，累遷禮、吏二部尚書，襲封郇國公。陟鑑裁精審，銓綜公平，風采門第，有台輔之望，爲李林甫、楊國忠所擠，竟不得相位，被貶構疾，上元元年（七六〇）卒。性好奢靡。兩唐書有傳。

舊書九二：「陟門第豪華，早踐清列，侍兒閹閽，列侍左右者十數，衣書藥食，咸有典掌，而輿馬僮奴，勢侔於王家主第。」

〔三〕房太尉：房琯，洛陽人，融子，字次律。少好學，風度沈整，隱居陸渾山中十年，召爲盧氏令。玄宗幸蜀，拜吏部尚書，同平章事。奉册靈武，見肅宗，與參決機務。後以暱琴工，罷爲太子少師。終刑部尚書。廣德元年（七六三）卒，贈太尉。兩唐書有傳。

19 王維畫品妙絶，于山水平遠尤工。今昭國坊庾敬休屋壁有之①〔一〕。人有畫奏樂圖，維孰視而笑。或問其故，維曰：「此是霓裳羽衣曲第三疊第一拍〔二〕。」好事者集樂工驗之，一無差謬。

〔校〕

① 昭國坊　廣記二一一作「招國坊」。長安志八：昭國坊，「唐中葉後多云『招國』，『招』字殊無義理，未詳。」

〔注〕

〔一〕庾敬休：新野人，字順之，夷澹多容可，不飲酒食肉，不邇聲色。擢進士第，又中宏辭，辟宣州幕府。文宗時累遷尚書左丞。兩唐書有傳。

〔二〕第三疊第一拍：新書二二云：「河西節度使楊敬忠獻霓裳羽衣曲十二遍，凡曲終必遽，唯霓裳羽衣曲將畢，引聲益緩。」夢溪筆談一七：「霓裳曲凡十三疊，前六疊無拍，至第七疊方謂之疊遍，自此始有拍而舞作。故白樂天詩云：『中序擘騞初入拍』，中序即第七疊也，第三疊安得有拍？但言『第三疊第一拍』，即知其妄也。」

20 天寶末，有人于汾、晉間古墓穴中，得所賜張果老敕書手詔衣物進之①〔一〕，乃知其異。

〔校〕

① 衣物　原作「衣服」，據影宋鈔改。

〔注〕

〔一〕張果老：張果，隱恒山中條山，諱鄉里世系以自神，往來汾、晉間，嘗自言生於堯丙子歲。武后使使招之，果詐死。開元中遣使迎至京，欲以玉真公主降之，大笑不奉詔。尋還山。號通玄先生。兩唐書有傳。

21 白岑嘗遇異人，傳發背方〔一〕，其驗十全。岑賣弄以求利。後爲淮南小將，節度使高適脅取其方〔二〕，然終不甚效。岑至九江，爲虎所食，驛吏收其囊中，乃得真本。太原王昇之寫以傳布。

〔注〕

〔一〕白岑：生平不詳。崇文總目輯釋三：「發背論十卷，白岑。」通志藝文略七、宋史二〇七藝文志並著録作一卷。永樂大典一六八四二：「唐白岑遇異人，授發背方，療疾甚驗。每治一疾，必索十金。驛吏言嘗傳其方，與數十金，岑不以真方授之。吏以之治疾，竟不收效。後岑爲虎所食，因遺一小囊於道上，藏真方其中。吏過而得之，人皆以爲神使之然也。」可與此節相參。發背方：備急千金要方二二：「凡發背，皆因服食五石、寒食、更生散所致，亦有單服鍾乳而發者，又有生平不服而自發背者，此是上代有服之者。其候率多於背兩胛間起，初如粟米大，或痛或癢，仍作赤色，人皆初不以爲事，日漸長大，不過十日遂至于死。其臨困之時，已闊三寸，高一寸，瘡有數十孔，以手按之，諸孔中皆膿出，尋時失音。」

〔三〕高適：蓚人，字達夫。玄宗時舉有道科，肅宗時累擢諫議大夫。負氣敢言，權近側目。後爲西川節度使。徵入爲左散騎常侍。卒謚忠。有詩名。兩唐書有傳。據唐方鎮年表（以下簡稱方鎮表）五，高適任淮南節度使在至德元載（七五六）十二月，二載，左授太子少詹事。

22 渾瑊太師〔一〕，年十一歲，隨父釋之防秋〔二〕，朔方節度使張齊丘戲問曰〔三〕：「將乳母來否？」其年立跳盪功〔四〕。後二年，拔石堡城，收龍駒島〔五〕，皆有奇効。

〔注〕

〔一〕渾瑊太師：皋蘭州人，釋之子，本名進。從李光弼定河北，又從郭子儀復兩京。敗安慶緒，數破吐蕃，並有功。累遷單于大都護。德宗幸奉天，授行在都虞候、京畿渭北節度使。朱泚兵薄城，瑊力卻之，遷檢校尚書左僕射、同平章事，兼奉天行營副元帥。泚平，論功加侍中，封咸寧郡王。貞元十二年(七九六)加檢校司徒,兼中書令。卒謚忠武。兩唐書有傳。據舊書一三及新書一五五,渾瑊卒於貞元十五年(七九九),年六十四,知其十一歲時在天寶五載(七四六)。

〔二〕釋之:渾釋之,皋蘭州人,有將才,世爲本州都督,從朔方軍,戰功居多,累遷開府儀同三司,試太常卿,封寧朔郡王。廣德中與吐蕃戰,没於靈武。兩唐書有傳。而新書六云:廣德二年(七六四)「二月辛未,僕固懷恩殺朔方軍節度留後渾釋之。」通鑑二二三同。新唐書糾謬四:「本紀書渾釋之死與傳不同……未知孰是。」

〔三〕張齊丘:新書一九八:「齊丘,歷監察御史、朔方節度使,終東都留守,謚曰貞獻。」據方鎮表,張齊丘任朔方節度使在天寶五載(七四六)。

〔四〕跳盪功:李德裕李衛公會昌一品集一六請準兵部依開元二年軍功格置跳盪及第一第二功狀:「開元格:臨陣對寇,矢石未交,先鋒挺入,陷堅突衆,賊徒因而破敗者,爲跳盪。」

〔五〕拔石堡城收龍駒島:舊書一三四:瑊「年十餘歲即善騎射,隨父戰伐,破賀魯部,下石堡城,收龍駒島,勇冠諸軍,累授折衝果毅。」新書一五五亦載。石堡城,新書四〇鄯州:「又南隔澗七里有天威軍,軍故石堡城,開元十七年置,初曰振武軍,二十九年没吐蕃,天寶八載克之,更名。」通鑑二一六:天寶八載,「上命隴右節度使哥舒翰帥隴右、河西及突厥阿布思兵，益以朔方、河東兵，凡六萬三千，攻吐蕃石堡城」，拔之。「閏月乙丑，以石堡城爲神武軍。」拔石堡城事參考岑仲勉突厥集史。

龍駒島：舊書一〇四：天寶七載，哥舒翰「築神威軍於青海上，吐蕃至，攻破之。又築城於青海中龍駒島，有白龍見，遂名爲應龍城。吐蕃屏跡，不敢近青海。」

23 安禄山恩寵寖深〔一〕，上前應對，雜以諧謔，而貴妃常在坐〔二〕。詔令楊氏三夫人約爲兄弟〔三〕，由是禄山心動。及聞馬嵬之死〔四〕，數日歎惋。雖林甫養育之〔五〕，而國忠激怒之〔六〕，然其他腸有所自也。

〔注〕

〔一〕安禄山：營州柳城胡人，本姓康。少孤，隨母嫁而冒姓安。及長，張守珪拔爲偏將。擢至平盧節度。入朝，奏對稱旨，玄宗寵信，遷范陽節度兼河北採訪使。禄山請爲楊貴妃養兒，帝許之。由是逆謀日熾。又兼河東，遂舉兵反，陷京師。逾年，爲其子慶緒所弑。兩唐書有傳。

〔二〕貴妃：玄琰女，小名玉環。初爲壽王妃，後令丐籍女官，號太真。玄宗召入幸之。天寶中進册貴妃。安禄山反，帝出奔，至馬嵬坡，六軍以妃與兄國忠交亂國，不肯發，乃殺國忠，而縊妃於路祠。兩唐書有傳。

〔三〕楊氏三夫人：舊書五一：「（楊貴妃）有姊三人，皆有才貌，玄宗並封國夫人之號：長曰大姨，封韓國；三姨，封虢國；八姨，封秦國。並承恩澤，出入宫掖，勢傾天下。」又云：「禄山來朝，帝令貴妃姊妹與禄山結爲兄弟。禄山母事貴妃，每宴賜，錫賚稠沓。」新書略同。

〔四〕馬嵬之死：舊書五一：「及禄山叛，露檄數國忠之罪。河北盗起，玄宗以皇太子爲天下兵馬元帥，監撫軍國事。國忠大懼，諸楊聚哭，貴妃銜土陳請，帝遂不行内禪。及潼關失守，從幸至馬嵬，禁軍大將陳玄禮密啓太子，誅國忠父子。既而四軍不散，玄宗遣力士宣問，對曰『賊本尚在』，蓋指貴妃也。力士復奏，帝不獲已，與妃訣，遂縊死於佛室。」新書七六略同。事在天寶十五載（七五六）。

〔五〕林甫養育之：新書二二五：「時宰相李林甫嫌儒臣以戰功進，尊寵間己，乃請顓用蕃將，故帝寵禄山益牢，群議不能軋，卒亂天下，林甫啓之也。」

〔六〕國忠激怒之：舊書二〇〇上：「楊國忠屢奏禄山必反。（天寶）十二載，玄宗使中官輔璆琳覘之，得其賄賂，盛言其忠。國忠又云『召必不至』，洎召之而至。十三載正月，謁於華清宫，因涕泣言：『臣蕃人，不識字，陛下擢臣不次，被楊國忠欲得殺臣。』……（十四載）十一月，反于范陽，矯稱奉恩命以兵討逆賊楊國忠。」

24 楊貴妃生於蜀，好食荔枝。南海所生〔一〕，尤勝蜀者〔二〕，故每歲飛馳以進。然方暑而熟，經宿則敗〔三〕，後人皆不知之。

〔注〕

〔一〕南海所生：通鑑四八：「嶺南舊貢生龍眼、荔枝，十里一置，五里一候，晝夜傳送。」

〔二〕蜀者：元和郡縣圖志（以下簡稱元和志）三〇樂温縣：「因樂温山爲名，在縣南三十里。縣出荔枝。」三一㶊道縣：「出荔枝，一樹可收百五十斗。」南溪縣：「平蓋山，在縣東三十里，多荔枝。」通鑑二一五：「妃欲得生荔支，歲命嶺南馳驛致之，比至長安，色味不變。」胡注：「自蘇軾諸人，皆云此時荔支自涪州致之，非嶺南也。」唐代驛傳，詔書日行五百里，嶺南去長安逾四千里，荔枝斷不能新鮮至京師。涪州去長安不過二千里，飛驛三日可達。楊妃寵貴年深，驛貢非祇一處。鄒怡荔枝之路考蜀中荔枝道頗詳。李肇惟言馳進南海所生，特以其遼遠而重罪楊妃也。天寶荔枝道，嚴耕望於唐代交通圖考四考訂甚詳，可參觀。

〔三〕經宿則敗：舊書一六六載白居易木蓮荔枝圖，云荔枝「若離本枝，一日而色變，二日而香變，三日而味變，四五日外，色香味盡去矣。」

25 玄宗幸蜀〔一〕，至馬嵬驛，命高力士縊貴妃于佛堂前梨樹下。馬嵬店媪收得錦靿一隻①。相傳過客每一借翫，必須百錢，前後獲利極多，媪因至富。

〔校〕

① 錦靿　廣記四〇五、商務説郛均作「襪」。

〔注〕

〔一〕玄宗幸蜀：舊書九：天寶十五載（七五六）六月「甲午，將謀幸蜀，乃下詔親征，仗下後，士庶恐駭，奔走于路。乙未，凌晨，自延秋門出，微雨霑濕，扈從惟宰相楊國忠、韋見素、内侍高力士及太子、親王，妃主、皇孫已下多從之不及。平明渡便橋，國忠欲斷橋。上曰：『後來者何以能濟？』命緩之。辰時，至咸陽望賢驛置頓，官吏駭散，無復儲供。上憩於宫門之樹下，亭午未進食。俄有父老獻麨，上謂之曰：『如何得飯？』於是百姓獻食相繼。俄又尚食持御膳至，上頒給從官而後食。是夕次金城縣，官吏已遁，令魏方進男允招誘，俄得智藏寺僧進芻粟，行從方給。丙辰，次馬嵬驛。」

26 玄宗至蜀，每思張曲江則泣下。遣使韶州祭之，兼賫貨幣，以恤其家。其誥辭刻於白石山屋壁間〔一〕。

〔注〕

〔一〕白石山：太平寰宇記（以下簡稱寰宇記）一五九韶州：曲江縣「有銀山、白石山、越王山」，張九齡宅在州西二里。

27 郭汾陽自河陽入〔一〕，李太尉代領其兵〔二〕。舊營壘也，舊士卒也，舊旗幟也，光弼一號令之，精彩皆變。

〔注〕

〔一〕郭汾陽：郭子儀，華州人。以武舉異等累遷朔方節度使。平安史之亂，功第一，封汾陽王。永泰初破吐蕃。德宗時賜號尚父，進太尉、中書令。以身繫天下安危者廿年。卒謚忠武。兩唐書有傳。舊書一二〇：乾元二年（七五九），「子儀以朔方軍保河陽，斷浮橋，有詔令留守東都。三月，以子儀爲東都畿、山南東道、河南諸道行營元帥。中官魚朝恩素害子儀之功，因其不振，媒孽之，尋召還京師。天子以趙王係爲天下兵馬元帥，李光弼副之，委以陝東軍事，代子儀之任。」新書一三七略同。

〔三〕李太尉：李光弼，柳城人。起家左衛親府左郎將。肅宗朝拜節度使。平安史之亂，與郭子儀齊名。尋代子儀鎮朔方。未幾爲天下兵馬都元帥。代宗朝封臨淮郡王。卒謚武穆。兩唐書有傳。此節事亦見載於新書一三六。舊書一一〇：乾元二年，「加光弼太尉、兼中書令，代郭子儀爲朔方節度、兵馬副元帥，以東師委之。」

28 蜀郡有萬里橋〔一〕，玄宗至而喜曰：「吾常自知，行地萬里則歸。」

〔注〕

〔一〕萬里橋：元和志三一成都縣：「萬里橋，架大江水，在縣南八里。蜀使費禕聘吳，諸葛亮祖之，褘嘆曰：『萬里之路，始於此橋。』因以爲名。」寰宇記七二亦載此橋，且云：「唐史：玄宗狩蜀，至成都，適萬里橋。上問橋名，左右對曰萬里橋。上因嘆曰：『開元末，僧一行謂朕曰：更二十年，國有難，陛下當巡遊至萬里之外。此是也。』由是駐蹕成都。」

29 張巡之守睢陽〔一〕，糧盡食人，以至受害。人亦有非之者。上元二年，衛縣尉李翰撰巡傳上之〔二〕，因請收葬睢陽將士骸骨，又採從來論巡守死立節不當異議者五人之辭，著于篇。

〔注〕

〔一〕張巡：南陽人。博通群書，曉戰陣法。開元中擢進士第，出爲清河令，更調真源令。天寶中，安禄山反，巡起兵討賊，移守睢陽，陷賊見執，大罵被害。贈揚州大都督。兩唐書有傳。張巡守睢陽，參舊書一八七：至德二年（七五七），賊將「尹子奇攻圍既久，城中糧盡，易子而食，析骸而爨，人心危恐，慮將有變。巡乃出其妾，對三軍殺之，以饗軍士，曰：『諸公爲國家戮力守城，一心無二，經年乏食，忠義不衰。巡不能自割肌膚，以啖將士，豈可惜此婦人，坐視危迫。』將士皆泣下，不忍食，巡强令食之。乃括城中婦人，既盡，以男夫老小繼之，所食人口二三萬，人心終不離變。」十月，城陷，巡大駡而死。

〔三〕李翰：贊皇人。工爲文。擢進士第。天寶末房琯、韋陟俱薦爲史官。累遷翰林學士。大曆中，客陽翟，病免，卒。兩唐書有傳。舊書一九〇下：「禄山之亂，從友人張巡客宋州。巡帥州人守城，賊攻圍經年，食盡矢窮方陷。當時薄巡者言其降賊，翰乃序巡守城事迹，撰張巡姚闇等傳兩卷上之，肅宗方明巡之忠義，士友稱之。」且云李翰「上元中爲衛縣尉」。表文見載於新書二〇三。張巡姚闇傳二卷，新書五八著録。

30 肅宗以王璵爲相①〔一〕，尚鬼神之事，分遣女巫遍禱山川。有巫者少年盛服，乘傳而行，中使隨之，所至之地，誅求金帛，積載于後，與惡少年十數輩，横行州縣間。至黄州，左震爲刺史〔二〕。震至驛而門扃不啓②，震乃壞鏁而入，曳巫者斬之階下，惡少年皆死。籍其緡錢巨萬，金寶堆積。悉列上而言曰：「臣已斬巫，請以所積資貨，以貸貧民輸税③。其中使送上，臣當萬死。」朝廷厚加慰奬，拜震商州刺史。

〔校〕

① 王璵　原作「王嶼」，據舊書、新書、册府、御覽及唐會要（以下簡稱會要）改。通鑑二一四、二二〇及二二一同作「王璵」，惟二二六載：「肅宗、代宗皆喜陰陽鬼神，事無大小，必謀之卜祝，故王嶼、黎幹皆以左道得進。」知相混甚早。

② 震　唐語林三作「晨」，舊書一三〇、新書一〇九同，通鑑二二〇亦作「晨」。

③ 貸　影宋鈔作「代」。

〔注〕

〔一〕王璵：琅琊臨沂人。少習禮學，博求祠祭儀注以干時。玄宗久崇老子，好神仙，璵上言請築壇東郊祀青帝，擢爲祠祭使。專以祠解中帝意，大類巫覡。肅宗時累官同中書門下平章事。璵無他才，驟得政，中外悵駭。官終太子少師。卒謚簡懷。兩唐書有傳，且載此節事。

據舊書一〇及新書六，璵以乾元元年（七五八）五月自太常少卿拜中書相，二年三月罷。本傳繫王璵任相在乾元三年，明年罷，誤。

又，新書七二中以璵爲方慶五世孫，世系表二已辯其誤。王璵，固己子，固己爲方慶從姪。唐代墓誌彙編開元四七一：「公諱固己，字炅，琅琊臨沂人也……嗣子璵等，守而行之」云云。王璵世系，岑仲勉貞石證史論之甚詳，可參觀。

〔三〕左震：或作左振。元次山集七左黄州表：「乾元己亥，贊善大夫左振出爲黄州刺史，下車，黄人歌曰：『我欲逃鄉里，我欲去墳墓；左公今既來，誰忍棄之去。』……後一歲，黄人又歌曰：『吾鄉有鬼巫，惑人人不知；天子正尊信，左公能殺之。』……居三年，遷侍御史，判金州刺史，將去黄，黄人多去思，故爲黄人作表。」據此，乾元二年（七五九）己亥，贊善大夫左振出爲黄州刺史。黄州任上居三年，判金州刺史，非刺商州，其刺商州或在刺金州後。唐國史補誤。

31 肅宗五月五日抱小公主〔一〕，對山人李唐于便殿〔二〕，顧唐曰：「念之勿怪。」唐曰：「太上皇亦應思見陛下。」肅宗涕泣。是時張氏已盛〔三〕，不由己矣。

〔注〕

〔一〕小公主：會要六：「肅宗七女：長樂、寧國、和政、大寧、宜寧、永和、延光。」新書八三同。墓誌彙編元和一二三大唐故張府君墓誌銘：「父清，尚肅宗皇帝第五女郯國公主。」郯國公主即大寧，則其前當缺一人。肅宗抱小公主事，白氏六帖、新書、通鑑並載，繫於上元二年（七六一）。據新書八三，安禄山陷京師時，和政公主已有三子，知上元二年肅宗所抱小公主必和政以下五公主之一。肅宗諸女之考訂,參岑仲勉唐史餘瀋二。

〔二〕李唐:生平不詳。惟據通鑑二二二,知寶應元年(七六二)流黔中。

〔三〕張氏:肅宗后,向城人。肅宗爲太子,以爲良娣。從太子駐靈武,産子三日,起縫戰士衣。乾元元年(七五八)四月立爲皇后。上皇徙西内,帝内制於后,不敢謁西宮。及代宗立,群臣請廢后爲庶人,殺之。兩唐書有傳。新書七七亦載此節事。

32 柳芳與韋述友善〔一〕,俱爲史官。述卒後,所著書有未畢者,多芳與續之成軸也。

〔注〕

〔一〕柳芳:河東人,字仲敷。開元進士,直史館。肅宗時與韋述綴緝吴兢所撰國史,殺青未竟而述亡,芳緒述凡例,勒成百三十卷。敘天寶後事,棄取不倫,史官病之。上元中坐事徙黔中。時高力士亦貶巫州,因從力士質開元、天寶及禁中事,仿編年法,爲唐曆四十卷,頗有異聞。終集賢殿學士。兩唐書有傳。

韋述:萬年人。年少舉進士,爲考功郎宋之問所器,累官集賢學士,工部侍郎。封方城縣侯。

典掌圖書四十年，任史官二十年，儲書二萬卷，皆手自校定。撰開元譜二十卷，主撰武德以來國史，文約事詳。安禄山亂，抱國史藏南山，陷賊，污僞官。賊平，流渝州，爲刺史所困，不食死。兩唐書有傳。

33 李華含元殿賦初成〔一〕，蕭穎士見之曰〔二〕：「景福之上〔三〕，靈光之下〔四〕。」華著論言龜卜可廢，可謂深識之士矣。以失節賊庭，故其文殷勤于四皓〔五〕、元魯山，極筆于權著作①〔六〕，心所愧也。

〔校〕

① 著 原作「者」，據唐語林二改。新書一九四：權皋，「李季卿爲江淮黜陟使，列其高行，以著作郎召，不就。」李遐叔文集三著作郎贈秘書少監權君墓表：「君姓權氏，諱皋……遷起居舍人、著作郎。」

〔注〕

〔一〕李華：贊皇人。字遐叔。擢進士、宏辭科。天寶間官監察御史，按劾不撓，爲權倖所嫉。禄山陷京師，玄宗出幸，華扈從不及，陷賊，僞署鳳閣舍人。收城貶官。後隱山陽。不甚著書，文辭緜麗，少宏傑氣，時謂不及蕭穎士。兩唐書有傳。此節事亦見載於兩唐書。

〔二〕蕭穎士：潁川人。字茂挺。年十九舉開元進士，對策第一，補秘書正字，名播天下。召詣史館待制，不屈李林甫，調河南府參軍事。禄山反，獻言不用，走山南。後客死汝南。兩唐書有傳。新書二〇三：「華觴禍銜悔，及爲元德秀、權皋銘、四皓贊，稱道深婉，讀者憐其志。」

〔三〕景福：何晏景福殿賦，見載於文選一一。

〔四〕靈光：王延壽魯靈光殿賦，亦見載於文選一一。

〔五〕四皓：漢書七二：「漢興有園公、綺里季、夏黄公、甪里先生，此四人者，當秦之世，避而入商雒深山，以待天下之定也。」顔師古注：「四皓稱號，本起於此，更無姓名可稱知。此蓋隱居之人，匿跡遠害，不自標顯，秘其氏族，故史傳無得而詳。」

〔六〕權著作：權皋，天水人，字士繇。擢進士第。在安禄山幕府，度禄山且叛，僞死，得逸去。既渡江而禄山反，天下聞其名，争取以爲屬。玄宗在蜀，召拜起居舍人，固辭。復以著作郎召，並不就。大曆元年（七六六）卒，謚貞孝。新書有傳。李華爲作著作郎贈秘書少監權君墓表，見載於全文三二一，可參觀。

34 李翰文雖宏暢，而思甚苦澀。晚居陽翟，常從邑令皇甫曾求音樂〔一〕，思涸則奏樂，神全則綴文。

〔注〕

〔一〕皇甫曾：丹陽人。字孝常。天寶十二載（七五三）進士，歷侍御史，坐事徙舒州司馬，陽翟令。新書有傳。極玄集下有小傳。

35 李贊皇嶠〔一〕，初與李奉宸迥秀同在廟堂〔二〕，奉詔爲兄弟。又西祖令璋①〔三〕，與信安王禕同産〔四〕。故趙郡、隴西二族，昭穆不定。一會中，或孫爲祖，或祖爲孫。

〔校〕

①令 廣記一八四作「王」。

〔注〕

〔一〕李贊皇嶠：贊皇人。字巨山。第進士，舉制策甲科。累遷給事中。忤武后旨，出爲潤州司馬。

久之召爲中書舍人，文册號令多主爲之。神龍中以特進守兵部尚書同中書門下三品。玄宗朝坐事貶廬州别駕，卒。兩唐書有傳。

據新書七二上，嶠，襄城令鎮惡子，出趙郡李氏東祖房。此房與隴西李暠年較相近者爲系。姑皆以0繫之，以便排列世系於左並取以相較。

〔二〕李奉宸迥秀：涇陽人。字茂實，一作茂之。第進士。武后時檢校夏官侍郎，領選事，號稱職。後坐贓貶廬州刺史。中宗時累拜兵部尚書，卒。兩唐書有傳。

據新書七二上，迥秀，宣州刺史義本子，出隴西李氏武陽房。

〔三〕西祖令璋：據今存文獻有唐一朝並未見名「李令璋」者，即依廣記作「李王璋」者亦無，名「李璋」者有三：一，憲宗相絳子璋。舊書一六四：「璋，登進士第。盧鈞鎮太原，辟爲從事。大中末，入朝爲監察，轉侍御史。出刺兩郡，終宣歙觀察使。」新書一五二略同。不能與開元中封信安王之李禕同産。二，虎子璋。新書七八：「畢王璋，仕周爲梁州刺史，與趙王祐謀殺隋文帝，不克，死。」亦無可能與李禕同産。三，聽子璋。據新書七二上，其祖乃相德宗之李晟。則亦不得與李禕同産。

〔四〕信安王禕：隴西人。太宗孫琨子。少襲封爲嗣江王。中宗時累爲州刺史，治嚴辦。開元十二年（七二四）改封信安郡王。遷禮部尚書，朔方節度使。累破吐蕃、契丹。禕功多，執政害之，賞不厚。天寶初以太子少師致仕，卒。兩唐書有傳。

據册府一及新書七二上，列世系於左：

趙郡李氏：-3 東祖叡—2 勖—1 頤—0 系—1 順—2 弈—3 慶業—4 希禮—5 孝基—6 野王—7 鎮惡—8 嶠

隴西李氏：0 李暠—1 豫—2□—3 琰之—4 剛—5 充穎—6 義本—7 迥秀

隴西李氏：0 李暠—1 歆—2 重耳—3 熙—4 天賜—5 虎—6 昞—7 淵—8 世民—9 恪—10 琨—11 褘

36 李稹〔一〕，酒泉公義琰姪孫〔二〕，門户第一，而有清名，常以爵位不如族望。官至司封郎中、懷州刺史，與人書札，唯稱「隴西李稹」而不銜。

〔注〕

〔一〕李稹：新書七二上，李稹官河内太守。父融，祖義璉，義璉即義琰弟。出隴西李氏姑臧大房。

〔二〕酒泉公義琰：李義琰，昌樂人。第進士。高宗時歷官同中書門下三品。高宗欲使武后攝國政，義琰與郝處俊固争，事方得寢。尋致仕。垂拱初起爲懷州刺史，辭不拜，卒。兩唐書有傳。

37 張燕公好求山東婚姻，當時皆惡之。及後與張氏爲親者，乃爲甲門。

38 四姓唯鄭氏不離滎陽，有岡頭盧、澤底李、土門崔，家爲鼎甲①。太原王氏，四姓得之爲美，故呼爲「鈒鏤王家」，喻銀質而金飾也〔一〕。

〔校〕

① 家 影宋鈔作「皆」。

〔注〕

〔一〕新書一九九：「『郡姓』者，以中國士人差第閥閲爲之制……尚書、領、護而上者爲『甲姓』，九卿若方伯者爲『乙姓』，散騎常侍、太中大夫者爲『丙姓』，吏部正員郎爲『丁姓』。凡得入者，謂之『四姓』。……今流俗獨以崔、盧、李、鄭爲四姓，加太原王氏號五姓，蓋不經也。」元稹集二六去杭州：「房杜王魏之子孫，雖及百代爲清門。駿骨鳳毛真可貴，岡頭澤底何足論。」

39 楊氏自楊震號爲關西孔子〔一〕，葬于潼亭〔二〕，至今七百年，子孫猶在閿鄉故宅〔三〕，天下一家而已。

〔注〕

〔一〕楊震：弘農華陰人，字伯起。少好學，明經博覽，諸儒稱爲關西孔子。年五十始舉茂才，遷荆州刺史，東萊太守。後轉涿郡太守。延光三年（一二四），因譖詔遣歸本郡，行至城西夕陽亭，飲酖卒。後漢書有傳。

〔二〕後漢書五四：順帝即位，詔「以禮改葬於華陰潼亭」李賢注：「墓在今潼關西大道之北，其碑尚存。」寰宇記二九：「楊震墓，按三輔故事云：『震改葬華陰潼亭，先葬十餘日，有鳥高丈餘，集震喪前悲鳴，葬畢始飛去。時人刻石象鳥立於墓前。』與苻秦丞相王猛墓相近，二塚並在今潼關西道北。有楊震碑，見存。周文帝破東魏軍，殺大將竇泰於此。貞觀十一年，太宗因幸墓所，傷其忠赤非命，親爲文以祭之。」

〔三〕歐陽修集古録跋尾三後漢楊君碑陰題名一：「楊震子孫葬閿鄉者數世。」後漢楊君碑陰題名二：「楊氏墓在閿鄉，有碑數片，皆漢世所立。」後漢楊公碑陰題名：「楊氏世葬閿鄉，墓側皆有碑。」

40 元結〔一〕，天寶之亂，自汝濆大率鄰里①，南投襄漢〔二〕，保全者千餘家。乃舉義師宛、葉之間〔三〕，有嬰城扞寇之功。結天寶中始在商餘之山②，稱元子。逃難入猗玗洞，始稱猗玗子③。或稱浪士，漁者呼爲聱叟④，酒徒呼爲漫叟。及爲官，呼爲漫郎。

〔校〕

① 汝濆　詩經周南汝墳：「遵彼汝墳，伐其條枚。」傳：「汝，水名也。墳，大防也。」馬瑞辰毛詩傳箋通釋二：「墳通作濆。方言：『墳，地大也。青幽之間，凡土而高且大者謂之墳。』李巡爾雅注：『濆謂崖岸狀如墳墓，名大防也。』是知水厓之濆與大防之墳爲一，汝墳猶淮濆也。」

② 天寶中　廣記二〇二下有「師中行子」四字。

③ 猗玗洞始稱猗玗子　原作「猗玗山」，據新書一四三元結自釋、唐才子傳三及讀書志一七改作「猗玗洞」。又元次山集六虎蛇頌：「南人云猗玗洞中是王虎之宫。」「始稱猗玗子」五字原無，唐語林四有，廣記二〇二、無一是齋同，惟無「始」字。據自釋，唐語林是，據補。

④ 聱叟　原作「贅叟」，據影宋鈔、四庫、得月簃、唐才子傳三、新書一四三、廣記二〇二、唐語林四、讀書志一七改。

〔注〕

〔一〕元結：河南人。德秀族弟，字次山。天寶十二載（七五三）進士。累遷水部員外郎。代宗時以親老歸樊上，著書自娱。進授容管經略使。罷還京師卒。新書有傳。孫望元次山年譜引此節及讀書志一七之文，云：「按猗玗子爲避難猗玗洞時所稱，浪士爲家瀼溪後之稱呼，至聱叟與漫叟，則皆家樊水時所稱，李肇、晁公武渾言之，非。」

〔二〕南投襄漢：元和志二一：襄州，「開元户三萬六千三百五十七，鄉七十七。元和户十萬七千一百七，鄉一百六十二。」舊書三九：襄州，「天寶，户四萬七千七百八十，口二十五萬二千一。」則自天寶至元和，襄州户數經安史之亂不降反升。舊書一四八：安史之亂，「兩京蹂於胡騎，士君子多以家渡江東。」李太白文集六永王東巡歌十一首：「三川北虜亂如麻，四海南奔似永嘉。」

〔三〕舉義師宛葉之間：新書一四三：「史思明亂，帝將親征，結建言：『賊鋭不可與争，宜折以謀。』帝善之，因命發宛、葉軍挫賊南鋒，結屯泌陽守險，全十五城。」

41 崔趙公嘗問徑山曰〔一〕：「弟子出家得否？」答曰：「出家是大丈夫事，非將相所爲也。」

〔注〕

〔一〕崔趙公：崔圓，武城人，字有裕。志向卓邁，好習兵法。開元中歷京兆參軍。玄宗西幸，圓疏陳蜀土腴穀羨，儲供易辦。即日拜中書侍郎、同平章事。肅宗即位，赴行在所。肅宗還京，封趙國公。爲淮南節度使，在鎮六年，詔檢校尚書右僕射。大曆三年（七六八）卒。兩唐書有傳。徑山：釋法欽，俗姓朱氏，吴郡崑山人。二十八歲剃髮。後到臨安，近徑山而居。代宗大曆三年迎至京師。貞元八年（七九二）卒，德宗賜謚曰大覺。宋高僧傳九有傳。李德裕李衛公會昌一品集外集二豪俠論：「近代房孺復問徑山大師：『欲習道，可得至乎？』徑山對曰：『學道者惟猛將可也，身首分裂，無所顧惜。』」與此節異。

42 李汧公勉爲嶺南節度使〔一〕，罷鎮，行到石門〔二〕，停舟，悉搜家人犀象，投于江中而去。

〔注〕

〔一〕李汧公勉：隴西人。字玄卿。少好學，沈雅清整。肅宗擢爲監察御史。代宗時爲滑亳節度使，居鎮八年，不威而治。德宗時以檢校司空同平章事。卒謚貞簡。兩唐書有傳。舊書一一：大曆三年（七六八）十月「乙未，以京兆尹李勉爲廣州刺史，充嶺南節度使。」七年十一月「辛卯，以嶺南節度李勉爲工部尚書。」同書一三一：大曆「四年除廣州刺史，兼嶺南節度觀察使。」「十年，拜工部尚書。」新書未詳鎮嶺南年月。通鑑二二四：八年「三月，丙子，以李勉爲永平節度使。」舊書一一是。此節事亦見載於兩唐書。

〔二〕石門：史記一一三：「元鼎六年冬，樓船將軍將精卒先陷尋陝，破石門。」索隱：「廣州記『在番禺縣北三十里。昔呂嘉拒漢，積石鎮江，名曰石門。又俗云石門水名曰貪泉，飲之則令人變。故吴隱之至石門，酌水飲，乃爲之歌云也。』」

43 李廙爲尚書左丞〔一〕，有清德。其妹劉晏妻也〔二〕。晏方秉權，嘗造廙宅，延至晏室①，見其門簾甚弊，乃令潛度廣狹，以粗竹織成，不加緣飾，將以贈廙。三攜至門，不敢發言而去。

〔校〕

①晏室　影宋鈔作「宴室」，廣記一六四作「寢室」。

〔注〕

〔一〕李廙：據舊書一二九、一三六、新書四四、文苑英華四〇四、八〇〇、唐刺史考全編（以下簡稱刺史考）四九、一四八、一四九、一七〇及江西通志四六，知爲隴西人，曾任歙州刺史、處州刺史、道州刺史、河南尹、太子左庶子、給事中、尚書左丞。嚴耕望唐僕尚丞郎表二：李廙「肅、代之際曾官左丞。」

〔二〕劉晏：南華人。字士安。玄宗封泰山，晏獻頌行在，授太子正字。肅宗、代宗朝兩爲户部侍郎，領度支、鹽鐵、轉運、鑄錢、租庸使，拜吏部尚書，同平章事，兼江淮常平使。德宗立，又加關内河東三川及諸道青苗使。楊炎執政，構晏，貶忠州刺史，賜死。天下寃之。兩唐書有傳。舊書一二三：「寶應二年，遷吏部尚書、平章事，領度支鹽鐵轉運租庸使。坐與中官程元振交通，元振得罪，晏罷相，爲太子賓客。」大詔令四五劉晏平章事制繫於寶應二年（七六三）五月。

44 江左之亂〔一〕，江陰尉鄒待徵妻薄氏爲盜所掠〔二〕，密以其夫官告托于村媪，而後死之。李華爲哀節婦賦[三]，行于當代。

〔注〕

〔一〕江左之亂：即寶應中袁晁之亂。兹據通鑑二二二，列其經過於左：寶應元年（七六二）八月，台州賊帥袁晁攻陷浙東諸州，改元寶勝，民疲於賦斂者多歸之。李光弼遣兵擊晁於衢州，破之。九月，袁晁陷信州。十月，陷温州、明州。寶應二年四月庚辰，李光弼奏擒袁晁，浙東皆平。時晁聚衆近二十萬，轉攻州縣，光弼使部將張伯儀將兵討平之。

〔二〕鄒待徵：舊書一九三：「待徵，大曆中爲常州江陰縣尉。」此節事亦見載於兩唐書。

〔三〕李華爲哀節婦賦：哀節婦賦，見載於全文三一四，前有序，可參觀。

45 郭曖[一]，昇平公主駙馬也[二]。盛集文士，即席賦詩，公主帷而觀之。李端中宴詩成[三]，有「荀令」、「何郎」之句[四]，衆稱妙絕。或謂宿構，端曰：「願賦一韻。」錢起曰[五]：「請以起姓爲韻。」復有「金埒」、「銅山」之句[六]。曖大出名馬、金帛遺之。是會也，端擅場；送王相公之鎮幽朔[七]，韓翃擅場①[八]；送劉相之巡江淮[九]，錢起擅場。

〔校〕

①韓翃 原作「韓紘」，據極玄集下、讀書志一七、書録解題一九、册府七七七、八四一、新書二〇三、唐才子傳四改。

〔注〕

〔一〕郭曖：華州人。子儀第六子，尚昇平公主。朱泚之亂，逼署官，辭以居喪被疾。既而與公主奔奉天，德宗嘉之。官至太常卿，襲代國公。貞元十六年（八〇〇）七月卒。兩唐書有傳。

〔二〕昇平公主：代宗第四女，降郭曖，年與曖相近。貞元中，德宗爲皇孫廣陵郡王納曖女爲妃。廣陵王即憲宗皇帝，妃生穆宗。參舊書一二〇、新書一三七。

〔三〕李端：趙州人。大曆十才子之一。從郭曖游。仕至杭州司馬。有詩集。兩唐書有傳。此節事亦見載於舊書一六三、新書二〇三。

〔四〕有荀令何郎之句：唐詩紀事三〇贈郭駙馬詩：「青春都尉最風流，二十功成便拜侯。金距鬭鷄過上苑，玉鞭驅馬出長楸。薰香荀令偏憐小，傅粉何郎不解愁。日暮吹簫楊柳陌，路人遥指鳳凰樓。」

〔五〕錢起：吴興人。字仲文。工詩，大曆十才子之一。天寶中舉進士，與郎士元齊名，時稱錢郎。官終尚書郎。兩唐書有傳。

〔六〕有金埒銅山之句：唐詩紀事三〇贈郭駙馬詩：「方塘似鏡草芊芊，初月如鉤未上弦。新開金埒看調馬，舊賜銅山許鑄錢。楊柳入樓吹玉笛，芙蓉出水妬花鈿。今朝都尉如相顧，願脱長裾學少年。」

〔七〕送王相公之鎮幽朔：全詩一四五奉送王相公縉赴幽州巡邊：「黄閣開帷幄，丹墀侍冕旒。位高湯左相，權總漢諸侯。不改周南化，仍分趙北憂。雙旌過易水，千騎入幽州。塞草連天暮，邊風動地秋。無因隨遠道，結束佩吴鉤。」同書二四二重出，又見中興間氣集上。

〔八〕韓翃：南陽人。字君平。有詩名，大曆十才子之一。終中書舍人。新書有傳。極玄集下亦有小傳。

〔九〕送劉相之巡江淮：全詩二三八奉送劉相公江淮催轉運：「國用資戎事，臣勞爲主憂。將徵任土貢，更發濟川舟。擁傳星還去，過池鳳不留。唯高飲水節，稍淺别家愁。落葉淮邊雨，孤山海上秋。遥知謝公興，微月上江樓。」亦見中興間氣集上。

46 袁傪之破袁晁〔一〕，擒其僞公卿數十人，州縣大具桎梏，謂必生致闕下，傪曰：「此惡百姓，何足煩人。」乃各遣笞臀而釋之。

〔注〕

〔一〕袁傪：據登科記考補正（以下簡稱登科補）九，袁傪天寶十載（七五一）進士，寶應元年（七六二）、二年以御史中丞討袁晁。據舊書一一，知袁傪曾任兵部侍郎。新書一七〇：「袁晁亂浙東，御史中丞袁傪討之。」

47 郗昂與韋陟友善〔一〕，因話國朝宰相。陟曰：「誰最無德？」昂誤對曰：「韋安石也〔二〕。」已而驚走出，逢吉温于街中〔三〕，温問：「何此蒼遑？」答曰：「適與韋尚書話國朝宰相最無德者，本欲言吉頊〔四〕，誤云韋安石。」既而又失言。復鞭馬而走，抵房相之第。琯執手慰問之，復以房融爲對〔五〕。昂有時稱，忽一日觸犯三人，舉朝嗟歎，惟韋陟遂與之絶。

〔注〕

〔一〕郗昂：姓纂一〇郗氏：「唐庶子昂」，「生士美，澤潞節度也。」舊書一五七、新書一四三皆載士美父名純，字高卿，不名昂。岑仲勉元和姓纂四校記引制詔集、會要、羊士諤集、李太白集、唐語林等，證明唐人多稱之爲郗昂，蓋因避文宗諱而追改。新書五七、六〇正作「郗昂」。郗昂，兖州人，字高卿。舉進士高第，張九齡、李邕俱稱之。自左拾遺七遷至中書舍人。處事不回，爲宰相元載所忌，辭疾還東都。十年不出。德宗立，召爲集賢院學士，不拜，以老乞身，世高其節。兩唐書有傳。

〔二〕韋安石：萬年人。陟父。性方嚴，不苟言笑。舉明經，調乾封尉。蘇良嗣當國，素器之，薦於武后，以鸞臺侍郎同平章事。時二張及武三思寵横，安石數折辱之。睿宗朝太平公主有異謀，欲引安石，拒不往。累遷尚書右僕射。後以事罷謫。發憤卒。兩唐書有傳。

〔三〕吉温：河南人。頊從子。性陰詭。天寶初爲新豐尉。李林甫引用之，與羅希奭椎鍛詔獄，相勖以虐。擢户部郎中，兼侍御史。坐受賕貶端溪尉。楊國忠遣人殺之。兩唐書有傳。

〔四〕吉頊：河南人。性陰克，敢言事。以進士及第。武后朝擢右肅政中丞，進天官侍郎，同鳳閣鸞臺平章事。後貶琰川尉，尋徙始豐尉，卒。中宗之立，頊實倡之。兩唐書有傳。

〔五〕房融：琯父。洛陽人。武后時以正諫大夫同鳳閣鸞臺平章事。神龍初貶死高州。新書有傳。

48 劉忠州晏通百貨之利，自言如見地上錢流。每入朝乘馬，則爲鞭算。居取便安，不慕華屋；食取飽適，不務兼品；馬取穩健，不擇毛色。

49 嚴武少以强俊知名〔一〕。蜀中坐衙，杜甫祖跣登其机桉〔二〕，武愛其才，終不害。然與章彝素善①〔三〕，再入蜀，談笑殺之。及卒，母喜曰：「而今而後，吾知免官婢矣。」

〔校〕

① 章彝　原作「韋彝」，據舊書一一七、新書一二九、册府四四八、通鑑二二三改。各書皆未見「韋彝」，惟姓纂二有韋損子名彝，當爲德宗時人，不合。

〔注〕

〔一〕嚴武：華陰人。字季鷹。幼豪爽。至德中以蔭累遷黄門侍郎。與元載厚相結，求宰相不遂。再爲劍南節度使，破吐蕃七萬衆於當狗城，封鄭國公。永泰初卒。兩唐書有傳。新書一二九：「母裴不爲挺之所答，獨厚其妾英。武始八歲，怪問其母，母語之故。武奮然以鐵鎚就英寢，碎其首。左右驚白挺之曰：『郎戲殺英。』武辭曰：『安有大臣厚妾而薄妻者，兒故殺之，非戲也。』」據方鎮表六，嚴武初任劍南兩川節度在上元二年（七六一）。寶應元年（七六二）離任。廣德二年（七六四），黄門侍郎嚴武再爲節度使。永泰元年（七六五）卒。

〔二〕杜甫：審言孫。字子美。居杜陵。舉進士不第。玄宗時以獻賦待制集賢院。肅宗立，甫自州走鳳翔上謁，拜右拾遺。後出爲華州司功參軍。棄官客秦州，流落劍南，佐嚴武。大曆中遊耒陽，一夕卒。甫善爲詩歌，憂時即事，世號詩史。有杜工部集。兩唐書有傳。

新書一二九：嚴武「最厚杜甫，然欲殺甫數矣。」

〔三〕章彝：舊書一一七：「梓州刺史章彝初爲武判官，及是小不副意，赴成都杖殺之，由是威震一方。」古今姓氏書辯證一三：「梓州刺史章彝，湖州人。」據刺史考二二九，章彝廣德元年至二年任梓州刺史。廣德二年嚴武再入蜀，殺章彝。

50 大曆初，關東人疫死者如麻〔一〕。滎陽人鄭損率有力者每鄉大爲一墓〔二〕，以葬棄屍，謂之鄉葬，翕然有仁義之聲。損則盧藏用外甥〔三〕，不仕，鄉里號曰雲居先生。

〔注〕

〔一〕大曆初關東人疫死者如麻：舊書一一：永泰二年（七六六），「自五月大雨，洛水泛溢，漂溺居人廬舍二十坊。河南諸州水。」大曆二年（七六七），「是秋，河東、河南、淮南、浙江東西、福建等道五十五州奏水災。」蓋災後有疫也。

〔二〕鄭損：新書七五上載鄭昂有子名損，官蓨尉。未必是一人。全詩二七八、二七九載盧綸首冬寄河東昭德里書事貽鄭損倉曹及同趙進馬元陽春日登長春宮古城望河中因寄鄭損倉曹二詩，有河中府倉曹鄭損，趙進馬之舅；全詩二九四又有崔峒喜逢妻弟鄭損因送入京，崔峒妻弟亦名鄭損。按全詩二七七載盧綸得耿湋司法書因敘長安故友零落兵部苗員外發秘省李校書端相次傾逝潞府崔功曹峒長林司空丞曙俱謫遠方余以摇落之時對書增歎因呈河中鄭倉曹暢參軍昆季詩，知爲同一人。此處之鄭損未知孰是。

〔三〕盧藏用：范陽人。字子潛。舉進士，不得調，隱居終南山。長安中召授左拾遺。歷官黄門侍郎、尚書右丞。坐附太平公主，流驩州。會交趾叛，藏用有捍禦勞，遷黔州長史，卒於始興。兩唐書有傳。

51 代宗朝，百寮立班良久，閤門不開。魚朝恩忽擁白刃十餘人而出〔一〕，宣示曰：「西蕃頻犯郊圻①〔二〕，欲幸河中，如何？」宰相已下，不知所對，而倉遑頗甚。給事中劉不記名出班抗聲曰：「敕使反耶！屯兵無數，何不扞寇？而欲脅天子去宗廟！」仗内震聳，朝恩大恐駭而退。因罷遷幸之議。

〔校〕

① 西蕃　原作「西番」，據學津、本書卷下101節、103節、兩唐書、通鑑、册府等改。

〔注〕

〔一〕魚朝恩：瀘州人。天寶末以品官給事黄門。性黠惠，至德中屢監軍事，加開府儀同三司。代宗避吐蕃東幸，朝恩悉軍迎扈，號爲天下觀軍容宣慰處置使。尋與元載相惡，載偵其陰謀奥語上聞，帝令縊殺朝恩。兩唐書有傳。此節事亦見載於新書二〇七，劉某改作「近臣」。

〔二〕西蕃頻犯郊圻：舊書一八四：「廣德元年，西蕃入犯京畿，代宗幸陝。」通鑑二二三同。舊書一三二：「廣德元年冬，吐蕃寇京師，乘輿幸陝……時吐蕃每歲犯境，上以岐陽國之西門，寄在抱玉，恩寵無比」云云。册府九八七：「永泰元年九月，吐蕃大將尚結息贊磨、尚息東贊及馬重英等十萬衆寇奉天、醴泉等縣，大掠居人男女數萬計，焚廬舍而去。同華節度周智光以兵追擊于澄城，破賊萬計。」九七三：「大曆二年九月，吐蕃寇靈州。」九八七：大曆「三年八月，吐蕃寇靈武，進寇邠州。邠寧節度馬璘破三萬衆。」

52 魚朝恩于國子監高座講易，盡言鼎卦〔一〕，以挫元〔二〕、王〔三〕。是日百官皆在，縉不堪其辱，載獨怡然。朝恩退曰：「怒者常情，笑者不可測也。」

〔注〕

〔一〕鼎卦：周易鼎卦：「九四：鼎折足，覆公餗，其形渥，凶。」王弼注：「處上體之下，而又應初，既承且施，非己所堪，故曰『鼎折足』也。初已『出否』，至四所盛，則已潔矣，故曰『覆公餗』也。渥，沾濡之貌也。既覆公餗，體爲渥沾，知小謀大，不堪其任，受其至辱，災及其身，故曰『其形渥，凶』也。」魚朝恩以此譏元載、王縉。

〔二〕元：元載。岐山人，字公輔。天寶間補新平尉，後附李輔國。代宗時累官中書侍郎、同中書門下平章事，判天下元帥行軍司馬。輔國被殺，載陰與其謀。復結中人，使刺取密旨。帝得其狀，深戒之，載不悛，賜自盡。兩唐書有傳。

舊書一八四：「載欲伺其便，巧中傷之，乃用腹心崔昭爲京兆尹，伺朝恩出處。昭不吝財賂，潛與朝恩黨陝州觀察使皇甫温相結，温與昭協，自是朝恩動静，載皆知之，巨細悉以聞。上益怒，朝恩未之察，日以驕横。載奏加朝恩實封，又加皇甫温權位，以肆其欲。（大曆）五年，朝恩所昵武將劉希暹微有過忤，上諷之，詔罷朝恩觀軍容使，加實封通前一千户，朝恩始疑，然每朝謁，恩顧如常，亦不以載爲意。會寒食宴近臣，朝恩入謁。先是，每宴罷，必出還營，是日有詔留之。朝恩始懼，言頗悖慢，上亦以舊恩不之責。是日朝恩還第，雉經而卒。」

〔三〕王：王縉，祁人，維弟，字夏卿。舉草澤文辭清麗科，累拜黄門侍郎，同平章事。奉佛，導帝設道場，致大曆政刑日壞。復招納財賄，事敗，貶括州刺史。久之遷太子賓客，分司東都，建中二年（七八一）十二月卒。兩唐書有傳。

53 楚州有漁人，忽于淮中釣得古鐵鏁，挽之不絶，以告官。刺史李湯大集人力引之①〔一〕。鏁窮，有青獮猴躍出水，復没而逝。後有驗山海經云〔二〕：「水獸好爲害，禹鏁于軍山之下，其名曰無支奇。」

〔校〕

① 李湯 原作「李陽」。全文三四六劉長卿張僧繇畫僧記：「（魏）審交傳楚州刺史李湯，湯傳睦州司馬劉長卿。」廣記四六七引戎幕閑談：「永泰中，李湯任楚州刺史。」輿地廣記二〇同。據改。

〔注〕

〔一〕李湯：生平不詳，惟知永泰中任楚州刺史。此節事亦見載於廣記四六七，引自戎幕閑談，文字加詳，可參觀。

〔三〕山海經云：今本山海經無。

54 佛法自西土〔一〕，故海東未之有也。天寶末，揚州僧鑒真始往倭國〔二〕，大演釋教，經黑海、蛇山〔三〕，其徒號「過海和尚」。

〔注〕

〔一〕佛法自西土：三國志魏書三〇裴松之引魏略西戎傳：「昔漢哀帝元壽元年，博士弟子景盧受大月氏王使伊存口受浮屠經曰復立者其人也。浮屠所載臨蒲塞、桑門、伯聞、疏問、白疏閒、比丘、晨門，皆弟子號也。浮屠所載與中國老子經相出入，蓋以爲老子西出關，過西域之天竺，教胡。」湯用彤漢魏兩晉南北朝佛教史四：「可注意者，蓋有三事。一、漢武帝開闢西域，大月氏西侵大夏，均爲佛教來華史上重要事件。二、大月氏信佛在西漢時，佛法入華或由彼土。三、譯經並非始於四十二章，傳法之始當上推至西漢末葉。」考辨佛法入華頗詳審，可參觀。

〔二〕鑒真：高僧。江陽淳于氏子。住揚州大雲寺，以戒律化誘。開元中日本國遣使延之，遂東渡。

其王子捨宅爲招提寺居之。教法大行，號「大和尚」。爲日本國傳戒律之始祖。卒於日本。宋高僧傳一四有傳，唐大和上東征傳記其事頗詳。

〔三〕黑海蛇山：宋高僧傳一四：「真乃募比丘思託等一十四人，買舟自廣陵賫經律法離岸，乃天寶二載六月也。至越州浦，止署風山。真夜夢甚靈異。纔出洋，遇惡風濤，舟人顧其垂没，有投棄檥香木者。聞空中聲云：『勿投棄。』時見舳艫各有神將介甲操仗焉，尋時風定。俄漂入蛇海，其蛇長三丈餘，色若錦文。後入魚海，魚長尺餘，飛滿空中。次一洋，純見飛鳥集於舟背，壓之幾没。洎出鳥海，乏水。俄泊一島，池且泓澄，人飲甘美。相次達於日本。」

55 柳相初名載，後改名渾〔一〕。佐江西幕中，嗜酒，好入鄽市，不事拘檢。時路嗣恭初平五嶺〔二〕，元載奏言：「嗣恭多取南人金寶，是欲爲亂。陛下不信，試召之，必不入朝。」〔三〕三伏中，遣詔使至，嗣恭不慮，請待秋涼以修覲禮。渾入，雨泣曰：「公有大功，方暑而追，是爲執政所中。今少遷延，必族滅矣。」嗣恭懼，曰：「爲之奈何？」渾曰：「健步追還表緘，公今日過江，宿石頭驛〔四〕，乃可。」嗣恭從之。代宗謂載曰：「嗣恭不俟駕行矣。」載無以對。

〔注〕

〔一〕柳相：柳渾，襄州人，字夷曠。天寶進士第。貞元中同平章事。時議與吐蕃會盟，渾以爲夷狄難以信結，已而果劫盟。宰相張延賞嫉渾守正，罷政事。卒謚貞。兩唐書有傳。舊書一二五：「及駕在奉天，微服徒行，遁終南山谷，踰旬方達行在。扈從至梁州，改左散騎常侍。初，渾之歸行在，賊泚籍其名甚，願以致之，猶疑匿在閭里，乃加宰相。及克復，渾尚名載，乃上言：『頃爲狂賊點穢，臣實恥稱舊名，矧字或帶戈，時當偃武，請改名渾。』」

舊書一二五：「大曆初，魏少遊鎮江西，奏署判官，累授檢校司封郎中……及路嗣恭領鎮，復以爲都團練副使。十二年，拜袁州刺史。」通鑑二二五考異：「余按去年命路嗣恭爲嶺南節度使，討哥舒晃。嗣恭既誅晃而平廣州，則當在廣州。柳渾若以江西判官從嗣恭，亦當在廣州。」

〔二〕路嗣恭：三原人。字懿範。始名劍客，歷蕭關、神烏、姑臧令，考績爲天下最，玄宗以其可嗣漢魯恭，因賜名。遷江西觀察使。大曆中嶺南將哥舒晃作亂，詔兼嶺南節度使，封冀國公。晃平，誅戮舶商，私有其財。德宗立，更拜兵部尚書，卒。兩唐書有傳。據方鎮表五、七及正補，大曆七年（七七二）至八年，路嗣恭任江西觀察使，八年至十二年任嶺南節度使。

舊書一二二：「大曆八年，嶺南將哥舒晃殺節度使呂崇賁反，五嶺騷擾，詔加嗣恭兼嶺南節度觀察使。嗣恭擢流人孟瑶、敬冕，使分其務：瑶主大軍，當其衝；冕自間道輕入，招集義勇，得八千人，以撓其心腹。二人皆有全策詭計，出其不意，遂斬晃及誅其同惡萬餘人，築爲京觀，俚洞之宿惡者皆族誅之，五嶺削平。拜檢校兵部尚書，知省事。」通鑑二二五：大曆十年（七七五）十一月「丁未，克廣州，斬哥舒晃。」新書六同。

〔三〕通鑑二二五：大曆十三年（七七八）「上召江西判官李泌入見……上因言：『朕面屬卿於路嗣恭，而嗣恭取載意，奏卿爲虔州別駕。嗣恭初平嶺南，獻琉璃盤，徑九寸，朕以爲至寶。及破載家，得嗣恭所遺載琉璃盤，徑尺。』」考異：「按，嗣恭素附元載，載誅，賴李泌營救得免，事見鄴侯家傳。載豈有譖嗣恭，云欲爲亂之理？蓋載已被誅而召嗣恭，適在三伏，渾有此疑，時人因以爲渾美事耳。今不取。」而舊書一二二：「賈明觀者，事北軍都虞候劉希暹，魚朝恩誅，希暹從坐，明觀積惡犯衆怒。時宰相元載受賂，遣江南効力，魏少遊承載意苟容之。及嗣恭代少遊，即日杖殺。」又云：「嗣恭起於郡縣吏，以至大官，皆以恭恪爲理著稱。及平廣州，商舶之徒，多因晃事誅之，嗣恭前後没其家財寶數百萬貫，盡入私室，不以貢獻。代宗心甚銜之，故嗣恭雖有平方面功，止轉檢校兵部尚書，無所酬勞。」新書一三八同。

〔四〕石頭驛：方輿勝覽一九：「石頭驛。汪彦章石頭驛記云：『自豫章絶江而西，有山屹然，並江而出者，石頭渚也。阻江負城，十里而近。』」通鑑二二五考異：「今諫嗣恭請奉詔就道，乃言過江宿石頭驛。石頭驛，在豫章江之西岸。嗣恭自江西觀察赴召，可言宿石頭驛；自嶺南節度赴召，安得宿石頭驛哉？亦可以明李肇之誤。」自廣州經韶州，越大庾嶺至虔州，沿贛水過吉州方抵豫章。元和志三四：廣州「東北至韶州五百三十里」，即此一段一晝夜已過，路嗣恭不得「今日過江，宿石頭驛」，明矣。

56 元載擅權累年，客有爲都盧緣橦歌〔一〕，諷其至危之勢，載覽而泣下。

〔注〕

〔一〕都盧緣橦歌：能改齋漫録六引此節，且云：「夫都盧尋橦，緣竿之伎也，見西京雜記。又傅玄西都賦云『緣竿之伎，有都盧尋橦，跟掛腹旋』也。唐人王建有尋橦歌云：『人間百戲皆可學，尋橦不比諸餘樂。重梳短髻下金鈿，紅帽青巾各一邊。身輕足捷勝男子，繞竿四面争先緣。習多倚附欺竿滑，上下蹁躚皆著襪。翻身摇頸欲落地，卻住把烟初似歇。大竿百夫擎不起，裊裊半在青雲裏。纖腰女兒不動容，戴行直舞一曲終。回頭但覺人眼見，矜難恐畏天無風。險中更險何曾失，山鼠懸頭猿掛膝。小垂一手當舞盤，斜慘雙蛾看落日。斯須改變曲解新，貴欲歡他平地人。散時滿面生顔色，行步依前無氣力。』」

57 韓晉公聞徑山〔一〕，以爲妖妄，肩輿召至庭中，望其狀貌，不覺生敬，乃爲設食，出妻子以拜之。妻乃曰：「願乞一號。」徑山曰：「功德山。」後聞自杭至潤，婦人乞號，皆得「功德山」也〔二〕。

〔注〕

〔一〕韓晉公：韓滉，京兆長安人，休子。字太沖。幼有美名。至德中歷吏部員外郎。以户部侍郎判度支數年。德宗時爲鎮海軍節度使，遣將破走李希烈，調發糧帛，以濟朝廷，當時賴之。貞元初加檢校左僕射、同中書門下平章事、江淮轉運使，封晉國公。卒謚忠肅。兩唐書有傳。據方鎮表五，韓滉任浙江東西觀察使在大曆十四年（七七九），至貞元三年（七八七）以浙江東西觀察使、同平章事卒。知此節事發生於此九年間。

〔二〕功德山：宋高僧傳九法欽傳：「自淮而南婦人禮乞號，皆目之爲功德山焉。」宋高僧傳九唐杭州徑山法欽傳：貞元「六年，州牧王顔請出州治龍興寺浄院安置，婉避韓滉之廢毁山房也。」據舊書一二九、通鑑二三三，滉卒於貞元三年。則徑山於六年尚避韓滉之廢毁山房。

58 杭州有黄三姑者，窮理盡性。時徑山有盛名，常倦應接，訴于三姑。姑曰：「皆自作也。試取魚子來咬著，寧有許鬧事。」徑山心伏。或云「夏三姑」。

59 李舟爲虔州刺史①〔一〕，與妹書曰：「釋迦生中國，設教如周孔；周孔生西方，設教如釋迦。天堂無則已，有則君子生②；地獄無則已，有則小人入。」聞者以爲知言。

〔校〕

① 李舟　原作「李丹」，廣記一〇一作「李舟」。據刺史考，知並無李丹嘗任虔州刺史者，惟新書七二上及全文四四三有刺虔州之李舟。作「李舟」是，據改。

② 生　無一是齋、廣記一〇一作「登」。

〔注〕

〔一〕李舟：新書七二上：舟字公受，水部郎中岑子，虔州刺史、隴西縣男。柳河東集一二先君石表陰先友記：「李舟，隴西人。有文學，俊辯，高志氣。以尚書郎使危疑反側者再，不辱命。其道大顯。被讒妬，出爲刺史，發痼卒。」據刺史考一四九、一六一及一九八，李舟先後刺峽州、處州、虔州。或疑舟未嘗任虔州刺史，「虔」乃「處」之訛，未得確證。

60 熊執易應舉〔一〕，道中秋雨泥潦，逆旅有人同宿而屢歎息者。問之，乃堯山令樊澤〔二〕，將赴制舉，驢劣不能進。執易乃輟所乘馬，並囊中縑帛，悉與澤，以遂其往。詰朝，執易乃東歸。

〔注〕

〔一〕熊執易：據會要七六、三九，全文四七六祭成紀公文、六二三武陵郡王馬公神道碑，舊書一四九、一九六，姓纂一、新書五九、一五九、一六四，登科補一一、一二、一三，知熊執易建中四年（七八三）、貞元元年（七八五）及十年制科及第，貞元初任右補闕，十二年官左補闕，貞元末爲庫部員外郎兼御史中丞。武元衡節度西川時，卒於西川。

〔二〕樊澤：南陽人。字安時。初爲堯山令，舉賢良方正上第，擢左補闕。累遷山南東道節度使，加檢校右僕射，襄漢之間服其威惠。貞元十四年（七九八）卒，謚成。兩唐書有傳。

舊書一二二：「相衛節度薛嵩奏（樊澤）爲磁州司倉、堯山縣令。」新書一五九同。據方鎮表，薛嵩廣德元年（七六三）至大曆八年（七七三）任相衛節度。舊書一三二：樊澤「建中元年，舉賢良對策。」會要七六、登科補一一同。此節事亦見載於新書一五九。

61 澠池道中〔一〕，有車載瓦甕，塞于隘路。屬天寒，冰雪峻滑，進退不得。日向暮，官私客旅群隊，鈴鐸數千，羅擁在後，無可奈何。有客劉頗者，揚鞭而至，問曰：「車中甕直幾錢？」答曰：「七八千。」頗遂開囊取縑，立償之，命僮僕登車，斷其結絡，悉推甕于崖下。須臾，車輕得進①，群噪而前。

〔校〕

①車　影宋鈔作「率」。

〔注〕

〔一〕澠池道中：據舊書五，永淳元年（六八二）四月，高宗幸東都。「戊寅，次澠池之紫桂宮。乙酉，至東都。」據舊書一二一，寶應元年（七六二）討史朝義，「懷恩與迴紇左殺爲先鋒，觀軍容使魚朝恩、陜州節度郭英乂爲後殿，自澠池入」，卒收復東京。可證澠池縣當長安、洛陽間驛道。交通圖考一長安洛陽驛道論之甚詳，可參觀。

62 元載之敗〔一〕，其女資敬寺尼真一〔二〕，納于掖庭。德宗即位，召至别殿，告其父死。真一自投于地，左右皆叱之。上曰：「焉有聞親之喪，責其哭踴？」遂令扶出。聞者殞涕。

〔注〕

〔一〕元載之敗：新書一四五：「帝積怒，大曆十二年三月庚辰，仗下，帝御延英殿，遣左金吾大將軍吴湊收載及王縉，繫政事堂，分捕親吏、諸子下獄。詔吏部尚書劉晏、御史大夫李涵、散騎常侍蕭昕、兵部侍郎袁傪、禮部侍郎常衮、諫議大夫杜亞訊狀，而責辨端目皆出禁中。遣中使臨詰陰事，皆服。乃下詔賜載自盡，妻王及子揚州兵曹參軍伯和、祠部員外郎仲武、校書郎季能並賜死，發其祖、父冢，斲棺棄尸，毁私廟主及大寧、安仁里二第，以賜百官署舍，披東都第助治禁苑。」舊書一一八略同。

〔二〕資敬寺尼真一：資敬寺，在長安永樂坊坊内横街之北，參增訂唐兩京城坊考（以下簡稱城坊考）二。此節事亦見載於新書一四五。

63 德宗在東宮，雅知楊崖州〔一〕。嘗令打李楷洛碑〔二〕，釘壁以玩。及即位，徵拜。炎有崖谷，言論持正，對見必爲之加敬。歲餘頗倦①，盧杞揣知而陰中之〔三〕。

〔校〕

① 歲餘頗倦　唐語林三「頗倦」作「不倦及後以劉晏事上不懌」。

〔注〕

〔一〕楊崖州：楊炎，鳳翔人，字公南。德宗時累拜門下侍郎、同中書門下平章事。作兩税法，一變租庸調舊制，當時稱便。後黨元載，坐貶。及再得政，以劉晏劾載及己，貶晏忠州，誣而殺之。及罷相，爲盧杞所構，貶崖州司馬同正，尋賜死。兩唐書有傳。

舊書一二：「建中二年（七八一）二月「乙巳，以門下侍郎楊炎爲中書侍郎、同中書門下平章事，以御史大夫盧杞爲門下侍郎、同中書門下平章事。」

〔二〕李楷洛碑：楊炎撰，碑文見載於英華九〇八雲麾將軍李楷洛碑。此節事亦見載於新書一四五。

〔三〕盧杞：滑州人。字子良。有口才，貌寢陋。以蔭歷虢州刺史。德宗奇其材，擢門下侍郎、同中書門下平章事。創爲間架除陌之税，下民流怨。李懷光暴言杞罪惡，貶爲新州司馬，徙澧州別駕，死。兩唐書有傳。

64 盧杞除虢州刺史〔一〕，奏言：「臣聞虢州有官猪數千，頗爲患。」上曰：「爲卿移于沙苑，何如？」對曰：「同州豈非陛下百姓，爲患一也。臣謂無用之物，與人食之爲便。」德宗歎曰：「卿理虢州而憂同州百姓，宰相材也。」由是屬意于杞，悉聽其奏。

〔注〕

〔一〕盧杞：舊書一三五：「出爲虢州刺史。建中初，徵爲御史中丞。」新書二二三下同。知盧杞除虢州刺史在大曆末。此節事亦見載於新書二二三下。

65 五節度討魏州〔一〕，王武俊來救〔二〕，引水以圍，官軍樵採路絶。馬司徒求于武俊曰〔三〕：「若開路，當退軍。」武俊曰：「我不會諸將，討賊不利而退，何詞以見天子？」遂令決水。官軍退三十里，復下軍營。

〔注〕

〔一〕五節度討魏州：據舊書一二，五節度者，河東節度使馬燧、澤潞節度使李抱真、河陽節度使李芃、神策營招討使李晟及朔方節度使李懷光。

〔二〕王武俊：契丹人，入居薊。字元英。隸李寶臣爲裨將。王師入井陘，寶臣以恒、定等五州自歸，武俊謀也。德宗授武俊恒冀觀察使，武俊怨望，與朱滔同叛，屢敗王師，自稱王，國號趙。後李抱真使客説之，乃約與馬燧盟，去僞號。詔拜檢校工部尚書、恒冀深趙節度使，進檢校太尉。卒謚忠烈。兩唐書有傳。

舊書一二：建中三年（七八二），六月「辛未，朱滔、王武俊兵救田悅，至魏州北。是日李懷光兵亦至。」通鑑二二七：「朱滔、王武俊軍至魏州，田悅具牛酒出迎，魏人懽呼動地。滔營於愜山。是日，李懷光軍亦至，馬燧等盛軍容迎之。滔以爲襲己，遽出陳。懷光勇而無謀，欲乘其營壘未就擊之。燧請且休將士，觀釁而動，懷光曰：『彼營壘既立，將爲後患，此時不可失也。』

遂擊滔於惬山之西，殺步卒千餘人，滔軍崩沮。懷光按轡觀之，有喜色。士卒争入滔營取寶貨，王武俊引二千騎横衝懷光軍，軍分爲二。滔引兵繼之，官軍大敗，蹙入永濟渠溺死者不可勝數，人相蹈藉，其積如山，水爲之不流。馬燧等各收軍保壘。是夕，滔等堰永濟渠入王莽故河，絶官軍糧道及歸路，明日，水深三尺餘。馬燧懼，遣使卑辭謝滔，求與諸節度歸本道，奏天子，請以河北事委五郎處之。滔欲許之，王武俊以爲不可，滔不從。秋，七月，燧與諸軍涉水而西，退保魏縣以拒滔，滔乃謝武俊，武俊由是恨滔。後數日，滔等亦引兵營魏縣東南，與官軍隔水相拒。」考異引燕南記曰：「馬燧與朱滔有外族之親，呼滔爲表姪，使人説滔曰：『老夫不度氣力，與李相公等昨日先陳。王大夫善戰，海内所知也。司徒五郎與商議，放老夫等卻歸太原，諸節度亦各還本道，當爲聞奏，河北地任五郎收取。』滔見武俊戰勝，私心忌其勝己，乃謂武俊曰：『大夫二兄破懷光等，氣已沮喪，馬司徒既屈服如此，且放去，漸圖未晚。』武俊曰：『豈有四五節度，兵逾十萬，使打賊，始經一陣，被殺卻五萬人，將何面目歸見天子。今窮蹙詐求退去，料不過到洺州界，必築壘相待，悔難及也。』滔心明知其事，竟絶水，放燧等。既離魏府城下，退行三十里，遂連魏縣河，列營相拒。滔雖慙謝，武俊終有恨意。又同進軍魏橋河東南，去懷光營五里。」

〔三〕馬司徒：馬燧，郯城人。字洵美。任鄭州刺史、懷州刺史。大曆、建中間屢破李靈耀、田悦，進同中書門下平章事，封北平郡王。復以平李懷光功，帝賜扆扆、台衡二銘，圖形淩煙閣。卒謚莊武。兩唐書有傳。

66 李相夷簡未登第時〔一〕，爲鄭縣丞〔二〕。涇州之亂〔三〕，有使走驢東去甚急。夷簡入白刺史曰〔四〕：「聞京城有故，此使必非朝命，請執而問之。」果朱泚使朱滔也〔五〕。

〔注〕

〔一〕李相夷簡：隴西人。字易之。元懿四世孫。擢進士第。憲宗時歷官山南、劍南節度使，同平章事。李師道方叛，裴度當國，夷簡自謂才不能過度，求外遷，爲淮南節度使。新書有傳，且載此節事。

據登科補，李夷簡擢進士第在貞元二年（七八六）。

新書一三一：李夷簡「以宗室子始補鄭丞。德宗幸奉天，朱泚外示迎天子，遣使東出關至華，候吏李翼不敢問。夷簡謂曰：『泚必反。向發幽、隴兵五千救襄城，乃賊舊部，是將追還耳。上越在外，召天下兵未至，若凶狡還西，助泚送死，危禍也。請驗之。』翼馳及潼關，果得召符，白于闐大將駱元光，乃斬賊使，收僞符，獻行在。」冊府七五九同。

〔二〕鄭縣：在渭水南，華州治所。華爲京東第一州，郵傳館驛至繁，當長安、洛陽驛道上。由洛陽至襄城，襄城在汝水北一里，爲洛陽東南控扼要地。

〔三〕涇州之亂：通鑑二二八：建中四年，「上發涇原等諸道兵救襄城。冬，十月，丙午，涇原節度使姚令言將兵五千至京師。軍士冒雨，寒甚，多攜子弟而來，冀得厚賜遺其家，既至，一無所賜。丁未，發至滻水，詔京兆尹王翃犒師，惟糲食菜餤。衆怒，蹴而覆之，因揚言曰：『吾輩將死於敵，而食且不飽，安能以微命拒白刃邪！聞瓊林、大盈二庫，金帛盈溢，不如相與取之。』乃擐甲張旗鼓譟，還趣京城。令言入辭，尚在禁中，聞之，馳至長樂阪，遇之。軍士射令言，令言抱馬鬣突入亂兵，呼曰：『諸君失計！東征立功，何患不富貴？乃爲族滅之計乎！』軍士不聽，以兵擁令言而西。上遽命賜帛，人二匹，衆益怒，射中使。又命中使宣慰，賊已至通化門外，中使出門，賊殺之。又命出金帛二十車賜之；賊已入城，喧聲浩浩，不復可遏。百姓狼狽駭走，賊大呼告之曰：『汝曹勿恐，不奪汝商貨僦質矣！不稅汝間架陌錢矣！』上遣普王誼、翰林學士姜公輔出慰諭之，賊已陳於丹鳳門外，小民聚觀者以萬計……至是，上召禁兵以禦賊，竟無一人至者。賊已斬關而入，上乃與王貴妃、韋淑妃、太子、諸王、唐安公主自苑北門出，王貴妃以傳國寶繫衣中以從。後宮諸王、公主不及從者什七八。」

〔四〕刺史：通鑑二二九：「鎮國軍副使駱元光，其先安息人，駱奉先養以爲子，將兵守潼關近十年，爲衆所服。」建中四年十一月，「朱泚遣其將何望之襲華州，刺史董晉棄州走行在。望之據其城，將聚兵以絶東道，元光引關下兵襲望之，走還長安。元光遂軍華州，召募士卒，數日，得萬餘人。泚數遣兵攻元光，元光皆擊卻之，賊由是不能東出。上即以元光爲鎮國軍節度使。」知此時華州刺史爲董晉。

〔五〕朱泚：昌平人。代宗時爲盧龍部將。節度使朱希彩爲下所殺，衆推泚知留後，代領其鎮，尋以弟滔攝後務，自請入朝。德宗立，拜太尉。姚令言督兵過京，軍變，帝出奔奉天。令言遂奉泚爲皇帝。李晟復京師，泚出走彭原，爲部將所殺。兩唐書有傳。

朱滔：昌平人。泚弟。初爲朱希彩主帳下。泚領節度，滔謀奪其兵，説泚入朝。詔以滔爲節度使，封通義郡王。後與王武俊等僭立國號。及泚反，召滔趨洛陽。滔與武俊素有憾，武俊遂與李抱真合兵擊滔，滔大敗。俄而京師平，滔走還幽州，上書待罪。貞元初死。兩唐書有傳。

通鑑二二八：建中四年（七八三）十月，「鳳翔、涇原將張廷芝、段誠諫將數千人救襄城，未出潼關，聞朱泚據長安，殺其大將隴右兵馬使戴蘭，潰歸於泚。泚於是自謂衆心所歸，謀反遂定。」李夷簡所見東去之使，追還救襄城之兵，非使朱滔也。朱滔時以幽州盧龍軍節度使反，長安至河北，道遠日長，若借力朱滔，必不及待盧龍軍以據長安。所使過鄭縣，當長安、洛陽、襄城一綫，正以追還趣襄城而未出潼關之幽、隴兵也。又，長安至河北，多自長安北渡渭水七十里至涇陽縣，取道渭北；或由京師東行，經長樂驛，滋水驛，至東渭橋，過橋至高陵縣，亦渭北矣。以事情、地理言之，過鄭縣使非使朱滔明矣。

67 朱泚之亂，裴佶與衣冠數人佯爲奴〔一〕，求出城。佶貌寢〔二〕，自稱「甘草」。門兵曰：「此數子非人奴，如甘草者不疑。」

〔注〕

〔一〕裴佶：稷山人。耀卿孫。字弘正。第進士，授藍田尉。德宗幸梁，佶奔見行在，授補闕。李懷光以河中叛，佶建議請討，帝深器之。歷遷諫議大夫、黔中觀察使，部夷安服。官至工部尚書。卒謚貞。兩唐書有傳。

〔二〕佶貌寢：廣記二五〇引因話録：「唐北省班，諫議在給事中上，中書舍人在給事中下。裴佶爲諫議，形質短小，諸舍人戲之曰：『如此短，何得向上。』裴佶曰：『若怪，即曳向下着。』衆人皆大笑。後除舍人。」因話録五繫此事於裴休，然休未嘗任諫議，任諫議者佶也。

68 李令軍逼神鹿倉〔一〕，賊張光晟内應〔二〕，晟乃得入，先斬光晟。又與駱元光争功〔三〕，寘毒以待。元光方食而覺，走歸營，不復更出。然晟功戢兵最大也。

〔注〕

〔一〕李令：李晟，臨洮人。字良器。德宗時平朱泚，收復京師，以功累官至司徒、兼中書令，封西平王。性疾惡，臨下明，雖厮養小善，必記姓名，尤惡下爲朋黨。卒謚忠武。兩唐書有傳。

〔二〕張光晟：盩厔人。初爲騎卒，累遷單于都護。建中初坐事降太僕卿。光晟負才，怏怏不得志，朱泚僭逆，署光晟爲僞節度使兼宰相。後降李晟，被誅。舊書有傳。

舊書一二七：「賊泚僭逆，署光晟僞節度使兼宰相。及泚衆頻敗，遂擇精兵五千配光晟，營於九曲，去東渭橋凡十餘里。光晟潛使於李晟，有歸順之意。晟進兵入苑，光晟勸賊泚宜速西奔，光晟以數千人送泚出城，因率衆迴降於晟。晟以其誠款，又愛其材，欲奏用之，俾令歸私第，表請特減其罪。每大宴會，皆令就坐，華州節度使駱元光詬之曰：『吾不能與反虜同席。』拂衣還營。晟不得已，拘之私第，後有詔言其狀跡不可原，乃斬之。」新書二二五中同。通鑑二三一：興元元年（七八四），「秋，七月，丙子，車駕至鳳翔，斬喬琳、蔣鎮、張光晟等。李晟以光晟雖臣賊，而滅賊亦頗有力，欲全之，上不許。」

〔三〕駱元光：安息人，本安氏，少爲宦官駱奉先所養，冒姓駱，名元光。勇敢有謀。李懷讓節度鎮國，署奏以自副。德宗時與李晟收京師。京師平，讓功與晟。貞元間吐蕃劫盟平涼，元光備之，得免。因賜姓名李元諒。更節度隴右，西戎憚之。卒謚莊威。兩唐書有傳。舊書一四四：「興元元年五月，詔元諒與副元帥李晟進收京邑。兵次於滻西，賊悉衆來攻，元諒先士卒奮擊，大敗之。進軍至苑東，與晟力戰，壞苑垣而入，賊聯戰皆敗，遂復京師。元諒讓功於晟，出屯於章敬佛寺。」新書一五六同。通鑑二三一：五月「己亥，晟使京西兵馬使孟涉屯白華門，尚可孤屯望仙門，駱元光屯章敬寺，晟以牙前三千人屯安國寺，以鎮京城。」

69 德宗覽李令收城露布①〔一〕，至「臣已肅清宮禁，祗謁寢園，鐘簴不移，廟貌如故」，感涕失聲，左右六軍皆嗚咽②。露布，于公異之詞也〔二〕。議者以國朝捷書露布無如此者。公異後爲陸贄所忌〔三〕，誣以家行不至，賜孝經一卷，坎壈而終，朝野惜之。

〔校〕

①德宗　廣記四九六「德宗」前有「李晟平朱泚之亂」七字。

②六軍　廣記四九六作「六宫」。

〔注〕

〔一〕李令收城露布：舊書一二：興元元年（七八四）六月癸卯，「李晟上收京城露布，上覽之，涕下霑襟。涇州田希鑒斬姚令言，幽州軍士韓旻於彭原斬朱泚，並傳首至行在。」露布見收於英華六四八。此節事亦見載於兩唐書。封氏聞見記四：「露布，捷書之别名也。諸軍破賊，則以帛書建諸竿上，兵部謂之『露布』。」此書考露布甚詳，可參觀。

〔二〕于公異：蘇州人。舉進士擢第。李晟表爲掌書記，草平朱泚露布。兩唐書有傳。

〔三〕陸贄：嘉興人。字敬輿。年十八登進士第，又中宏辭。德宗時爲翰林學士，甚見親任，時號「内相」。從幸奉天日，詔書旁午，皆出贄手。累遷中書侍郎、同平章事。爲裴延齡所讒，貶忠州别駕卒。兩唐書有傳。

舊書一三七：「公異初應進士時，與舉人陸贄不協；至是贄爲翰林學士，聞上稱與，尤不悦。時議者言之，公異少時不爲後母所容，自遊宦成名，不歸鄉里；及貞元中陸贄爲宰相，奏公異無素行，黜之。詔曰：『祠部員外郎于公異，頃以才名，升於省闥。其少也，爲父母之所不容，宜其引慝在躬，孝行不匱，匿名跡於畎畝，候安否於門閭，俾其親之過不彰，庶其誠之至必感。安於棄斥，遊學遠方，忘其温凊之戀，竟至存亡之隔，爲人子者，忍至是乎。宜放歸田里，俾自循省。其舉公異官尚書左丞盧邁，宜奪俸兩月。』」

70 德宗初復宫闕〔一〕，所賜勳臣第宅妓樂，李令爲首〔二〕，渾侍中次之〔三〕。

〔注〕

〔一〕初復宫闕：據通鑑二三一，興元元年（七八四）六月戊午，車駕發漢中。七月，丙子，至鳳翔。壬午，車駕至長安。德宗「至宫，每閑日，輒宴勳臣，賞賜豐渥，李晟爲之首，渾瑊次之，諸將相又次之。」

〔二〕李令爲首：舊書一三三：興元元年七月，「御殿大赦，贈晟父欽太子太保，母王氏贈代國夫人，賜永崇里第及涇陽上田、延平門之林園、女樂八人。入第之日，京兆府供帳酒饌，賜教坊樂具，鼓吹迎導，宰臣節將送之，京師以爲榮觀。上思晟勛力，製紀功碑，俾皇太子書之，刊石立於東渭橋，與天地悠久，又令太子書碑詞以賜晟。」

〔三〕渾侍中：渾瑊，舊書一三四：興元元年「九月，賜瑊大寧里甲第、女樂五人，入第之日，宰臣、節將送之，一如李晟入第之儀。」

71 司徒馬燧討李懷光〔一〕，自太原引兵至寶鼎下營〔二〕，因問其地名，答曰：「埋懷村。」乃大喜曰：「擒賊必矣。」至是果然。

〔注〕

〔一〕李懷光：靺鞨人。本姓茹，父常徙幽州，爲朔方部將，賜姓李。德宗時懷光以戰功爲都虞候。旋爲寧慶晉絳慈隰等州節度使，徙鎮朔方。帝奔奉天，以破朱泚功進副元帥。數暴盧杞罪，帝爲貶杞等。懷光自疑，倔强拒命，爲部將所殺。兩唐書有傳。

舊書一二：興元元年（七八四）八月癸卯，「河東保寧軍節度使、太原尹、北都留守、檢校司徒、平章事、北平郡王馬燧爲奉誠軍晉絳慈隰節度行營兵馬副元帥；以靈鹽節度使、侍中、兼靈州大都督、樓煩郡王渾瑊爲河中尹、晉絳節度使、河中同陝虢等州及管内行營兵馬副元帥，改封咸寧郡王。時方命瑊與馬燧各出師討懷光故也。」晉絳節度兩人同屬，據大詔令五九馬燧渾瑊副元帥同招討河中制，晉慈隰節度爲馬燧，渾瑊節度河中絳州。

〔三〕舊書一二一：「時河東節度使馬燧威名素著，乃加燧副元帥，與瑊及鎮國軍節度駱元光、邠寧節度韓遊瓌、鄜坊節度唐朝臣會兵同討懷光。燧率軍拔絳州，至寶鼎，慮懷光西走，唐突京邑，乃捨軍朝京師。既還，與瑊先自河東而降其驍將尉珪、徐庭光，統諸軍以圍河中。貞元元年秋，朔方部將牛名俊斬懷光首以降燧。」

72 韓晉公滉聞奉天之難〔一〕，以夾練囊緘盛茶末，遣健步以進御。至發軍食〔二〕，常自負米一石登舟①，大將已下皆運，一日之中，積載數萬斛。後大修石頭五城〔三〕，召補迎駕子弟，亦招物議也。

〔校〕

① 常　影宋鈔作「嘗」。

〔注〕

〔一〕奉天之難：建中四年（七八三），朱泚竊據京師，德宗幸奉天。興元元年（七八四），李懷光反，德宗避難梁、洋。同年難定，德宗還京。

〔二〕發軍食：新書一二六：「然滉握彊兵，遷延不赴難，而調發糧帛以濟朝廷者繦屬，當時實賴之。李晟方屯渭北，滉運米饋之，船置十弩以相警捍，賊不能剽。始，漕船臨江，滉顧僚吏曰：『天子蒙塵，臣下之恥也。』乃自舉一囊，將佐爭負之。」

〔三〕大修石頭五城：舊書一二九：「然自關中多難，滉即於所部閉關梁，築石頭五城，自京口至玉山，禁馬牛出境；造樓船戰艦三十餘艘，以舟師五千人由海門揚威武，至申浦而還；毁撤上元縣佛寺道觀四十餘所，修塢壁，建業抵京峴，樓雉相屬，以佛殿材於石頭城繕置館第數十。時滉以國家多難，恐有永嘉渡江之事，以爲備預，以迎鑾駕，亦申儆自守也。城中穿深井十丈近百所，下與江平，俾偏將丘涔督其役。涔酷虐士卒，日役千人，朝令夕辦。去城數十里内先賢丘墓，多令毁廢。明年正月，追李長榮等戍軍還，以其所親吏盧復爲宣州刺史、采石軍使，增營壘，教習長兵。以佛寺銅鐘鑄弩牙兵器。陳少遊時鎮揚州，以甲士三千人臨江大閲，滉亦以兵三千人臨金山，與少遊相應，樓船於江中，以金銀繒綵互相聘賚。」所載原出奉天録卷一。

73 張鳳翔聞難〔一〕，盡出所有衣服，並其家人鈿釵枕鏡，列于小廳，將獻行在。俄頃後院火起，妻女出而投鎰，鎰遂與判官由水竇得出，匿村舍中。數日稍定，會鎰家僮先知之，走告軍中。軍中計議迎鎰，遂遇害也。

〔注〕

〔一〕張鳳翔：張鎰，蘇州人。字季權，一字公度。官殿中侍御史。後貶撫州司户參軍。建中初拜中書侍郎、同平章事。盧杞忌鎰剛直，出爲鳳翔隴右節度使，爲李楚琳所害。兩唐書有傳。舊書一二五：「德宗將幸奉天，鎰竊知之，將迎鑾駕，具財貨服用獻行在。李楚琳者，嘗事朱泚，得其心。軍司馬齊映等密謀曰：『楚琳不去，必爲亂。』乃遣楚琳屯於隴州。楚琳知其謀，乃託故不時發。鎰始以迎駕心憂惑，以楚琳承命去矣，殊不促其行。鎰修飾邊幅，不爲軍士所悦。是夜，楚琳遂與其黨王汾、李卓、牛僧伽等作亂。鎰夜縋而走，判官齊映自水竇出，齊抗爲傭保負荷而逃，皆獲免。鎰出鳳翔三十里，及二子皆爲候騎所得，楚琳俱殺之。」新書一五二略同。

74 韓晉公自江東入覲〔一〕，氣概傑出。是時劉玄佐在大梁〔二〕，倔强難制。滉欲必致朝覲，結爲兄弟，入拜其親。駐車三日，大出金帛賞勞，一軍爲之傾動，玄佐敬伏。〔三〕乃使人密聽滉。滉夜問孔目吏曰：「今日所費多少？」詰責頗細。玄佐笑而鄙之。

〔注〕

〔一〕韓晉公：據舊書一二九、新書一二六，韓滉入朝在貞元二年（七八六）。

〔二〕劉玄佐：匡城人。本名洽，賜名玄佐。初從永平軍爲牙將。大曆中襲破宋州，詔以州隸其軍。節度使李勉表署刺史。李希烈反，進取汴州，詔加汴宋節度使、陳州諸軍行營都統。後爲假子樂士朝酖死。謚壯武。兩唐書有傳。

大梁：元和志七汴州：「浚儀縣，本漢舊縣，屬陳留郡。故大梁也……武德四年於此重置汴州，以縣屬焉。」

〔三〕新書一二六論此節事甚詳：「劉玄佐不朝，帝密詔滉諷之。及過汴，玄佐素憚滉，修屬吏禮。滉辭不敢當，因結爲兄弟，入拜其母，置酒設女樂。酒行，滉曰：『宜早見天子，不可使夫人白首與新婦子孫填宮掖也。』玄佐泣悟。滉以錢二十萬緡爲玄佐辦裝，又以綾二十萬犒軍。玄佐入朝，滉薦可任邊事。」

75 德宗既貶盧杞，然常思之。後欲稍遷，朝臣恐懼，皆有諫疏。上問李汧公曰：「盧杞何處姦邪①？」勉曰：「天下以爲姦邪，而陛下不知，所以爲姦邪也。」

〔校〕

① 邪　原作「耶」，據影宋鈔、四庫、學津及得月簃改。

76 初，馬司徒面雪李懷光①〔一〕。德宗正色曰：「唯卿不合雪人。」惶恐而退。李令聞之，請全軍自備資糧，以討凶逆。由此李、馬不叶。

〔校〕

① 馬司徒　原作「司馬徒」，據影宋鈔、四庫、學津、得月簃、宛委山堂説郛及唐語林六乙正。

〔注〕

〔一〕馬司徒面雪李懷光：舊書一三四：「貞元元年，軍次寶鼎，敗賊騎兵於陶城，前鋒將李黠追擊之，射殺賊將徐伯文，斬首萬餘級，獲馬五百匹。是歲，天下蝗旱，物價騰踊，軍乏糧餉，而京師言事多請捨懷光，上意未決。燧以懷光逆節尤甚，河中密邇京邑，反覆不可保信，捨之無以示天下，慮上爲左右所惑，且兵事尚密。六月，燧乃捨軍以數百騎朝于京師。比召見，燧曰：『臣雖不武，得芻糧支一月，足以平河中。』上許之。」通鑑二三一考異引國史補此節，云：「按是時懷光垂亡，燧功已成八九，故自入朝争之，豈肯面雪懷光邪？」

77 李令嘗爲制將，將軍至西川，與張延賞有隙〔一〕。及延賞大拜，二勳臣在朝，德宗令韓晉公和解之〔二〕。每宴樂，則宰臣盡在，太常教坊音聲皆至，恩賜酒饌①，相望于路。

〔校〕

① 饌 原作「撰」，據影宋鈔、四庫、學津、得月簃及唐語林六改。

〔注〕

〔一〕張延賞：猗氏人。嘉貞子。博涉經史，通吏治。大曆初除河南尹，治行第一，拜中書侍郎同平章事。先後更四鎮，民頌其愛。及當國，飾情復怨，不稱所望。卒謚成肅。兩唐書有傳。舊書一二：大曆十四年（七七九）十一月癸巳，「以荆南節度使、檢校禮部尚書、兼江陵尹、御史大夫張延賞檢校兵部尚書兼成都尹、御史大夫、劍南西川節度度支營田觀察等使。」貞元元年(七八五)八月,「新除中書侍郎、平章事張延賞爲尚書左僕射。」

〔二〕韓晉公和解之:此節事兩唐書皆載。舊書一二九:「貞元元年,以宰相劉從一有疾,詔徵延賞爲中書侍郎、同中書門下平章事。與鳳翔節度使李晟不協,晟表論延賞過惡,德宗重違晟意,延賞至興元,改授左僕射。初,大曆末,吐蕃寇劍南,李晟領神策軍戍之,及旋師,以成都官妓高氏歸。延賞聞而大怒,即使將吏令追還焉。晟頗銜之,形於詞色。三年正月,晟入朝,詔晟與延賞釋憾,德宗注意於延賞,將用之。會浙西觀察使韓滉來朝,嘗有德於晟,因會讌説晟使釋憾,遂同飲極歡,且請晟表薦爲相,晟然之,於是復加同中書門下平章事。」

78 李、馬二家〔一〕,日出無音樂之聲,則執金聞奏,俄頃必有中使來問:「大臣今日何不舉樂?」

〔注〕

〔一〕李馬:李晟,馬燧,新書一五四載本節事。

79 盧相邁不食鹽醋〔一〕，同列問之：「足下不食鹽醋，何堪？」邁笑而答曰：「足下終日食鹽醋，復又何堪矣。」

〔注〕

〔一〕盧相邁：盧邁，洛陽人。字子玄。舉明經，補太子正字，累遷諫議大夫。貞元中以尚書右丞同中書門下平章事，進中書侍郎。時陸贄、趙憬專大政。邁居中，治身循法無他過。後罷爲太子賓客，卒。兩唐書有傳。

80 包佶自陳少游所困①〔一〕，遂命其子曰：「意欲數代不與陳氏爲婚媾。」

〔校〕

① 自 「自」下疑脱「爲」字。

〔注〕

〔一〕包佶：吴興人。字幼正。擢進士第。與韓洄、盧貞、李衡皆出劉晏門下。貞元以來，相繼掌天下財富。

陳少游：博平人。幼習老莊書，爲崇玄生，諸儒推爲都講。大學士陳希烈高其能，既擢第，補南平令。賄謝權倖，以是數遷。建中初累官淮南節度使，加同中書門下平章事。李希烈陷汴，少遊送款，會有人得其降表，少遊聞之，羞悸死。兩唐書有傳。

舊書一二六：建中「四年十月，駕幸奉天，度支汴東兩稅使包佶在揚州，尚未知也。佶判官崔沅遽報少遊，佶時所總賦稅錢帛約八百萬貫在焉，少遊意以爲賊據京師，未即收復，遂脅取其財物。先使判官崔頎就佶强索其納給文曆，并請供二百萬貫錢物以助軍費，佶答曰：『所用財帛，須承敕命。』未與之。頎勃然曰：『中丞若得，爲劉長卿；不爾，爲崔衆矣。』長卿嘗任租庸使，爲吳仲孺所困，崔衆供軍吝財，爲光弼所殺，故頎言及之。佶大懼，不敢固護，財帛將轉輸入京師者，悉爲少遊奪之。佶自謁，少遊止焉，長揖而遣，既懼禍，奔往白沙。少遊又遣判官房孺復召之，佶愈懼，託以巡檢，因急棹過江，妻子伏案牘中。」新書二二四上亦載。

81 顔魯公之在蔡州，再從姪峴家僮銀鹿始終隨之。淮西賊將僭竊〔一〕，問儀注于魯公。公答曰：「老夫所記，唯諸侯朝覲之禮耳。」臨以白刃，視之晏然。嘗草遺表，及自爲墓誌祭文，以置座隅①。竟遇害于龍興寺。

〔校〕

① 座　原闕，據學津補，影宋鈔作「坐」。

〔注〕

〔一〕淮西賊將：李希烈，遼西人。初爲李忠臣偏裨，忠臣被逐，代宗使希烈專留後事。德宗立，拜淮西節度使，進南平郡王。李納叛，希烈與納、朱滔、田悦等連和。旋破汴州，僭即皇帝位，國號楚。親將陳仙奇陰令醫毒殺之。兩唐書有傳。

通鑑二二七：建中三年（七八二）「十二月丁丑，李希烈自稱天下都元帥、太尉、建興王。」又二二八：建中四年正月「甲午，命真卿詣許州宣慰希烈。」三月，希烈「引兵還蔡州，外示悔過從順，實待朱滔等之援也。置顔真卿於龍興寺。」又二二九：興元元年（七八四）正月，「李希烈自恃兵彊財富，遂謀稱帝，遣人問儀於顔真卿，真卿曰：『老夫嘗爲禮官，所記惟諸侯朝天子禮耳。』希烈遂即皇帝位，國號大楚，改元武成。」又二三一：八月，壬寅，李希烈「遣中使至蔡州殺顔真卿。」

82 李懷光之反，高貞公陷于河中〔一〕，與吕鳴岳、張延英謀誅之。事洩，二將遇害，懷光執之于庭，辭氣不撓〔二〕。又説懷光子璀①〔三〕，駐軍四十七日。時李少保鄘亦在險中〔四〕。

〔校〕

① 璀 原作「璀」，據舊書一二一、一四七、新書一六五、二二四上改。通鑑二三二亦誤作「璀」。李璀者，有三人：李茂子，見舊書六四、新書七九；李憲子，見舊書九五；李明允子，見唐代墓誌彙編永泰〇〇三。均與本條不合。

〔注〕

〔一〕高貞公：高郢，衛州人。字公楚。寶應進士。李懷光引佐邠寧府。懷光反，郢固止之，與其將謀間道歸國。事洩，懷光詰誚，郢抗詞無隱，懷光赦之。懷光誅，李晟表其忠。馬燧奏管書記。貞元末擢中書侍郎、同平章事。累官兵部尚書。乞骸骨。卒謚貞。兩唐書有傳，且俱載此節事。

〔二〕舊書一四七：「懷光背叛，將歸河中，郢言：『西迎大駕，豈非忠乎？』懷光忿而不聽。及歸鎮，又欲悉衆而西，時渾瑊軍孤，群帥未集，郢與李鄘誓死駐之。屬懷光長子璀候郢，郢乃諭以逆順曰：『人臣所宜效順。且自天寶以來阻兵者，今復誰在？況國家自有天命，非獨人力。今若恃衆西向，自絶于天，十室之邑，必有忠信，安知三軍不有奔潰者乎？』李琟震懼，流淚氣索。明年春，郢與都知兵馬使吕鳴岳、都虞候張延英同謀間道上表；及受密詔，事洩，二將立死。懷光乃大集將卒，白刃盈庭，引郢詰之。郢挺然抗辭，無所慚隱，憤氣感發，觀者淚下，懷光慚沮而止。」通鑑二三一以吕鳴岳爲都虞候。

〔三〕李琟：懷光子。懷光解奉天圍，德宗以琟爲監察御史，寵待甚厚。及懷光屯咸陽不進，琟密言懷光必反。後懷光兵敗，琟先刃二弟，乃自殺。

〔四〕李少保鄘：江夏人。字建侯。第進士，李懷光辟致幕府，累擢監察御史。懷光反，鄘刺賊虚實白諸朝，爲懷光所囚。懷光敗，召爲吏部員外郎。憲宗時歷官淮南節度使，以太子少傅致仕。元和十五年（八二〇）卒，贈太子太保，謚曰肅。兩唐書有傳。

83 竇參之敗〔一〕，給事中竇申止于配流〔二〕。德宗曰：「吾聞申欲至，人家謂之鵲喜①。」遂賜死。

〔校〕

①鵲喜　舊書一三六、新書一四五及商務説郛皆作「喜鵲」。

〔注〕

〔一〕竇參：代人。字時中。學律令，矜嚴悻直。累遷御史中丞，舉劾無所回忌，德宗數召見。由是率情制事，人稍惡其專。俄以中書侍郎同平章事，惟樹黨多所詗察，帝左右争短之。後坐族子申有罪貶郴州别駕，賜死於邕州。兩唐書有傳，並載本節事。

〔二〕竇申：參族子。爲給事中，參親愛之。及參柄政，每除吏多訪申。申因得招賂，漏禁密語。帝得其姦，逐爲道州司馬，又配流嶺南，尋杖殺之。兩唐書有傳。

84 陽城居夏縣〔一〕，拜諫議大夫；鄭鋼居閿鄉①，拜拾遺〔二〕；李周南居曲江，拜校書郎〔三〕。時人以爲轉遠轉高，轉近轉卑。

〔校〕

①鄭鋼　廣記一八七作「鄭錮」。

〔注〕

〔一〕陽城：北平人。字亢宗。好學而貧，求爲吏，隸集賢院，竊院書讀之。登第後，隱中條山，德宗召爲諫議大夫。及陸贄貶，城帥拾遺王仲舒等上書論裴延齡奸邪。帝又欲相延齡，城極諫，改城國子司業。遷道州刺史，治民如治家。順宗初追城赴京，未聞詔而卒。兩唐書有傳。舊書一九二：陽城「隱於中條山……德宗令長安縣尉楊寧齎束帛詣夏縣所居而召之，城乃衣褐赴京，上章辭讓。德宗遣中官持章服衣之而後召，賜帛五十匹。尋遷諫議大夫。」據新書四七，諫議大夫正四品下。

〔二〕據新書四七，左右拾遺從八品上。

〔三〕據新書四七，門下省弘文館校書郎從九品上，秘書省著作局校書郎正九品上。

85 汴州相國寺言佛有流汗。節帥劉玄佐遽命駕〔一〕，自持金帛以施之。日中，其妻子亦至。明日，復起輸齋梵。由是將吏商賈，奔走道路，唯恐輸貨不及。乃令官爲簿書，籍其所入。十日乃閉寺門，曰：「佛汗止矣。」所入蓋巨萬計，悉以贍軍。

〔注〕

〔一〕劉玄佐：據方鎮表二，劉玄佐建中二年（七八一）至貞元八年（七九二）任汴州節帥。此節事亦見載於新書二一四。

86 德宗幸梁洋，唯御騅馬號「望雲騅」者〔一〕。駕還京，飼以一品料，暇日牽而視之，至必長鳴四顧，若感恩之狀。後老死飛龍廄中，貴戚多圖寫之。

〔注〕

〔一〕望雲騅：元稹有望雲騅馬歌，見載於英華三四四及全詩四一九。前有序云：「德宗皇帝以八馬幸蜀，七馬道斃，唯望雲騅來往不頓。貞元中，老死天廄，臣稹作歌以記之。」可參其詩。

87 馬司徒孫始生，德宗命之曰繼祖〔一〕。退而笑曰：「此有二義。」意謂以索繫祖也。

〔注〕

〔一〕繼祖：馬繼祖，父暢，舊書一三四：「繼祖，以祖蔭，四歲爲太子舍人，累遷至殿中少監，年三十七卒。」新書一五五同。

88 張建封自徐州入覲〔一〕，爲朝天行，末句云：「賴有雙旌在手中〔二〕，鏌鋣昨夜新磨了。」德宗不説。

〔注〕

〔一〕張建封：南陽人。字本立。代宗詔李光弼進討蘇、常盜，建封請前諭盜，一日降數千人。德宗時李希烈反，建封拒戰有功，拜徐泗濠節度使。貞元中來朝。卒贈司徒。兩唐書有傳。舊書一四〇：「貞元四年，以建封爲徐州刺史，兼御史大夫、徐泗濠節度、支度營田觀察使……十三年冬，入覲京師，德宗禮遇加等，特以雙日開延英召對，又令朝參入大夫班，以示殊寵。建封賦朝天行一章上獻，賜名馬珍玩頗厚。」新書一五八同。

〔二〕雙旌：新書四九下：「節度使掌總軍旅，顓誅殺。初授，具帑抹兵仗詣兵部辭見，觀察使亦如之。辭日，賜雙旌雙節。」

89 伊慎每求甲族以嫁子〔一〕，李長榮則求時名以嫁子〔二〕，皆自署爲判官〔三〕，奏曰：「臣不敢學交質罔上。」德宗從之。

〔注〕

〔一〕伊慎：兖州人。字寡悔。爲折衝都尉，屢立戰功。累官檢校右僕射、兼右衛上將軍，封南兖郡王。卒謚壯繆。兩唐書有傳。

〔二〕李長榮：隴西敦煌人。王璵出鎮淮海，長榮在麾下。建中、興元間，韓滉以長榮爲鎮海節度兵馬使。以破李希烈功加銀青光禄大夫，封狄道縣子，進祁連郡王。貞元四年（七八八），除河陽三城懷州都團練使。詔改名元淳。後爲昭義軍節度使，卒。方鎮表四引孟縣志潘孟陽祁連郡王李公墓誌，可參看。

〔三〕判官：會要六八：「乾元二年九月敕：『比來刺史之任，皆先奏州縣官屬。今後除帶使次判官外，一切不得奏改。官吏到任之後，察有罪累及不稱職者，任具狀奏請，然後令所由與替。其刺史非兼節度，但有防禦使者，副使、判官委於本州官中權擇，亦不得别奏人。並委中書門下，著爲常式。』」

90 李相泌以虛誕自任〔一〕。嘗對客曰：「令家人速灑掃，今夜洪崖先生來宿〔二〕。」有人遺美酒一榼，會有客至，乃曰：「麻姑送酒來〔三〕，與君同傾。」傾之未畢，閽者云：「某侍郎取榼子。」泌命倒還之，略無怍色。

〔注〕

〔一〕李相泌：李泌，京兆人，字長源。七歲能文，及長博學，常遊嵩華終南間，慕神仙不死之術。天寶間以翰林供奉東宫。楊國忠疾之，因隱居潁陽。肅宗即位，泌至進謁，爲李輔國所疾，去隱衡山。代宗召，復爲所排。德宗在奉天，詔赴行在。旋拜中書侍郎、同平章事。封鄴侯。兩唐書有傳。

〔二〕洪崖先生：雲笈七籤一八：「經曰：東方之神名曰句芒子，號曰文始洪崖先生，東方蒼帝東海君也。」

〔三〕麻姑：葛洪神仙傳三王遠記麻姑事甚詳，後世復有增益。

91 李氏子爲千牛，與其儕類登慈恩寺塔〔一〕，窮危極險，躍出檻外，失身而墜，賴腰帶掛釘，風摇久而未落。同登者驚倒檻内，不能起。院僧遥望急呼①，一寺皆出以救，連衣爲繩，久乃取之下，經宿乃蘇。

〔校〕

①遥　原作逕，據影宋鈔改。

〔注〕

〔一〕慈恩寺塔：城坊考三：晉昌坊「半以東，大慈恩寺……寺西院，浮圖六級，崇三百尺。永徽三年，沙門玄奘所立。初唯五層，崇一百九十尺，塼表土心，仿西域窣堵波制度，以置西域經像。後浮圖心内卉木鑽出，漸以頹毁。長安中更拆改造，依東夏刹表舊式，特崇於前。」

92 李丹之弟患風疾〔一〕，或説烏蛇酒可療〔二〕，乃求黑蛇，生置甕中，醖以麴蘗，戛戛蛇聲，數日不絶。及熟，香氣酷烈，引滿而飲之，斯須悉化爲水，惟毛髮存焉。

〔注〕

〔一〕李丹：新書七二上：「丹，豪州刺史。」父水部郎中、眉州刺史岑，兄虔州刺史、隴西縣男舟。

〔二〕烏蛇酒：朝野僉載一：「商州有人患大瘋，家人惡之，山中爲起茅舍。有烏蛇墜酒罌中，病人不知，飲酒漸差。罌底見蛇骨，方知其由也。」

93 裴中令爲江陵節度使〔一〕，使軍將譚弘受、王積往嶺南充使。向至桂林館，爲群烏所噪，王積以石擊之，烏中腦而墜，死于竹林中。其同行譚弘受忽病頭痛，不可前，令王積先行去，戒迤邐相待，或先報我家，令人相接。尋裴中令夢譚弘受言在道爲王積所殺，掠其錢物，委屍在竹林中；兩日内王積合到，乞令公治之。王積至，遂付推司，箠楚伏法。旬日，弘受到，知擊烏之事，乃是烏鬼報讎也。

〔注〕

〔一〕裴中令：裴度，聞喜人，字中立。貞元進士。累遷司封員外郎，知制誥。後拜門下侍郎、平章事，封晉國公。入知政事，爲所構，罷爲河東節度使。穆宗即位，入爲中書侍郎、平章事。爲李逢吉所間，罷爲山南西道節度使。寶曆中復入輔政，復罷爲山南東道節度使，徙東都留守。開成中拜中書令。卒謚文忠。兩唐書有傳。

舊書一七〇：裴度大和四年（八三〇）九月「充山南東道節度使」，「八年三月，以本官判東都尚書省事，充東都留守。」新書一七三、方鎮表四同。

94 韋丹少在東洛〔一〕，嘗至中橋，見數百人喧集水濱，乃漁者網得大黿，繫之橋柱，引頸四顧，似有求救之狀。丹問曰：「幾千錢可贖？」答曰：「五千文。」丹曰：「吾秖有驢直三千，可乎？」曰：「可。」于是與之，放黿水中，徒步而歸。後報恩，别有傳。

〔注〕

〔一〕韋丹：京兆萬年人。字文明。早孤，從外祖顏真卿學，擢明經，復舉高第，累遷容州刺史，又擢江南西道觀察使，治行第一。新書有傳。

據舊書一二八，顏真卿開元中四命爲監察御史，充河西隴右軍試覆屯交兵使。又充河東朔方試覆屯交兵使。遷殿中侍御史、東都畿採訪判官，轉侍御史、武部員外郎。楊國忠怒其不附己，出爲平原太守。新書五天寶十四載（七五五）已稱顔真卿平原郡太守。此後真卿至死未再逗留東洛。據英華八七〇杜牧江西觀察使武陽公韋公遺愛碑，韋丹卒於元和五年（八一〇），年五十八，則丹生天寶十二載。顔真卿離東洛至遲在天寶十四載，韋丹從真卿學，應與之俱行，時丹至多不過三歲，不能有此節事。

95 陽城爲諫議大夫，德宗欲用裴延齡爲相〔一〕，城曰：「白麻若出〔二〕，吾必裂之而死。」德宗聞之以爲難，竟寢之。

〔注〕

〔一〕裴延齡：河東人。由汜水尉累官司農少卿，權領度支。俄真除户部侍郎，益事搜刮。德宗頗知其誕，但冀聞外事，特親厚之。陸贄爲宰相，極論其詭黠不可任，反爲延齡所構，貶外。其後延齡死，人語以相安。兩唐書有傳。

〔二〕白麻：李肇翰林志：「凡赦書、德音、立后、建儲、大誅討、免三公宰相、命將，曰制，並用白麻紙，不用印。」會要五七：「凡白麻制誥，皆在廷代言，命輔臣、除節將、恤災患、討不庭，則用之。」新書四六：「凡拜免將相、號令征伐，皆用白麻。」

96 裴延齡恃恩輕躁，班列懼之。唯顧少連不避延齡〔一〕，嘗畫一鶚，群鳥噪之，以獻上。上知衆怒如是，故益信之，而竟不大用。

〔注〕

〔一〕顧少連：吴人。字夷仲。舉進士，爲監察御史。德宗幸奉天，徒步詣謁，授翰林學士。再遷中書舍人，歷吏部侍郎，改京兆尹，遷兵部尚書，爲東都留守。卒謚敬。新書有傳。新書一六二：顧少連「歷吏部侍郎。裴延齡方横，無敢忤者，嘗與少連會田鎬第，酒酣，少連挺笏曰：『段秀實笏擊賊臣，今吾笏將擊姦臣。』奮且前。元友直在坐，歡解之。」

97 韓皋自中書舍人除御史中丞〔一〕。西省故事〔二〕：閣老改官〔三〕，則詞頭送以次人①。是時吕渭草敕〔四〕，皋憂恐，問曰：「改何官②？」渭不敢告③。皋劫之曰：「與公一時左降。」渭急，乃告之。皋又欲訴于宰相，渭執之，奪其韡笏，悔悔至午後三刻乃止。

〔校〕

①次人　唐語林六、廣記二四四作「次舍人」，近是。

②改何官　廣記二四四作「僕何故轉」。

③渭不敢告　廣記二四四作「習不告」。

〔注〕

〔一〕韓皐：韓滉子。京兆長安人。字仲聞。策賢良方正異等，累遷考功員外郎。後歷東都留守、鎮海軍及忠武軍節度使。長慶中自檢校尚書左僕射復爲東都留守，道卒，謚貞。兩唐書有傳。舊書一二九：韓皐「及免喪，執政者擬考功郎中，御筆加知制誥。遷中書舍人、御史中丞、尚書右丞、兵部侍郎，皆稱職。」據通鑑二三一，興元元年（七八四）韓皐尚任考功郎中。唐僕尚丞郎表二貞元七年（七九一）下云：「韓皐，是年或上年由御丞遷」右丞。則韓皐除御史中丞在興元元年至貞元六年或七年之中。

〔二〕西省：通鑑二三一：上「命泌日直西省以候對。」注：「唐門下省謂之東省，中書省謂之西省。」

〔三〕閣老：舊書一一九：「故事，舍人年深者謂之閣老。」又，本書卷下4節：「兩省相呼爲閣老。」

〔四〕呂渭：河中人。字君載。舉進士。貞元中累遷禮部侍郎。與裴延齡爲姻家，擢其子操上第。

會入閣，遺私謁之書於庭，出爲潭州刺史卒。兩唐書有傳。

唐代墓誌彙編續集貞元○六○：吕渭「除舒州刺史……貞元初，徵拜朝散大夫、行尚書吏部員外郎。大兵初解，調集雲委，混天下真僞，責成南曹。公處之四年，芒刃如新，筌簣不作。遷駕部郎中、知制誥。滿歲，拜中書舍人，加中大夫。」據刺史考一二八，吕渭任舒州刺史在興元元年（七八四）至貞元二年（七八六）。則渭遷吏部員外當在貞元二年或三年，拜中書舍人當在六年或七年。此節事當繫貞元六、七年間。

98 貞元中，度支欲砍取兩京道中槐樹造車①，更栽小樹。先符牒渭南縣尉張造[一]，造批其牒曰：「近奉文牒，令伐官槐。若欲造車，豈無良木？恭惟此樹，其來久遠。東西列植，南北成行。輝映秦中，光臨關外。不惟用資行者，抑亦曾蔭學徒。拔本塞源，雖有一時之利；深根固蒂，須存百代之規。況神堯入關[二]，先駐此樹；玄宗幸嶽[三]，見立豐碑。山川宛然，原野未改。且邵伯所憩[四]，尚自保全；先皇舊遊，寧宜翦伐？思人愛樹，詩有薄言[五]；運斧操斤，情所未忍。」付司具狀牒上度支使，仍具奏聞，遂罷。造尋入臺。

〔校〕

①砍取　影宋鈔、學津作「斫取」。

〔注〕

〔一〕張造：生平不詳。唐代墓誌彙編元和一二三大唐故張府君墓誌銘：尚代宗女樂安公主之張怙「有子八人：曰造、曰逵、曰愔、曰超、曰遵、曰薳、曰述、曰達，或分曹禁衛，或作尉神州」云云。張怙生於天寶十四載（七五五），卒於元和十三年（八一八），其子正與此節之張造時代相合，然怙諸子「或分曹禁衛，或作尉神州」，不言有入御史臺者，未知兩造是否即一人。

〔二〕神堯入關：舊書一：「高祖神堯大聖大光孝皇帝姓李氏，諱淵。」據舊書一，高祖大業十三年（六一七）七月發自太原，西圖關中，平霍邑，至龍門，濟河，舍長春宮，自下邽西上。十月，至長樂宮。十一月丙辰，攻拔京城。

〔三〕玄宗幸嶽：據舊書八，玄宗東封泰山在開元十三年（七二五）。十月辛酉，發自東都。十一月丙戌，至兖州岱宗頓。己丑，備法駕登山。

〔四〕邵伯所憩：詩經召南甘棠：「蔽芾甘棠，勿翦勿敗，邵伯所憩。」

〔五〕詩有薄言：詩經小雅出車：「春日遲遲，卉木萋萋。倉庚喈喈，采蘩祁祁。執訊獲醜，薄言還歸。赫赫南仲，玁狁于夷。」

99 李汶爲商州刺史〔一〕，渭南尉張弘毅過商州，汶意謂必來干我，以請饋食①。須臾，吏報弘毅發去矣。汶曰：「未嘗有也。」及拜御史中丞，首請爲監察御史，于是弘毅有時望。

〔校〕

①食　原闕，據影宋鈔補。

〔注〕

〔一〕李汶：全文五九三柳宗元祭李中丞（汶）文：「維貞元二十年歲次甲申五月某朔二十二日……敬祭於故中丞贈刑部侍郎李公之靈……乃刺於商，虎節登山……有詔徵還，丞我御史……終始七載，不忘祇勤。」知李汶任商州刺史在貞元十三（七九七）、十四年間，後遷御史中丞。

100 韋倫爲太子少保致仕①〔一〕，每朝朔望，群從甥姪，候于下馬橋，不減百人。

〔校〕

①太子少保　疑當作「太子少師」。舊書一三八：韋倫「以年踰七十，表請休官，改太子少師致

仕，封郢國公。」新書一四三、册府七八四同。

〔注〕

〔一〕韋倫：京兆人。初以父蔭調藍田尉，遷御史。從玄宗入蜀，以讒貶衡州司户，被薦再起。代宗立，拜忠、台、饒三州刺史，後貶信州司馬。德宗立，選使絶域者，擢太常卿。再使吐蕃，以太子少師致仕。卒謚肅。兩唐書有傳。

101 陸長源以舊德爲宣武軍行軍司馬〔一〕，韓愈爲巡官〔二〕，同在使幕。或譏其年輩相遼，愈聞而答曰一本作周愿曰〔三〕：「大蟲老鼠，俱爲十二相屬，何怪之有？」旬日傳布于長安。

〔注〕

〔一〕陸長源：餘慶孫。吴人。字泳之。贍於文學。天寶中官汝州刺史，徙宣武軍司馬，尋總留後事。遇軍亂被害。兩唐書有傳。

舊書一三：貞元十二年（七九六）八月「丙子，以汝州刺史陸長源爲宣武行軍司馬。」十五年二月「丁丑，宣武軍節度使、檢校左僕射、平章事、汴州刺史董晉卒。乙酉，以行軍司馬陸長源檢校禮部尚書、汴州刺史、御史大夫、宣武軍節度度支營田、汴宋亳潁觀察等使……是日，汴州軍亂，殺陸長源及節度判官孟叔度、丘潁，軍人臠而食之。」張彦先善本碑帖録三唐靈泉寺玄林禪師神道碑下曰：「陸長源撰。唐天寶八載二月十五日。」天寶八載既已能爲人書碑，則其生當開元十八年（七三〇）以前。貞元十二年任宣武軍行軍司馬時至少六十七歲矣。

〔二〕韓愈：昌黎人。字退之。擢進士第。張建封辟爲府推官，調四門博士，遷監察御史。後貶陽山令。元和中復爲博士，累遷中書舍人。憲宗朝遷刑部侍郎。諫迎佛骨，貶潮州刺史，改袁州。又轉吏部侍郎。長慶中卒。兩唐書有傳。

舊書一六〇：「宰相董晉出鎮大梁，辟（愈）爲巡官。」新書一七六：「會董晉爲宣武節度使，表署觀察推官。晉卒，愈從喪出，不四日，汴軍亂。」舊書一六〇：「長慶四年十二月卒，時年五十七。」新書一七六同。則貞元十二年時韓愈二十九歲。

〔三〕周愿：全文六二〇：「愿，汝南人。元和中官兵部員外郎。」全詩七九五：「愿與竟陵陸羽嘗佐嶺南連帥李復幕府。後愿刺竟陵。」

102 韓令爲宣武軍節度使〔一〕，張正元爲邕管經略使〔二〕，王宗爲壽州刺史〔三〕，皆自試大理評事殊拜。本寺移牒〔四〕，醵光寺錢，相次而至，寺監爲榮。

〔注〕

〔一〕韓令：韓弘。匡城人。舉明經不中，學騎射。由大理評事累官宣武節度使。憲宗用兵淮西，拜爲諸軍行營都統使。吴元濟平，以功加兼侍中，封許國公。李師道誅，即請入朝，拜司徒、中書令。卒謚隱。兩唐書有傳。

舊書一五六：「貞元十五年，全諒卒，汴軍懷玄佐之惠，又以弘長厚，共請爲留後，環監軍使請表其事，朝廷亦以玄佐故許之。自試大理評事檢校工部尚書、汴州刺史、兼御史大夫、宣武軍節度副大使知節度事、宋亳汴潁觀察等使。」新書一五八同。

〔二〕張正元：唐詩紀事五〇：「正元登貞元五年進士第。」全文五四四、全詩三二一九同。舊書一三：貞元十八年（八〇二）八月「甲辰，以嶺南節度掌書記、試大理評事張正元爲邕州刺史、御史中丞、邕管經略使。」

〔三〕王宗：册府七一九：「王宗爲壽州團練副使，貞元十五年，壽州刺史楊承恩老耄多病，其政事委於男澄及判官卿侃、孔目官林扆等。至是疾甚，侃等乃與將校等謀以澄爲刺史。宗知之，密與大將軍田瑀等議曰：『楊大夫暫疾病，當即痊平。脱有不諱，即朝廷自除刺史，豈可便令楊澄知事也？』遂因繫澄、侃等，驛騎以聞。故授宗權知壽州刺史事。扆、侃等得罪。尋加宗御史中丞。」新書七：貞元十五年「十二月庚午，壽州刺史王宗又敗（吴少誠）于秋栅。」通鑑二三三五同。

〔四〕本寺：大理寺。移牒：會要六〇：「初，建中元年，敕京城諸軍諸使及府縣，季終命御史分曹巡按繫囚，省其冤濫以聞。近年以北軍職在禁密，但移牒而已，御史未嘗至。」又七二：貞元「七年詔，武威神策六將軍自相訟，委官司推勘；與百姓相訟，委府縣推勘。小事移牒，大事奏取處分。軍司府縣不相侵。」

103 貞元十五年，討吴少誠〔一〕，始令度支供諸道出界糧①。元和十年〔二〕，又加其數矣。

〔校〕

① 糧　原闕，據影宋鈔、四庫、學津、得月簃、宛委山堂説郛補。

〔注〕

〔一〕吴少誠：潞人。初爲庾準衙門將，從入朝，道襄漢，度梁崇義必反，密畫計，李希烈以其事聞，擢封通義郡王。希烈死，任申光蔡等州節度使。後叛，詔削官爵。尋上章求昭雪，赦之。貞元中死。兩唐書有傳。

舊書一四五：貞元「十五年，陳許節度曲環卒，少誠擅出兵攻掠臨潁縣，節度留後上官涚遣兵赴救，臨潁鎮使韋清與少誠通，救兵三千餘人，悉擒縛而去。九月，遂圍許州。尋下詔削奪少誠官爵，分遣十六道兵馬進討。」新書二一四同。

舊書一二：建中四年（七八三）「六月庚戌，初税屋間架、除陌錢。時馬燧、李懷光、李抱真、李芃屯魏縣，李晟屯易定，李勉、陳少遊、哥舒曜屯懷汝間，神策諸軍皆臨賊境。凡諸道之軍出境，仰給於度支，謂之食出界糧，月費錢一百三十萬貫，判度支趙贊巧法聚斂，終不能給。至是又税屋，所由吏秉筆持算，入人廬舍而抄計，峻法繩之，愁嘆之聲，徧於天下。」新書五二亦云：「民力未及寬，而朱滔、王武俊、田悦合從而叛。」「是時，諸道討賊，兵在外者，度支給出界糧，每軍以臺省官一人爲糧料使，主供億。士卒出境，則給酒肉。一卒出境，兼三人之費。將士利之，逾境而屯。」出界糧非自討吴少誠始。

〔三〕元和十年：據舊書一五及通鑑二三九，元和九年（八一四），吴元濟據淮西叛。十年，命宣武等十六道進軍討之。

唐國史補卷之中

凡一百三節

唐李肇撰

1 德宗自復京闕，常恐生事，一郡一鎮，有兵必姑息之。唯渾令公奏事不過，輒私喜曰：「上必不疑我也。」

2 郭汾陽再收長安〔一〕，任中書令，二十四考，勳業福履，人臣第一。韋太尉皋鎮西川亦二十年〔二〕，降土蕃九節度，擒論莽熱以獻，大招附西南夷，任太尉，封南康王，亦其次也。

〔注〕

〔一〕郭汾陽：郭子儀，據舊書一二〇，安史之亂，至德二年（七五七）九月子儀從廣平王帥蕃漢之師十五萬進收長安。西蕃入寇，寶應元年（七六二），吐蕃犯京城，子儀帥軍與戰，蕃軍一夕惶駭而去。新書一三七同。

舊書一二〇：郭子儀「校中書令考二十有四。」

〔二〕韋太尉皋：萬年人。字城武。初以殿中侍御史知隴州行營留後事。連拒朱泚僞命，拜奉義軍節度使。貞元初代張延賞爲劍南西川節度使，經略滇南，封南康郡王。順宗立，詔檢校太尉。卒謚忠武。兩唐書有傳。

舊書一四〇、新書一五八紀韋皋事甚詳，可參觀。舊書一二：貞元元年（七八五）六月「辛卯，以左金吾衛大將軍韋皋檢校户部尚書、兼成都尹、御史大夫、劍南西川節度觀察使。」又一四：永貞元年（八〇五）八月「癸丑，劍南西川節度使、檢校太尉、中書令、南康郡王韋皋薨。」皋鎮西川二十一年。

3 韋太尉在西川〔一〕，凡事設教。軍士將吏婚嫁，則以熟綵衣給其夫氏，以銀泥衣給其女氏，又各給錢一萬①；死葬稱是，訓練稱是。内附者富贍之，遠來者將迎之。極其聚斂，坐有餘力，以故軍府寖盛，而黎甿重困。及晚年爲月進，終致劉闢之亂〔二〕，天下譏之。

〔校〕

① 又　影宋鈔作「女」。

〔注〕

〔一〕韋太尉：韋皋，舊書一三八：「皋在蜀二十一年，重賦斂以事月進，卒致蜀土虚竭，時論非之。其從事累官稍崇者，則奏爲屬郡刺史，或又署在府幕，多不令還朝，蓋不欲洩所爲於闕下故也。故劉闢因皋故態，圖不軌以求三川，厲階之作，蓋有由然。」

〔二〕劉闢：字太初。擢進士宏辭科。佐韋皋府。皋卒，闢主後務。憲宗以給事中召之，不奉詔，即拜劍南西川節度使。闢更求統三川，詔高崇文西討，取東川。帝下詔奪闢官，擒送京師斬之。兩唐書有傳。

舊書四八：「先是興元克復京師後，府藏盡虚，諸道初有進奉，以資經費，復時有宣索。其後諸賊既平，朝廷無事，常賦之外，進奉不息。韋皋劍南有日進，李兼江西有月進，杜亞揚州、劉贊宣州、王緯李錡浙西，皆競爲進奉，以固恩澤。貢入之奏，皆曰臣於正税外方圓，亦曰羡餘。節度使或託言密旨，乘此盜貿官物。諸道有謫罰官吏入其財者，刻禄廪，通津達道者税之，蒔蔬藝果者税之，死亡者税之。節度觀察交代，或先期税入以爲進奉。然十獻其二三耳，其餘没入，不可勝紀。此節度使進奉也。」「日進」疑爲「月進」之訛。唐六典、會要及册府皆無「日進」，舊書一三八正作「月進」。進奉玄宗朝已有，非始自興元克復京師後。潘鏞舊唐書食貨志箋證論之甚詳，可參觀。

4 高貞公郢爲中書舍人九年，家無制草。或問曰：「前輩皆有制集，公獨焚之，何也？」答曰：「王言不可存于私室。」

5 貞元中，楊氏〔一〕、穆氏〔二〕兄弟，人物氣概，不相上下。或言：「楊氏兄弟賓客皆同，穆氏兄弟賓客各殊。」以此爲優劣①。

〔校〕

① 優劣 影宋鈔此下有小字注：「此下漏穆氏四子目一節，附卷末。」而將下節置於本卷末。

〔注〕

〔一〕楊氏：弘農楊憑、楊凝、楊凌三兄弟皆有名，大曆中踵擢進士第，時號「三楊」。傳見兩唐書。柳河東集一二先君石表陰先友記：「楊氏兄弟者，弘農人，皆孝友，有文章。」

〔二〕穆氏：穆寧四子，贊、質、員、賞。傳見兩唐書。舊書一五五：「近代士大夫言家法者，以穆氏爲高。」柳河東集一二先君石表陰先友記：「穆氏兄弟者，河南人，皆強毅仁孝。」

6 穆氏兄弟四人：贊〔一〕、質〔二〕、員〔三〕、賞〔四〕。時人謂贊俗而有格，爲酪；質美而多入①，爲酥；員爲醍醐，言粹而少用；賞爲乳腐，言最凡固也。

〔校〕

①入 舊書一五五、新書一六三同，四庫、得月簃及唐語林三作「文」，廣記一七〇作「仁」。

〔注〕

〔一〕贊：河内人。寧子，字相明。累官御史中丞。裴延齡欲曲貸吏，贊執不可。延齡白贊深文，貶饒州别駕。憲宗立，進宣歙觀察使，卒官。兩唐書有傳。此節事亦見載於舊書一五五、新書一六三。

〔二〕質：贊弟。性强直。舉賢良方正，條對詳切，擢給事中。元和時鹽鐵轉運諸院多擅繫囚，有笞掠至死者，質奏請與州縣吏參決，自是不冤。後論吐突承璀不宜爲將，改太子左庶子，出爲開州刺史。兩唐書有傳。

〔三〕員：質弟，字與直。工文辭。杜亞留守東都，署佐其府。早卒。兩唐書有傳。

〔四〕賞：員弟。官監察御史。兄贊被誣受金，捕送獄，賞上冤狀，得釋。兩唐書有傳。

7 許孟容爲給事中〔一〕，宦者有以台座誘之者①，拒而絕之，雖不大拜，亦不爲患。

〔校〕

① 宦者　原作「官者」，據四庫、得月簃及唐語林三改。台座：唐語林三作「權幸」。

〔注〕

〔一〕許孟容：長安人。字公範。擢進士異等。德宗時累擢給事中。元和中爲京兆尹。累遷尚書左丞、東都留守。卒謚憲。兩唐書有傳。舊書一五四：「貞元十四年，轉兵部郎中。未滿歲，遷給事中。」

8 德宗幸金鑾院〔二〕，問學士鄭餘慶曰〔三〕：「近日有衣作否？」餘慶對曰：「無之。」乃賜百縑，令作寒服①。

〔校〕

① 寒服　四庫及得月簃作「寒衣」。

〔注〕

〔二〕金鑾院：夢溪筆談一：「唐翰林院在禁中，乃人主燕居之所，玉堂、承明、金鑾殿皆在其間。」

〔三〕鄭餘慶：滎陽人。字居業。擢進士第。貞元中由翰林學士累進中書侍郎、同中書門下平章事。坐事貶郴州司馬。憲宗立，復入相。拜太子少師，封滎陽郡公。穆宗立，加檢校司徒，卒謚貞。兩唐書有傳。

舊書一五八：鄭餘慶貞元「八年，選爲翰林學士。十三年六月，遷工部侍郎，知吏部選事。」

9 劉太真爲陳少游行狀〔一〕，比之齊桓、晉文，物議囂騰。後坐貢院任情，責及前事，乃貶信州刺史。

〔注〕

〔一〕劉太真：宣州人。師蕭穎士，舉高第進士。淮南陳少遊表爲掌書記。累遷刑部侍郎。遷禮部，掌貢士，多取貴近子弟，坐貶信州刺史卒。兩唐書有傳，且俱載此節事。

10 閻寀爲吉州刺史〔一〕，表請入道，賜名遺榮，隸桃源觀，朝端盛賦詩以贈之。戎昱詩云〔二〕：「廬陵太守近隳官，月帔初朝五帝壇。」

〔注〕

〔一〕閻寀：據全文六八四閻貞範先生碑，閻寀，天水人。再登憲府，不樂進取，求出爲武陵相。時淮將跋扈，召爲申州刺史。後貶韶陵，再貶韶州司户。復拜汝州，改澧州，居七歲，轉吉州，乞度爲武陵桃源觀道士。貞元七年（七九一）卒。會要五〇：「貞元七年四月，吉州刺史閻寀上言請爲道士，從之，賜名遺榮。」全文六八四閻貞範先生碑：「居無何，轉吉州刺史。公乃歎曰：『夙奉道牙，志期修進，而流年不待，齒髮將暮，湛恩稠疊，恐遂無報。』乃上言乞以皇帝誕慶之辰，度爲武陵桃源觀道士，永焚香火，庶竭涓埃之力，少酬亭育之報。優詔褒美，賜號遺榮，仍宣付史館，以尚賢也。朝右詞臣，歌詩頌德者凡百餘首。」

〔二〕戎昱：荆南人。至德間以文學登進士。衛伯玉鎮荆南，辟爲從事。德宗初歷任辰、虔二州刺史。

全詩二七〇戎昱送吉州閻使君入道二首，其二云：「廬陵太守近隳官，霞帔初朝五帝壇。風過鬼神延受籙，夜深龍虎衛燒丹。冰容入鏡纖埃静，玉液添瓶漱齒寒。莫遣桃花迷客路，千山萬水訪君難。」

11 國子司業韋聿〔一〕，皋之兄也，中朝以爲戲弄①。嘗有人言九宮休咎〔二〕，聿曰：「我家白方，常在西南，二十年矣。」

〔校〕

① 中朝　唐語林六此二字互乙。

〔注〕

〔一〕韋聿：韋皋兄。以蔭調南陵尉，遷秘書郎，辟淮南杜佑府。元和初爲國子司業。終太子右庶子。新書有傳。

〔二〕九宮休咎：後漢書五九：張衡「上疏曰：『臣聞聖人明審律歷以定吉凶，重之以卜筮，雜之以九宮，經天驗道，本盡於此。』」注引「易乾鑿度曰：『太一取其數以行九宮。』鄭玄注云：『太一者，北辰神名也。下行八卦之宫，每四乃還於中央。中央者，（地神）〔北辰〕之所居，故謂之九宫。天數大分，以陽出，以陰入。陽起於子，陰起於午，是以太一下九宫，從坎宫始，自此而從於坤宫，又自此而從於震宫，又自此而從於巽宫，所以（從）〔行〕半矣，還息於中央之宫。既又自此而從於乾宫，又自此而從於兑宫，又自此而從於艮宫，又自此而從於離宫，行則周矣，上游息於太一之星而反紫宫。行起從坎宫始，終於离宫也。』」

12 權相爲舍人〔一〕，以聞望自處，嘗語同僚曰：「未嘗以科第爲資。」鄭雲逵戲曰〔二〕：「更有一人。」遽問：「誰？」答曰：「韋聿者也〔三〕。」滿座絶倒。

〔注〕

〔一〕權相：權德輿，略陽人，皋子，字載之。未冠以文章稱諸儒間。德宗聞其材，召爲左補闕，知制誥。憲宗時累拜禮部尚書、中書門下平章事。徙刑部，出爲山南西道節度使。卒謚文。兩唐書有傳。

舊書一四八：貞元「十年，遷起居舍人，歲中，兼知制誥。轉駕部員外郎、司勳郎中，職如舊。

遷中書舍人。」

又云：「德輿生四歲，能屬詩；七歲居父喪，以孝聞；十五爲文數百篇，編爲童蒙集十卷，名聲日大。韓洄黜陟河南，辟爲從事，試秘書省校書郎。貞元初，復爲江西觀察使李兼判官，再遷監察御史。府罷，杜佑、裴胄皆奏請，二表同日至京。德宗雅聞其名，徵爲太常博士，轉左補闕。」則權德輿未嘗應科舉也。

〔二〕鄭雲逵：滎陽人。爲人誕譎敢言。登進士第。朱泚表爲掌書記。滔代泚，爲逆，雲逵棄室自歸。德宗悦，擢諫議大夫。李晟表爲行軍司馬。歷秘書少監、給事中，尋拜大理卿，遷御史中丞。元和初爲京兆尹，五年（八一〇）五月卒。兩唐書有傳。

〔三〕韋聿：新書一五八：「聿以蔭調南陵尉，遷秘書郎。」則是韋聿亦未應舉。又，韋聿弟與權德輿父同名「皋」。

13 鄭雲逵與王彦伯鄰居〔一〕，嘗有客來求醫，誤造雲逵門。雲逵知之，延入與診候，曰：「熱風頗甚〔二〕。」客又請藥方。雲逵曰：「某是給事中，若覓國醫王彦伯，東鄰是也。」客驚走而出。自是京城有乖宜者，皆曰「熱風」。或云即劉俛也〔三〕。

〔注〕

〔一〕鄭雲逵：據城坊考四，鄭雲逵、王彦伯宅在太平坊。册府七二九：「鄭雲逵……李晟表爲行軍司馬，戎略多咨之。賊平，拜給事中。」舊書一二九：「會滉卒，延賞揣上意，遂行其志，奏令給事中鄭雲逵代之。」新書一二七、通鑑二三二同。韓滉卒於貞元三年（七八七），知其時鄭雲逵任給事中。舊書一六七：「貞元六年，（趙宗儒）領考功事，定百吏考績……秘書少監鄭雲逵考其同官孫昌裔」云云。新書一五一、會要五八、册府四五七同。册府六三六繫於貞元五年，誤。

〔二〕王彦伯：酉陽雜俎前集七：「荆人道士王彦伯，天性善醫，尤别脈，斷人生死壽夭，百不差一。」

〔三〕熱風：普濟方一〇二：「夫風，恍惚者。以風邪經於五臟，其神恍惚而不寧也。蓋五臟處於内，神之舍也。臟氣充足，神正而昌，則邪不得入。肝氣虚損，邪能乘之，則精神魂魄意無所持守，故恍惚不寧也。」普濟方一七：「止心中酸水，以楂子食之，去心胸煩熱，熱風恍惚，明目鎮心。温補。」

〔三〕劉偘：廣記二四二引乾䭾子載此事而繫於蕭偘。

14 進士何儒亮自外州至〔一〕，訪其從叔，誤造郎中趙需宅〔二〕，白云同房①。會冬至，需家致宴揮霍。需曰既是同房，便令引入就宴。姊妹妻女並在座焉。儒亮食畢徐出，需細審之，乃何氏子也。需大笑。儒亮歲餘不敢出。京師自是呼爲「何需郎中〔三〕」。

〔校〕

①白云同房　廣記二四二作「自云同房姪」。

〔注〕

〔一〕何儒亮：全詩四七三：「何儒亮，與孟簡同時人。」據舊書一六三及新書一六〇，孟簡生當貞元、元和間。

〔二〕趙需：柳河東集一二先君石表陰先友記：「趙需，大曆六年進士。天水人。至兵部郎中，卒。」

〔三〕唐語林六以爲「何儒亮」當作「何文哲」：「某按，此事是趙贊侍郎與何文哲尚書。相與鄰居時，俱侍御史，水部趙郎中需方應舉，自江淮來，投刺於贊，誤造何侍御第。何，武臣也，以需進士，稱猶子謁之，大喜，因召入宅。不數日，值元日，骨肉皆在坐，文哲因謂需曰：『姪之名宜改之。且何需，似涉戲於姓也。』需乃以本氏告，文哲大愧，乃厚遺之而促去。需之孫頊，前國學明經，文哲姪孫繼，爲杭之戎吏，皆説之相符，而並無儒亮之説。國史補所記乃誤耶？」

15 竟陵僧有于水濱得嬰兒者，育爲弟子，稍長，自筮得蹇之漸〔一〕，繇曰：「鴻漸于陸，其羽可用爲儀。」乃令姓陸，名羽，字鴻漸〔二〕。羽有文學，多意思，恥一物不盡其妙，茶術尤著。鞏縣陶者多爲甆偶人，號「陸鴻漸」。買數十茶器得一鴻漸①，市人沽茗不利，輒灌注之〔三〕。羽于江湖稱竟陵子，于南越稱桑苧翁②。與顔魯公厚善，及玄真子張志和爲友〔四〕。羽少事竟陵禪師智積〔五〕，異日在他處，聞禪師去世，哭之甚哀，乃作詩寄情，其略云：「不羨白玉盞，不羨黄金罍。亦不羨朝入省，亦不羨暮入臺。千羨萬羨西江水，曾向竟陵城下來。」〔六〕貞元末卒。

〔校〕

① 數　廣記八三無此字。

② 桑苧翁　新書一九六同，廣記八三作「桑苧公」。

〔注〕

〔一〕蹇之漸：見周易五。

〔二〕陸羽：竟陵人。一名疾，字季疵。上元初隱居苕溪，自稱桑苧翁，又號竟陵子。久之，詔拜太子文學。徙太常寺太祝，不就。貞元末卒。嗜茶，著茶經三卷。新書有傳。

〔三〕市人沽茗不利輒灌注之：因話録三：陸羽「性嗜茶，始創煎茶法，至今鬻茶之家陶爲其像，置於煬器之間，云宜茶足利。」

〔四〕張志和：金華人。字子同，始名龜齡。年十六擢明經第。以策干肅宗，命待詔翰林。授左金吾衛録事參軍，因賜名。後坐事貶南浦尉。赦還，居江湖。著有玄真子。新書有傳。

新書一九六：「陸羽常問（張志和）：『孰爲往來者？』對曰：『太虚爲室，明月爲燭，與四海諸公共處，未嘗少別也，何有往來？』顔真卿爲湖州刺史，志和來謁，真卿以舟敝漏，請更之，志和曰：『願爲浮家泛宅，往來苕、霅間。』」

〔五〕因話録三載：陸羽「其先不知何許人。竟陵龍蓋寺僧，姓陸，於堤上得一初生兒，收育之，遂以陸爲氏。」全文四三三陸羽陸文學自傳：「始三歲惸露，育乎竟陵大師積公之禪院。」略可互參。

〔六〕全詩三〇八題陸羽歌，文字略有不同。

16 吴人顧況詞句清絶〔一〕，雜之以詼諧，尤多輕薄。爲著作郎，傲毁朝列〔二〕，貶死江南。

〔注〕

〔一〕顧況：蘇州人。字逋翁。至德進士。長於歌詩，善書畫。爲韓滉節度判官。德宗時徵爲著作郎。坐事貶饒州司户。結廬茅山，自號華陽真逸，隱居以終。舊書有傳。

據唐才子傳三，顧況遷著作郎當在貞元三年（七八七）六月至五年三月間。

〔二〕傲毁朝列：舊書一三〇：顧況「復遇李泌繼入，自謂己知秉樞要，當得達官，久之方遷著作郎，況心不樂，求歸於吴。而班列群官，咸有侮玩之目，皆惡嫉之。及泌卒，不哭，而有調笑之言，爲憲司所劾，貶饒州司户。」唐才子傳三：「及泌卒，作海鷗詠嘲誚權貴，大爲所嫉，被憲劾貶饒州司户，作詩曰：『萬里飛來爲客鳥，曾蒙丹鳳借枝柯。一朝鳳去梧桐死，滿目鴟鳶奈爾何。』」

17 崔膺性狂率〔一〕，張建封美其才〔二〕，引以爲客。隨建封行營，夜中大呼驚軍，軍士皆怒，欲食其肉。建封藏之。明日置宴，其監軍使曰：「某與尚書約，彼此不得相違。」建封曰：「諾。」監軍曰：「某有請，請崔膺。」建封曰：「如約。」逡巡，建封復曰：「某有請。」監軍曰：「唯。」卻請崔膺。合座皆笑，然後得免。

〔注〕

〔一〕崔膺：全文六二三：「膺，博陵人。爲徐泗濠節度使張建封客。」桂苑叢談記此事益詳。

〔二〕張建封：據方鎮表三，張建封貞元四年（七八八）至十六年任徐泗濠節度使。

18 江淮客劉圓，嘗謁江州刺史崔沆〔一〕，稱「前拾遺」。沆引坐徐勸曰：「諫官不可自稱，司直、評事可矣。」須臾他客至，圓抑揚曰：「大理評事劉圓。」沆甚奇之。

〔注〕

〔一〕崔沆：博州人。字内融。僖宗時以户部侍郎同中書門下平章事，改中書侍郎。時盧攜專政，而黄巢勢寖盛，沆每建裁遏，多爲攜沮。賊陷京師，遇害。兩唐書有傳。刺史考一五八繫崔沆任江州刺史在咸通中。

19 韋應物爲蘇州刺史〔一〕，有屬官因建中亂，得國工康崑崙琵琶①〔二〕，至是送官，表奏入内。

〔校〕

① 琵琶　廣記二〇五作「琴瑟琵琶」。

〔注〕

〔一〕韋應物：京兆人。少以三衛郎事玄宗。晚更折節讀書，工詩。建中初拜比部員外郎，遷左司郎中。貞元中出爲蘇州刺史。傳見唐才子傳。據唐才子傳四，韋應物於貞元四年（七八八）七月後出任蘇州刺史，約於貞元六年罷任。

〔二〕康崑崙：樂府雜録琵琶：「貞元中，有康崑崙，第一手……即街東有康崑崙琵琶最上，必謂街西無以敵也。」新書二二、八一並載其人。

20 江淮賈人積米以待踴貴，圖畫爲人，持錢一千買米一斗，以懸于市。揚子留後徐粲杖殺之〔一〕。

〔注〕

〔一〕徐粲：新書七五下：「粲字宜遠，檢校户部郎中。」册府五一一：「徐粲，貞元中爲御史中丞，主楊子院鹽鐵轉運。粲既不理，且以賄聞，判度支使竇參欲代之，副使班宏執不可，户部侍郎張滂至楊州按粲，逮僕妾子姪，得贓鉅萬，乃徙嶺表。」

21 德宗非時召吴湊爲京兆尹①〔一〕，便令赴上，湊疾驅諸客至府②，已列筵畢。或問曰：「何速？」吏對曰：「兩市日有禮席，舉鐺釜而取之，故三五百人之饌，常可立辦也。」

〔校〕

① 召 唐語林六、廣記四九六作「召拜」。

② 諸客 唐語林六作「請客」。

〔注〕

〔一〕吴湊：濮陽人。德宗初爲福建觀察使，美譽四騰。還爲京兆尹。進兼兵部尚書。卒謚成。兩唐書有傳。

舊書一八三：「貞元十四年春夏旱，穀貴，人多流亡，京兆尹韓皋以政事不理黜官。上召湊，面授京兆尹，即日令視事，經宿方下制。」新書一五九同。

22 劉濉拔涿州兵數千歸朝〔一〕，法令齊整，雞犬無遺。授行秦州刺史①，理普潤，軍中不置更漏，不設音樂，士卒疾者策杖問之，死者哭之。時人疑其姦雄，後拜節度而卒。

〔校〕

①授　原作「受」，據文意改。

〔注〕

〔一〕劉濉：昌平人。怦子，濟弟。爲瀛州刺史，發兵歸京師。德宗甚寵之，拜秦州刺史。封彭城公。卒謚景。兩唐書有傳。

舊書一四三：「後怦爲盧龍軍節度使，病將卒，濉在父側，即以父命召兄濟自漠州至，竟得授節度使。濟常感濉奉己，濉爲瀛州刺史，亦許以濉代己任，其後濟乃以其子爲副大使。濉既怒濟，遂請以所部西捍隴塞，拔其所部兵一千五百人、男女萬餘口直趨京師，在道無一人犯令者。

德宗寵遇，特授秦州刺史，以普潤縣爲理所。及順宗傳位，稱太上皇，有山人羅令則詣瀧言異端數百言，皆廢立之事，瀧立命縶之。令則又云某之黨多矣，約以德宗山陵時伺便而動。瀧械令則送京師，杖死之。後録功，賜其額曰保義。」新書一四八略同。

據刺史考二七，劉瀧任秦州刺史在貞元十年（七九四）。據方鎮表八，元和元年（八〇六）四月戊申，以劉瀧爲保義軍節度使，二年十二月丙子卒。

23 李惠登自軍校授隨州刺史①〔一〕，自言：「吾二名，唯識『惠』字，不識『登』字。」爲理清儉，不求人知。兵革之後，闔境大化。近代循吏，無如惠登者。

〔校〕

① 軍校　唐語林二作「軍吏」。

〔注〕

〔一〕李惠登：柳城人。初爲平盧軍裨將，安禄山反，自拔來歸。累拜隨州刺史，爲政清静。官終檢校國子祭酒。兩唐書有傳。

據刺史考一九二，李惠登建中四年（七八三）至貞元二十年（八〇四）任隨州刺史。舊書一八五下：「遭李忠臣、希烈殲殘之後，野曠無人，惠登朴素不知學，居官無枝葉，率心爲政，皆與理順。利人者因行之，病人者因去之，二十年間，田疇闢，户口加。諸州奏吏入其境，無不歌謡其能。」新書一九七同。

24 國子監諸館生，洿雜無良。陽城爲司業〔一〕，以道德訓喻，有遺親三年者勉之歸覲，由是生徒稍變。

〔注〕

〔一〕陽城爲司業：舊書一三：貞元十一年（七九五）「秋七月丙寅朔，右諫議大夫陽城爲國子司業。」新書一九四：陽城「下遷國子司業。引諸生告之曰：『凡學者，所以學爲忠與孝也。諸生有久不省親者乎？』明日謁城還養者二十輩，有三年不歸侍者斥之。簡孝秀德行升堂上，沈酗不率教者皆罷。躬講經籍，生徒斤斤皆有法度。」舊書一九二略同。

25 自天寶五年置廣文館①，至今堂宇未起，材木堆積，主者或盜用之。

〔校〕

① 五年　唐摭言一、唐語林三作「九年」，通典二七、舊書九、新書四四均作天寶九載。

26 李實爲司農卿〔一〕，督責官税。蕭祐居喪〔二〕，輸不及期，實怒，召至，租車亦至，故得不罪。會有賜與，當爲謝狀，嘗秉筆者有故，實急，乃曰：「召衣齊衰者。」祐至，立爲草狀。實大喜，延英面薦。德宗聞居喪禮①，屈指以待。及釋服，明日，以處士拜拾遺。祐雖工文章，善書畫，好鼓琴，其拔擢乃偶然耳。

〔校〕

① 聞居喪禮　唐語林六、廣記二〇二作「令問喪期」。

〔注〕

〔一〕李實：隴西人。元慶四世孫。德宗時官京兆尹，怙權作威，以掊取殘忍爲政。順宗在諒闇，不逾月，實殺十數人於府，貶死虢州。兩唐書有傳。此節事亦見載於新書一六九。舊書一三五：「洪州節度使、嗣曹王皋辟（李實）爲判官，遷蘄州刺史。皋爲山南東道節度使，復用爲節度判官、檢校太子賓客、員外郎。皋卒，新帥未至，實知留後，刻薄軍士衣食，軍士怨叛，謀殺之，實夜縋城而出。歸詣京師，用爲司農少卿，加檢校工部尚書、司農卿。」同書一三：貞元八年（七九二）二月「乙丑，山南東道節度使、檢校户部尚書嗣曹王皋薨。」貞元十九年三月「乙亥，以司農卿李實爲京兆尹。」知李實爲司農卿在貞元八年至十九年間。

〔三〕蕭祐：一作祜。蘭陵人。字祐之。少貧，隱居以孝養聞。司農卿李實薦於朝，以處士拜左拾遺。終桂管觀察使。兩唐書有傳。

27 任迪簡爲天德軍判官〔一〕，軍讌後至，當飲觥酒，軍吏誤以醋酌。迪簡以軍使李景略嚴暴〔二〕，發之則死者多矣，乃强飲之，吐血而歸，軍中聞者皆感泣。後景略因爲之省刑。及景略卒，軍中請以爲主，自衛佐拜御史中丞，爲軍使，後至易定節度使。時人呼爲「呷醋節帥」。

〔注〕

〔一〕任迪簡：萬年人。擢進士第。李景略表佐其軍。景略卒，舉軍請爲帥。德宗授迪簡豐州刺史、天德軍使。入爲太常少卿。改易定節度使。除太子賓客，卒謚襄。兩唐書有傳，且載此節事。

舊書一八五下：「初爲天德軍使李景略判官。性重厚，嘗有軍宴，行酒者誤以醯進，迪簡知誤，以景略性嚴，慮坐主酒者，乃勉飲盡之，而僞容其過，以酒薄白景略，請换之，於是軍中皆感悦。」

據舊書一五二，李景略貞元二十年（八〇四）卒，任迪簡即以此時任軍使。

舊書一四：元和五年（八一〇）十月「辛巳，定州將楊伯玉誘三軍爲亂，拘行軍司馬任迪簡。別將張佐元殺伯玉，迪簡謀歸朝，三軍懼，乃殺佐元。壬辰，制以迪簡檢校工部尚書、定州長史，充義武軍節度觀察、北平軍等使。」

〔二〕李景略：良鄉人。德宗時累官侍御史，豐州刺史。州當回紇通道，虜使至，與抗禮，景略折之，威名顯聞。後拜西受降城都防禦使，雄於北邊。貞元二十年（八〇四）卒於鎮。兩唐書有傳。

28 熊執易爲補闕〔一〕，上疏極諫，竊示僚友歸登〔二〕。登慘然曰：「願寄一名。雷霆之怒，恐足下不足以獨當也。」

〔注〕

〔一〕熊執易：執易貞元初任右補闕，十二年（七九六）官左補闕。

〔二〕歸登：吳人。字沖之。舉孝廉。貞元中策賢良，爲右拾遺。累官工部尚書，封長洲縣男。有文學，工草隸。兩唐書有傳，且載此節事。舊書一四九：「時裴延齡以姦佞有恩，欲爲相，諫議大夫陽城上疏切直，德宗赫怒，右補闕熊執易等亦以危言忤旨。初執易草疏成，示登，登愕然曰：『願寄一名。雷電之下，安忍令足下獨當。』自是同列切諫，登每聯署其奏，無所迴避，時人稱重。」新書一六四略同。

29 德宗晚年絶嗜慾，尤工詩句，臣下莫可及。每御製奉和，退而笑曰：「排公在。」俗有投石之兩頭置標，號曰「排公」，以中不中爲勝負也。

30 杜太保在淮南〔一〕，進崔叔清詩百篇〔二〕。德宗謂使者曰：「此惡詩，焉用進。」時呼爲

「淮敕惡詩」。

〔注〕

〔一〕杜太保：杜佑，萬年人，字君卿。以父蔭補濟南參軍。歷嶺南、淮南節度使。德宗、憲宗時兩攝冢宰，進司徒，封岐國公，以太保致仕。卒謚安簡。著通典二百卷，考唐前掌故者以之爲淵海。兩唐書有傳。

據方鎮表五，杜佑貞元六年（七九〇）至十九年鎮淮南。

〔二〕崔叔清：崔翰，字叔清，博陵安平人。天寶末避亂江南。翰喜作五字句詩，詼諧縱謔，善飲酒。貞元八年以右衛胄曹參軍佐鄜坊王栖曜，後佐汝州陸長源，授試大理評事。十二年爲汴州觀察巡官。十五年卒。全文五六六有韓愈崔評事墓誌銘，可參觀。

31 馬司徒之子暢以第中大杏饋竇文場〔一〕，文場以進。德宗未嘗見，頗怪之，令使就第封杏樹。暢懼，進宅，廢爲奉誠園，屋木盡拆入内也。

〔注〕

〔一〕馬暢：燧子。少以蔭累官鴻臚少卿。燧没，以貲甲天下。暢善殖財，家益豐。晚爲豪幸侵牟，中官往往逼取，以至窮困。終少府監。兩唐書有傳。舊書一三四：「貞元末，中尉楊志廉諷暢令獻田園第宅，順宗復賜暢……今奉誠園亭館，即暢舊第也。」新書一五五同。

竇文場：宦者。涇原師亂，德宗召近衛，無至者，惟文場從至奉天。帝因以文場典近衛軍。興元初詔監神策左廂兵馬，權震朝廷。累擢驃騎大將軍。致仕卒。兩唐書有傳。

32 姚南仲滑州苦於監軍使薛盈珍〔一〕，遣部將曹洽奏論盈珍①，盈珍亦遣小使偕行。洽自度不得盡言于上，至滋水驛，夜半先殺小使，乃自殺，緘遺表于囊中。

〔校〕

①曹洽　舊書一五三、新書一六二、通鑑二三五、册府六七〇、廣記一六七、二三九及柳河東集一七作「曹文洽」。

〔注〕

〔一〕姚南仲：下邽人。乾元初擢制科，累進右補闕。代宗詔近城爲獨孤皇后陵，南仲上疏諫，帝嘉納。德宗時拜義成節度使，授尚書右僕射。貞元中卒。兩唐書有傳，且載此節事。

薛盈珍：據舊書一三二、一五二、一五三，新書一四一、一五九、一六二、一六三，册府四〇及六六七，盈珍爲中官，貞元中爲鄭滑監軍。貞元末爲内侍省内侍，知省事，充右神策軍護軍中尉副使。憲宗元和初，遷右神策軍護軍中尉，兼右街功德使。

舊書一五七：「貞元中，姚南仲鎮滑臺，辟（馬揔）爲從事。南仲與監軍使不叶，監軍誣奏南仲不法。及罷免，揔坐貶泉州别駕，監軍入掌樞密。」同書一五三：姚南仲，「貞元十五年，代李復爲鄭滑節度使。監軍薛盈珍恃勢奪軍政，南仲數爲盈珍讒毁，德宗頗疑之。十六年，盈珍遣小使程務盈馳驛奉表，誣奏南仲陰事。南仲裨將曹文洽亦入奏事京師，伺知盈珍表中語。文洽私懷憤怒，遂晨夜兼道追務盈，至長樂驛及之，與同舍宿，中夜殺務盈，沉盈珍表於廁中，乃自殺。日旰，驛吏闢門，見血流塗地，旁得文洽二緘，一告于南仲，一表理南仲之冤，且陳首殺務盈。上聞其事，頗駭異之。南仲慮釁深，遂乞入朝。德宗曰：『盈珍擾軍政耶？』南仲對曰：『盈珍不擾軍政，臣自隳陛下法耳。如盈珍輩所在有之，雖羊、杜復生，撫百姓，御三軍，必不能成愷悌父母之政，師律善陣之制矣。』上默然久之。授尚書右僕射。」新書一六二略同。

33 于司空頔方熾於襄陽〔一〕，朝廷以大閹薛尚衍監其軍〔二〕。尚衍至，頔用數不厚待，尚衍晏如也。後旬日，請出遊，及暮而歸，帟幕茵榻什器一以新矣。又列犢車五十乘，實以綾綵，尚衍領之而已，亦不形言。頔歎曰：「是何祥也？」

〔注〕

〔一〕于司空頔：河南人。字允元。以蔭補千牛。歷湖、蘇二州刺史。貞元中拜山南東道節度使。吳少誠叛，頔收吳房、朗山縣，請升襄州爲大都督府。累遷尚書左僕射，封燕國公。憲宗立，頔入朝，拜司空，同中書門下平章事。復以罪貶恩王傅。以太子賓客致仕。兩唐書有傳。舊書一五六：「貞元十四年，爲襄州刺史，充山南東道節度觀察。地與蔡州鄰，吳少誠之叛，頔率兵赴唐州，收吳房、朗山縣，又破賊於濯神溝。於是廣軍籍，募戰士，器甲犀利，倜然專有漢南之地。小失意者，皆以軍法從事。因請升襄州爲大都督府，府比鄆、魏。時德宗方姑息方鎮，聞頔事狀，亦無可奈何，但允順而已。頔奏請無不從，於是公然聚斂，恣意虐殺，專以凌上威下爲務。」新書一七二同。

〔二〕薛尚衍：舊書一四，元和二年（八〇七）十月庚申李錡據潤州反，「以淮南節度使王鍔充諸道行營招討使，內官薛尚衍爲監軍，率汴、徐、鄂、淮南、宣歙之師，取宣州路進討」。新書二二四上、册府一二三同。

34 襄州人善爲漆器①，天下取法，謂之「襄樣」。及于司空頔爲帥，多酷暴；鄭元鎮河中〔一〕，亦虐，遠近呼爲「襄樣節度」。

〔校〕

① 襄州　廣記二六九作「襄陽」。

〔注〕

〔一〕鄭元：舉進士第。元和中累官刑部尚書，兼御史大夫。性嚴毅，有威斷。元和四年（八〇九）卒。舊書有傳。

舊書一三：貞元十八年（八〇二）三月「丙戌，以河中行軍司馬鄭元爲河中尹、兼御史大夫、河中絳節度使。」

35 史牟榷鹽于解縣①〔一〕，初變榷法，以中朝廷。有外甥十餘歲，從牟撿畦②，拾鹽一顆以歸。牟知，立杖殺之。其姊哭而出救，已不及矣。

〔校〕

① 牟　原作「侔」，據下文及卷下88節、影宋鈔、廣記二六九、舊書四八、會要七六及册府四九三改。

② 畦　原作「哇」，據四庫、得月簃、唐語林六及廣記二六九改。

〔注〕

〔一〕史牟：會要七六：貞元「四年四月，賢良方正能直言極諫科……史牟……及第。」舊書四八：「貞元十六年十二月，史牟奏：『澤、潞、鄭等州，多是末鹽，請禁斷。』從之。」又云：「安邑、解縣兩池，舊置榷鹽使，仍各别置院官……先是，兩池鹽務隸度支，其職視諸道巡院。貞元十六年，史牟以金部郎中主池務，恥同諸院，遂奏置使額。」會要八八、册府四九三同，惟「十二月」册府作「二月」。

36 鄭相珣瑜方上堂食〔一〕，王叔文至〔二〕，韋執誼遽起〔三〕，延入閤内。珣瑜歎曰：「可以歸矣。」遂命駕，不終食而出，自是罷相。

〔注〕

〔一〕鄭珣瑜：滎澤人。字元伯。少孤，值天寶亂，退耕陸渾山以奉母。大曆中以諷諫主文科高第，授大理評事。累遷吏部侍郎。爲河南尹。召進門下侍郎、同中書門下平章事。順宗立，王叔文攘撓政機，韋執誼爲宰相，居外奉行。鄭珣瑜罷爲吏部尚書。卒謚文獻。新書有傳，且載此節事。

新書一六五：「王叔文起州吏爲翰林學士、鹽鐵副使，内交奄人，攘撓政機。韋執誼爲宰相，居外奉行。叔文一日至中書見執誼，直吏白：『方宰相會食，百官無見者。』叔文恚，叱吏，吏走入白，執誼起，就閤與叔文語。珣瑜與杜佑、高郢輟饗以待。頃之，吏白：『二公同飯矣。』珣瑜喟曰：『吾可復居此乎！』命左右取馬歸，卧家不出七日，罷爲吏部尚書。」大詔令五五有鄭珣瑜吏部尚書高郢刑部尚書制，繫於永貞元年（八〇五）三月。舊書一四同。

〔二〕王叔文：山陰人。以棋待詔。德宗時直東宮，宮中事咸與參訂。順宗立，拜翰林學士。與群小相倚，又謀領財柄、取兵權以制天下之命。太子監國，尋誅。兩唐書有傳。

〔三〕韋執誼：京兆人。及進士第。甫冠，入翰林。得幸於德宗。與王叔文善。順宗立，叔文用事，擢執誼爲尚書左丞、同中書門下平章事。叔文敗，坐貶崖州司户。死於貶所。兩唐書有傳。

37 王叔文以度支使設食于翰林中〔一〕，大會諸閹，袖金以贈。明日又至，揚言聖人適于苑中射兔，上馬如飛，敢有異議者腰斬〔二〕。其日乃丁母憂。

〔注〕

〔一〕王叔文：舊書一三五：「叔文初入翰林，自蘇州司功爲起居郎，俄兼充度支、鹽鐵副使，以杜佑領使，其實成於叔文。數月，轉尚書户部侍郎，領使、學士如故。内官俱文珍惡其弄權，乃削去學士之職。制出，叔文大駭，謂人曰：『叔文須時至此商量公事，若不帶此職，無由入内。』王伾爲之論請，乃許三、五日一入翰林，竟削内職。」新書一六八略同。

〔二〕通鑑二三六：「上疾久不愈，時扶御殿，群臣瞻望而已，莫有親奏對者。中外危懼，思早立太子，而王叔文之黨欲專大權，惡聞之。」

38 順宗風噤不言，太子未立，牛美人有異志〔一〕。上召學士鄭絪於小殿〔二〕，令草立儲詔①。絪搦管不請，而書「立嫡以長」四字，跪而上呈。帝深然之，乃定。

〔校〕

①立儲詔　廣記一六四作「立儲宮德音」。

〔注〕

〔一〕牛美人：牛昭容。舊書一三五：「德宗崩，已宣遺詔，時上寢疾久，不復關庶政，深居施簾帷，閹官李忠言、美人牛昭容侍左右，百官上議，自帷中可其奏。王伾常諭上屬意叔文，宫中諸黄門稍稍知之。其日，召自右銀臺門，居于翰林，爲學士。叔文與吏部郎中韋執誼相善，請用爲宰相。叔文因王伾，伾因李忠言，忠言因牛昭容，轉相結構。」

〔二〕鄭絪：滎陽人。字文明。擢進士宏辭高第。累遷中書舍人。憲宗即位，拜同中書門下平章事，進門下侍郎。居相位四年而罷，賜陽武縣開國侯。後自河中節度入爲檢校尚書左僕射。大和中致仕，卒謚宣。兩唐書有傳。新書一六五亦載此節事。通鑑二三六：「上疾久不愈，時扶御殿，群臣瞻望而已，莫有親奏對者。中外危懼，思早立太子，而王叔文之黨欲專大權，惡聞之。宦官俱文珍、劉光琦、薛盈珍皆先朝任使舊人，疾叔文、忠言等朋黨專恣，乃啓上召翰林學士鄭絪、衛次公、李程、王涯入金鑾殿，草立太子制。時牛昭容輩以廣陵王淳英睿，惡之。絪不復請，書紙爲『立嫡以長』字呈上，上頷之。（三月）癸巳，立淳爲太子，更名純。」

39 憲宗固英主也，然始即位，得杜邠公〔一〕，大啓胸臆，以致其道。作事謀始，邠公之力也。

〔注〕

〔一〕杜邠公：杜黄裳，萬年人，字遵素。擢進士第，中宏辭。郭子儀辟佐朔方府，入爲侍御史。貞元末累遷太常卿。韋執誼輔政，黄裳勸請太子監國，不聽。皇太子總軍國事，擢門下侍郎、同中書門下平章事。劉闢叛，黄裳堅請討之，蜀平。終河中晉絳節度使，封邠國公。兩唐書有傳。舊書一四七：「劉闢作亂，議者以劍南險固，不宜生事；唯黄裳堅請討除，憲宗從之。又奏請不以中官爲監軍，祇委高崇文爲使。黄裳自經營伐蜀，以至成功，指授崇文，無不懸合。崇文素憚劉澭，黄裳使人謂崇文曰：『若不奮命，當以劉澭代之。』由是得崇文之死力。既平闢，宰臣入賀，帝目黄裳曰：『此卿之功也。』後與憲宗語及方鎮除授，黄裳奏曰：『德宗自艱難之後，事多姑息。貞元中，每帥守物故，必先命中使偵伺其軍動息，其副貳大將中有物望者，必厚賂近臣以求見用，帝必隨其稱美而命之，以是因循，方鎮罕有特命帥守者。陛下宜熟思貞元故事，稍以法度整肅諸侯，則天下何憂不治。』憲宗然其言。由是用兵誅蜀、夏之後，不容藩臣蹇傲，克復兩河，威令復振，蓋黄裳啓其衷也。」新書一六九略同。

40 元和初，陰陽家言五福太一在蜀〔一〕，故劉闢造五福樓〔二〕，符載爲之記〔三〕。初，劉闢有心疾，人自外至，輒如吞噬之狀。同府崔佐時體甚肥碩〔四〕，闢據地而吞，背裂血流。獨盧文若至不吞〔五〕，故後自惑爲亂。

〔注〕

〔一〕五福太一：夢溪筆談三有「十神太一，一曰太一，次曰五福太一」云云。

〔二〕劉闢：舊書一四：永貞元年（八〇五）十二月「己酉，以新除給事中、西川行軍司馬劉闢爲成都尹、劍南西川節度使。」元和元年（八〇六）正月「戊子，制：『劍南西川，疆界素定，藩鎮守備，各有區分。頃因元臣薨謝，鄰藩不睦，劉闢乃因虚構隙，以忿結讎，遂勞王軍，兼害百姓。朕志存含垢，務欲安人，遣使諭宣，委之旄鉞。如聞道路擁塞，未息干戈，輕肆攻圍，擬圖吞併。爲君之體，義在勝殘，命將興師，蓋非獲已。宜令興元嚴礪、東川李康掎角應接，神策行營節度使高崇文、神策兵馬使李元奕率步騎之師，與東川、興元之師類會進討。其糧料供餉，委度支使差官以聞。』甲午，高崇文之師由斜谷路，李元奕之師由駱谷路，俱會于梓潼。」九月「辛亥，高崇文奏收成都，擒劉闢以獻。」

舊書一四〇：「初，闢嘗病，見諸問疾者來，皆以手據地，倒行入闢口，闢因磔裂食之；惟盧文若至，則如平常。故尤與文若厚，竟以同惡俱赤族，不其怪歟。」新書一五八略同，當出本節。

〔三〕符載：全文六八八：「載，字厚之。蜀人。隱居廬山。李巽觀察江西，辟掌書記。試太常寺協律郎。授監察御史。」據唐詩紀事五一及唐方鎮文職僚佐考（以下簡稱僚佐考），符載曾遊何士幹幕，疑爲杜佑淮南幕僚，爲李巽江西南昌軍副使，韋皋幕下任支使，永貞元年至元和元年劉闢幕下任參謀，後於趙宗儒幕下任掌書記，郗士美幕下任參謀，後入朝。符載五福樓記見載於英華八一〇及全文六八九，可參觀。

〔四〕崔佐時：據僚佐考，崔佐時於韋皋、劉闢幕下任節度巡官。

〔五〕盧文若：據僚佐考，盧文若於韋皋幕下任校書郎，於劉闢幕下任副使。後助劉闢爲亂，伏誅。

41 起居舍人韋綬以心疾廢〔一〕，校書郎李播亦以心疾廢〔二〕。播常疑遇毒，鏁井而飲。散騎常侍李益少有疑病〔三〕，亦心疾也。夫心者①，靈府也，爲物所中，終身不痊。多思慮，多疑惑，乃疾之本也。

〔校〕

① 夫　原作「天」，據影宋鈔、四庫、學津及得月簃改。

〔注〕

〔一〕韋綬：京兆人。貫之兄。擢明經，辟東都幕府。德宗時爲翰林學士，密政多所參逮。官終左散騎常侍。兩唐書有傳。

舊書一五八：「綬所議論，常合中道，然畏慎致傷，晚得心疾，故不極其用。」新書一六九同。

〔二〕李播：全詩四九一：「李播，登元和進士第。以郎中典蘄州。」

〔三〕李益：隴西人。字君虞。揆族子。長於詩，與李賀相埒。每一篇成，樂工争求之。憲宗召爲集賢殿學士，負才傲物，坐降秩。大和初以禮部尚書致仕卒。兩唐書有傳。舊書一三七：李益「少有癡病，而多猜忌，防閑妻妾，過爲苛酷，而有散灰扃户之譚聞於時，故時謂妬癡爲『李益疾』。」新書二〇三略同。

42 唐衢〔一〕，周鄭客也。有文學，老而無成，唯善哭。每一發聲，音調哀切①，聞者泣下。常遊太原，遇享軍，酒酣乃哭，滿坐不樂，主人爲之罷宴。

〔校〕

① 音調哀切　廣記四九七下有「遇人事有可傷者衢輒哭之」十一字。

〔注〕

〔一〕唐衢：舊書一六〇：「唐衢者，應進士，久而不第。能爲歌詩，意多感發。見人文章有所傷歎者，讀訖必哭，涕泗不能已。每與人言論，既相别，發聲一號，音辭哀切，聞之者莫不悽然泣下……竟不登一命而卒。」

43 長沙僧懷素好草書〔一〕，自言得草聖三昧。棄筆堆積，埋於山下，號曰「筆塚」。

〔注〕

〔一〕懷素：長沙錢氏子，字藏真。嗜酒，善草書。世傳有草書千字文等。全文四三三載陸羽僧懷素傳，可參觀。

44 梁武帝造寺，令蕭子雲飛白大書「蕭」字〔一〕。至今一蕭字存焉。李約竭産自江南買歸東洛〔二〕，匾于小亭以翫之，號爲「蕭齋」。

〔注〕

〔一〕蕭子雲：子顯弟，字景喬。齊建武中封新浦縣侯。天監初降爵爲子。仕至國子祭酒。善草隸，爲時楷法。太清中侯景寇逼，逃於民間。宮城失守，東奔晉陵，餓死於顯靈寺僧房。梁書、南史有傳。

〔二〕李約：隴西人。字存博。汧公李勉之子。官兵部員外郎。傳見唐才子傳六。全文五一四載其所作壁書飛白蕭字贊，可參觀。

45 韓愈好奇，與客登華山絶峰，度不可返，乃作遺書，發狂慟哭。華陰令百計取之，乃下。

46 羅浮王先生①，人或問爲政難易。先生曰：「簡則易。」又問：「儒釋同道否？」先生曰：「直則同。」

〔校〕

①羅浮王先生　商務説郛、唐語林七作「羅浮生」，廣記一七四作「羅浮王生」。

47 越僧靈澈〔一〕，得蓮花漏于廬山，傳江西觀察使韋丹〔二〕。初，惠遠以山中不知更漏〔三〕，乃取銅葉製器，狀如蓮花，置盆水之上，底孔漏水，半之則沈。每晝夜十二沈，爲行道之節。雖冬夏短長，雲陰月黑，亦無差也。

〔注〕

〔一〕靈澈：一作靈徹。越州湯氏子。字源澄。常與皎然遊，得見知於包佶、李紓。名震輦下，緇流疾之，造蜚語激中貴人，貶徙汀州。後赦還。元和中卒於宣州。宋高僧傳一五有唐會稽雲門寺靈澈傳。唐才子傳三：靈澈「性巧逸，居沃洲寺，嘗取桐葉剪刻製器爲蓮花漏，置盆水之上，穿細孔漏水，半之則沈，每晝夜十二沈，爲行道之節。」

〔二〕韋丹：據方鎮表五韋丹元和二年（八〇七）任江西觀察使，五年薨。全詩八一〇載靈澈東林寺酬韋丹刺史，序云：「韋丹帥洪州時，靈澈居廬山，丹與爲忘形之契，篇什唱和，月居四五。」全文七二一載李肇東林寺經藏碑銘並序云：「元和四年，雲門僧靈澈流竄而歸，棲泊此山。將去，言於廉問武陽韋公，公應之如響。」

〔三〕惠遠：通作慧遠，高僧。婁煩賈氏子。幼好學，博綜六經，尤善莊老。受業於道安。太元中立精舍於廬山。與慧永、宗炳等結白蓮社念佛。卜居三十餘年，足不出山，送客以虎溪爲界。義熙中卒，年八十三。高僧傳六有傳。續藏經册一三五淨土聖賢録二：「時遠同門慧永先居廬山西林，欲邀同止，而遠學侶寖衆，西林隘不可處。刺史桓伊爲遠更立寺於山東，遂號東林。遠於是率衆行道，鑿池種蓮，於水上立十二葉蓮華，因波隨轉，分刻晝夜，以爲行道之節。」

48 舊百官早朝，必立馬于望仙、建福門外，宰相于光宅車坊，以避風雨。元和初，始置待漏院①〔一〕。

〔校〕

① 置　原作「制」，據影宋鈔改。

〔注〕

〔一〕待漏院：舊書一四：元和二年（八〇七）「六月丁巳朔，始置百官待漏院於建福門外。故事，建福、望仙等門，昏而閉，五更而啓，與諸坊門同時。至德中有吐蕃囚自金吾仗亡命，因敕晚開門，宰相待漏於太僕寺車坊。至是始令有司據班品置院。」册府一〇七同。會要二五繫於三年，雍録八在元年。

49 京輔故老言：每營山陵，封山輒雨①，至少霖淫亦十餘日矣。

〔校〕

① 山 原無，據影宋鈔補。

50 元和初，洪崖治有役者①〔一〕，將化爲虎，群衆呼，以水沃之，乃不得化。或問苕谿子：「是何謂也？」答曰：「陽極而陰，晦極而明，爲雷爲雹，爲雪爲霜，形之老之死之，八竅者卵，九竅者胎，推遷之變化也。燕雀爲蛤，野雞爲蜃，蝦蟆爲鶉，蠶蛹爲蛾，蚯蚓爲百合，腐草爲螢火，烏足之根爲蠐螬，久竹生青蜓，田鼠爲鴽，老猶爲猿②，陶蒸之變化也〔二〕。仁而爲暴，聖而爲狂，雌雞爲雄，男子爲女人，爲蛇爲虎，耗亂之變化也。是必生化而後氣化，氣化而後形化。俗言四指者，天虎也；五指者，人虎也。唯道德者窮焉。」

〔校〕

① 洪崖治 舊書一二、三七、四八、一二九，新書五四、一二六，會要八九，册府一五三及五〇一均作「紅崖治」。惟新書三六同此處作「洪崖治」，知相混甚早。

② 猶 影宋鈔作「揄」。

〔注〕

〔一〕洪崖冶：舊書一二：建中元年（七八〇）「九月戊辰，判度支韓洄奏請於商州紅崖冶洛源監置十鑪鑄錢，江淮七監每鑄一千費二千文，請皆罷，從之。」同書三七：「元和二年，開紅崖冶役夫將化爲虎，衆以水沃之，化而不果。」

〔二〕陶蒸：文選一三張茂先鷦鷯賦：「陰陽陶蒸，萬品一區。」李善注：「文子：老子曰：『陰陽陶冶萬物。』蒸，氣出貌。」

51 松脂入地，千歲爲茯苓，茯苓千歲爲琥魄，琥魄千歲爲醫玉，愈久則愈精也。鶤鳥千歲爲鴆，愈老則愈毒也。

52 南中山川有鴆之地，必有犀牛〔一〕；有沙蝨水弩之處，必有鸀鳿，及生可療之草〔二〕。

〔注〕

〔一〕有鴆之地必有犀牛：朝野僉載一：「鴆鳥食水之處即有犀牛，不濯角，其水物食之必死，爲鴆食蛇之故。」

〔三〕有沙蝨水弩之處必有鸀鳿及生可療之草：寰宇記一二七：淮南光州，「其地有毒蛇、沙虱自夏至秋，水草中多此物，傷害於人。療蛇傷用反息草，沙虱用重樓草，出於期思邑。」詩經小雅何人斯：「爲鬼爲蜮。」鄭注云：「蜮……狀如鱉，三足，一名射工，俗呼之水弩。在水中含沙射人，一云射人影。」史記一一七引司馬相如上林賦，中有「鸀鳿」，正義引郭璞云：「似鴨而大，長頸赤目，紫紺色。辟水毒。」

53 張氏嘉貞生延賞〔一〕，延賞生弘靖〔二〕。國朝已來，祖孫三代爲相，唯此一家。弘靖既拜，薦韓臯自代。韓氏休生滉〔三〕，滉生臯，二代爲相，一爲左僕射，終不登廊廟。

〔注〕

〔一〕張氏嘉貞：猗氏人。字嘉貞。張循憲薦於武后，爲監察御史。開元中擢中書侍郎、同中書門下平章事，尋遷中書令。累封河東侯，又稱張河東。卒謚恭肅。兩唐書有傳。

〔二〕張弘靖：延賞子。字元理。累官刑部尚書同平章事。長慶初爲盧龍節度使。弘靖素貴，肩輿而行，衆滋不悦，遂謀作亂，推朱克融爲留後。詔貶爲吉州刺史。遷太子少師。卒。兩唐書有傳。

舊書一二九：「延賞東都舊第在思順里，亭館之麗，甲於都城，子孫五代，無所加工，時號『三相張氏』云。」新書一二七同。

〔三〕韓氏休：京兆長安人。初應制舉，累授桃林丞。又舉賢良，擢授左補闕。開元中累拜黄門侍郎、同中書門下平章事。後以工部尚書罷。遷太子少師，封宜陽縣子。卒謚文忠。兩唐書有傳。

54 高貞公致仕〔一〕，制云：「以年致政，抑有前聞。近代寡廉，罕由斯道。」是時杜司徒年七十〔二〕，無意請老，裴晉公爲舍人〔三〕，以此譏之。

〔注〕

〔一〕高貞公：高郢，舊書一四七：高郢「元和元年冬，復拜太常卿，尋除御史大夫。數月，轉兵部尚書。逾月，再表乞骸，不許。又上言曰：『臣聞勞生佚老，天理自然，蠕動翾飛，日入皆息。自非貢禹之守經據古，趙喜之正身匪懈，韓暨之志節高潔，山濤之道德模表，縱過常期，詎爲貪冒。其有當仁不讓，急病忘身，豈止君命，猶宜身舉。臣郢不才，久辱高位，無任由衷瀝懇之至。』乃授尚書右僕射致仕。」同書一四：元和五年（八一〇）九月「癸亥，以兵部尚書高郢爲右僕射致仕。」

〔二〕杜司徒：杜佑，據舊書一四七及新書一六六，杜佑元和七年（八一二）十一月薨，壽七十八。則元和五年時佑年七十六。舊書一四七：「元和元年，册拜司徒、同平章事，封岐國公……歲餘，請致仕，詔不許，但令三五日一入中書，平章政事……元和七年，被疾，六月，復乞骸骨，表四上，情理切至，憲宗不獲已許之。」新書一六六同。

白居易集二有詩不致仕：「七十而致仕，禮法有明文，何乃貪榮者，斯言如不聞。可憐八九十，齒墮雙眸昏。朝露貪名利，夕陽憂子孫。掛冠顧翠緌，懸車惜朱輪。金章腰不勝，傴僂入君門。誰不愛富貴，誰不戀君恩？年高須告老，名遂合退身。少時共嗤誚，晚歲多因循。賢哉漢二疏，彼獨是何人？寂寞東門路，無人繼去塵。」

〔三〕裴晉公：裴度，據舊書一七〇及新書一七三，裴度元和六年以司封員外郎知制誥，此年以前正遷起居舍人。

55 苗夫人，其父太師也〔一〕，其舅張河東也，其夫延賞也，其子弘靖也，其子壻韋太尉也。

近代衣冠婦人之貴，無如此者。

〔注〕

〔一〕父太師：苗晉卿，壺關人，字元輔。第進士。累遷中書舍人。知吏部選事，進侍郎。後坐貶安康太守。徙魏郡。還東都留守致仕。玄宗入蜀，肅宗詔赴行在，拜左相。京師平，封韓國公。德宗時拜太保。卒謚文貞。兩唐書有傳。

56 李錡之擒也〔一〕，侍婢一人隨之①。錡夜則裂衿自書筦搉之功，言爲張子良所賣〔二〕，教侍婢曰：「結之衣帶。吾若從容奏對，當爲宰相，揚、益節度；不得從容，受極刑矣。吾死，汝必入内。上必問汝，汝當以此進之。」及錡伏法，京城三日大霧不開，或聞鬼哭。憲宗又得帛書，頗疑其冤，内出黄衣二襲賜錡及子②，敕京兆府收葬之。

〔校〕

① 侍　影宋鈔作「得」。

②二　唐語林六作「一」，廣記二七五作「數」。子：廣記二七五作「子弟」。

〔注〕

〔一〕李錡：隴西人。國貞子。德宗時累官浙西鹽鐵轉運使，多積寶貨，歲時奉獻，帝昵之。因侍恩驚横，養兵圖叛。繼爲鎮海節度使，罷領鹽鐵轉運。憲宗立，詔拜尚書僕射，錡無入朝意。未幾，兵敗伏誅。兩唐書有傳。

通鑑二三七：元和二年（八〇七）「冬，十月，己未，詔徵錡爲左僕射，以御史大夫李元素爲鎮海節度使。庚申，錡表言軍變，殺留後、大將。」「乙丑，制削李錡官爵及屬籍。以淮南節度使王鍔統諸道兵爲招討處置使。」「李錡以宣州富饒，欲先取之，遣兵馬使張子良、李奉仙、田少卿將兵三千襲之。三人知錡必敗，與牙將裴行立同謀討之。行立，錡之甥也，故悉知錡之密謀。三將營於城外，將發，召士卒諭之曰：『僕射反逆，官軍四集，常、湖二將繼死，其勢已蹙。今乃欲使吾輩遠取宣城，吾輩何爲隨之族滅。豈若去逆效順，轉禍爲福乎！』衆悦，許諾，即夜，還趨城。行立舉火鼓譟，應之於内，引兵趨牙門。錡聞子良等舉兵，怒，聞行立應之，撫膺曰：『吾何望矣。』跣走，匿樓下。親將李鈞引挽强三百趨山亭，欲戰，行立伏兵邀斬之。錡舉家皆哭，左右執錡，裹之以幕，縋於城下，械送京師。挽强、蕃落争自殺，尸相枕藉。癸酉，本軍以聞。」「十一月，甲申朔，錡至長安，上御興安門，面詰之。對曰：『臣初不反，張子良等教臣耳。』上曰：『卿爲元帥，子良等謀反，何不斬之，然後入朝？』錡無以對。乃并其子師回腰斬之。」

〔三〕張子良：南陽人。大曆末以戎服事郭子儀。德宗授侍御史，復職於浙西，在李錡下任兵馬使，錡敗後，以功擢檢校工部尚書、左金吾將軍，封南陽郡王，賜名奉國。鎮振武，檢校兵部尚書。元稹集五二有唐南陽郡王贈某官碑文銘，可參觀。

57 李銛〔一〕，錡之從父兄弟也。爲宋州刺史，聞錡反狀，慟哭，悉驅妻子奴婢無長幼，量其頸爲枷，自拘于觀察使。朝廷聞而愍之，薄貶而已。

〔注〕

〔一〕李銛：舊書一一二：「宰相鄭絪等議錡所坐，親疏未定，乃召兵部郎中蔣武問曰：『詔罪李錡一房，當是大功内耶？』武曰：『大功是錡堂兄弟，即淮安王神通之下，淮安有大功於國，不可以孽孫而上累。』又問：『錡親兄弟從坐否？』武曰：『錡親兄弟是若幽之子，若幽有死王事之功，如令錡兄弟從坐，若幽即宜削籍，亦所未安。』宰相頗以爲然，故誅錡詔下，唯止元惡一房而已。」同書一四：元和二年（八〇七）十月「辛巳，錡從父弟宋州刺史銛、通事舍人銑坐貶嶺外。」

58 裴相垍嘗應宏詞〔一〕，崔樞考不中第〔二〕。及爲相，擢樞爲禮部侍郎，笑而謂曰：「此報德也。」樞惶恐欲墜階。又笑曰：「此言戲耳。」

〔注〕

〔一〕裴相垍：裴垍，聞喜人。字弘中。舉進士，補美原尉。累遷翰林學士、中書舍人。李吉甫罷相，拜中書侍郎、同中書門下平章事。以病罷爲兵部尚書，卒。兩唐書有傳。大詔令四六繫裴垍命相於元和三年（八〇八）九月。舊書一四八亦繫於此年。據登科補一二、一三，裴垍貞元三年（七八七）中進士，十年中賢良方正、能直言極諫科。

〔二〕崔樞：大詔令二九貞元二十一年册皇太子赦：「中書舍人崔樞……可充皇太子侍讀。」舊書一九二：「元和五年禮部侍郎崔樞」云云。全詩三一九：「崔樞，順宗朝歷中書舍人，充東宮侍讀，終秘書監。」據唐僕尚丞郎表三、四，崔樞元和五年（八一〇）春，見在刑部侍郎權知貢舉任。同年復爲禮部侍郎，知貢舉。

59 憲宗久親政事，忽問：「京兆尹幾員？」李吉甫對曰〔一〕：「京兆尹三員，一員大尹，二員少尹。」時人謂之善對。

〔注〕

〔一〕李吉甫：趙郡人。栖筠子。字弘憲。以蔭補倉曹參軍。元和初累至同平章事。爲相歲餘，易藩鎮三十六。旋因事乞免。及再相，帝進李絳，與有隙。元和九年（八一四）暴病卒，謚忠懿。著元和郡縣圖志，後來言地志者皆祖述之。兩唐書有傳。大詔令四六繫李吉甫初命相於元和二年三月，再命相於元和六年正月。舊書一四八、新書一四六同。以「憲宗久親政事」觀之，此時當李吉甫再命相，即元和六年至九年間事。

60 獨孤郁〔二〕，權相子壻，歷掌内職綸詔①，有美名。憲宗嘗歎曰：「我女壻不如德輿女壻。」

〔校〕

① 詔　影宋鈔、廣記一六四作「誥」。

〔注〕

〔一〕獨孤郁：洛陽人。及子。字古風。元和初舉制科高等，俄進右補闕。擢翰林學士，後知制誥。致仕卒。兩唐書有傳。舊書一六八：郁「文學有父風，尤爲舍人權德輿所稱，以子妻之。」新書一六二：「德輿輔政，（郁）以嫌去内職，拜考功員外郎，仍兼脩撰。憲宗歎德輿乃有佳婿，詔宰相高選世族，故杜悰尚岐陽公主，然帝猶謂不如德輿之得郁也。」

61 韋相貫之爲尚書右丞〔一〕，入内，僧廣宣贊門曰①〔二〕：「竊聞閣下不久拜相。」貫之叱曰：「安得不軌之言！」命紙草奏，僧恐懼走出。

〔校〕

① 贊 唐語林三作「造」。

〔注〕

〔一〕韋相貫之：京兆人。肇子。名純，以字行。第進士。初歷右補闕，改禮部侍郎，轉尚書右丞。

尋同中書門下平章事，遷中書侍郎。爲張宿等所構，左遷太子詹事。穆宗立，拜河南尹。以工部尚書召，未行，卒。謚文。兩唐書有傳。

舊書一五：元和九年（八一四）十二月「戊辰，制以中大夫、守尚書右丞、上騎都尉、賜紫金魚袋韋貫之本官同中書門下平章事。」新書七及大詔令四六同。

〔三〕廣宣：全詩八二二：「廣宣，姓廖氏，蜀中人。與劉禹錫最善。元和、長慶兩朝並爲内供奉，賜居安國寺紅樓院。有紅樓集。」唐才子傳三以爲廣宣乃交州人，曾遊蜀。

62 長安中争爲碑誌，若市賈然。大官薨卒，造其門如市，至有喧競構致①，不由喪家。是時裴均之子〔一〕，將圖不朽，積縑帛萬匹，請於韋相貫之〔二〕，舉手曰：「寧餓死，不苟爲此也。」

〔校〕

①構致　四庫及得月簃作「横致」。

〔注〕

〔一〕裴均：河東人。字君齊。以明經爲諸暨尉。累遷荆南節度使。劉闢叛，均發精甲擊之，賊奔卻，加檢校吏部尚書。元和中入爲尚書右僕射，同中書門下平章事。出爲山南東道節度使。累封郇國公。尋卒。新書有傳。

新書一〇八：裴均「以財交權倖，任將相凡十餘年，荒縱無法度。」據同書七一上，裴均凡五子：錤，鍔、鋗、鐍、鎬。錤，鳳翔府參軍、河東縣男。鍔，江陵尉。

〔二〕 韋相貫之：舊書一五八：「貫之爲相，嚴身律下，以清流品爲先，故門無雜賓。」又云：「性沉厚寡言，與人交，終歲無款曲，未曾僞詞以悦人。」

63 杜羔有至行①〔一〕。其父爲河北一尉而卒〔二〕；母氏非嫡，經亂不知所之，羔嘗抱終身之感。會堂兄兼爲澤潞判官〔三〕，嘗鞫獄于私第，有老婦辯對，見羔出入，竊謂人曰：「此少年狀類吾兒②。」詰之③，乃羔母也。自此迎侍而歸。又往來河北求父厝所，邑中故老已盡，不知所詢，館于佛廟，日夜悲泣。忽覩屋柱煙煤之下，見字數行，拂而視之，乃其父遺跡，言：「後我子孫若求吾墓，當于某村某家詢之。」羔號泣而往，果有老父年八十歲餘，指其丘壠，因得歸葬。羔至工部尚書致仕。

〔校〕

①行　唐語林四、新書一七二、御覽四一四及東坡全集續集四與朱康叔十七首皆作「性」。

②兒　唐語林四及東坡全集續集四與朱康叔十七首作「夫」。

③詰　四庫作「詢」，得月簃作「請」。

〔注〕

〔一〕杜羔：據新書七二上，襄陽杜氏，杜佑生師損，師損生羔；洹水杜氏，杜廙生兼、羔。此節云「堂兄兼」，知爲襄陽杜羔。貞元進士。元和中爲萬年令。歷振武節度使，以工部尚書致仕，卒謚敬。新書有傳。

〔二〕其父：杜師損，襄陽人，杜佑子。據姓纂六、新書七二上及一七二，師損曾官秘書省著作郎，工部郎中，司農少卿。死河北。新書一七二：「父死河北，母更兵亂，不知所之，羔憂號終日。及兼爲澤潞判官，鞫獄，有媪辨對不凡，乃羔母，因得奉養。而不知父墓區處，晝夜哀慟，它日舍佛祠，觀柱間有文字，乃其父臨死記墓所在。羔奔往，亦有耆老識其壠，因是得葬。」

〔三〕杜兼：京兆人，正倫五世孫，字處弘。建中初進士。後爲濠州刺史。元和初改蘇州刺史，擢河南尹。所至殺戮聚斂，適幸其時，未嘗敗。卒年七十。兩唐書有傳。據僚佐考，兼任澤潞判官當在貞元前期。

64 衢州余氏子名長安①，父叔二人爲同郡方全所殺②。長安八歲自誓，十七乃復讎，大理斷死。刺史元錫奏言〔一〕：「臣伏見余氏一家，遭橫禍死者實二平人，蒙顯戮者乃一孝子。」又引公羊傳「父不受誅，子得讎」之義〔二〕，請下百僚集議其可否，詞甚哀切。時裴中書垍當國，李刑部鄘司刑〔三〕，事竟不行。有老儒薛伯高遺錫書曰〔四〕：「大司寇是俗吏，執政柄乃小生，余氏子宜其死矣。」

〔校〕

① 長安　唐語林一、御覽四八二同。新書一九五、册府八九六作「常安」。

② 方全　册府八九六同。唐語林一作「方金」，新書一九五作「謝全」，御覽四八二作「衣金」。

〔注〕

〔一〕元錫：册府九一七：「元錫初歷衢、蘇二州刺史，所至咸有聲績。及除福建觀察使，移鎮宣州，乃務積貨財，通權勢，深爲公議所責，因除秘書監，分司東都。尋以贓罪發，詔監察御史宋申錫按驗得實，貶壁州刺史。」全文六九三：「錫字君貺，元和九年蘇州從事。歷淄王傅，終衢州刺史。」全文誤以刺衢終，觀全文此卷所收元錫蘇州刺史謝上表、福州刺史謝上表、衢州刺史謝上表及宣州刺史謝上表即已明矣。

據刺史考一四六，元錫刺衢州約在元和四（八〇九）、五年間。據舊書一四八，裴垍元和三年拜相，五年中風疾，罷爲兵部尚書。知此節事當在元和四、五年間。

〔二〕父不受誅子得讎：春秋公羊傳二五：「父不受誅，子復讎可也。」

〔三〕李刑部鄘：舊書一四：元和四年六月「丁丑，以河東節度使李鄘爲刑部尚書，充諸道鹽鐵轉運使。」五年十二月「癸酉，諸道鹽鐵轉運使、刑部尚書李鄘檢校吏部尚書，兼揚府長史，充淮南節度使。」

〔四〕薛伯高：一名薛景晦。新書五九載薛景晦古今集驗方十卷，且云：「元和刑部郎中，貶道州刺史。」據同書七三，薛伯高父懌，河東人。刺史考一七〇考論甚詳，可參觀，此書繫伯高任道州刺史於元和九年至十三年。則元和四、五年間薛伯高任刑部郎中。

65孔戣爲華州刺史①〔一〕，奏江淮海味無堪，道路擾人，並其類數十條上②。後欲用戣，上不記名，問裴晉公，不能答。久之方省，乃拜戣嶺南節度使。有殊政，南中士人死于流竄者，子女皆爲嫁之。

〔校〕

① 戣 原作「郑」，據下文、影宋鈔、四庫、學津、得月簃、無一是齋及唐語林三改。兩唐書、全文六九三及姓纂六皆作「戣」。

② 數十 唐語林三此二字互乙。

〔注〕

〔一〕孔戣：魯人。巢父從子。字君嚴。擢進士第，爲侍御史。累擢諫議大夫，再遷尚書左丞。出爲華州刺史。歷拜嶺南節度使。穆宗立，還爲左丞。以禮部尚書致仕，卒謚貞。兩唐書有傳。舊書一五：元和九年（八一四）六月「以左丞孔戣爲華州刺史、潼關防禦、鎮國軍等使。」十二年秋七月「庚戌，以國子祭酒孔戣爲廣州刺史、嶺南節度使。」舊書一五四：元和「十二年，嶺南節度使崔詠卒，三軍請帥，宰相奏擬皆不稱旨。因入對，上謂裴度曰：『嘗有上疏論南海進蚶菜者，詞甚忠正，此人何在，卿第求之。』度退訪之，或曰祭酒孔戣嘗論此事，度徵疏進之，即日授廣州刺史、兼御史大夫、嶺南節度使。」新書一六三略同。

66 李遜爲衢州刺史〔一〕，以侯高試守縣令〔二〕。高策杖入府，以議百姓，亦近代所難也。

〔注〕

〔一〕李遜：趙州人。字友道。憲宗時累官給事中。歷山南東道、忠武軍節度使，所至有績可紀。終刑部尚書。卒謚貞。兩唐書有傳。據刺史考一四六，李遜刺衢在元和二年（八〇七）。

〔二〕侯高：全文六三九李翺故處士侯君墓誌：「侯高字元覽，上谷人。少爲道士，學黄老練氣保形之術，居廬山，號華陽居士。每激發則爲文達意，其高處駸駸乎有漢魏之風。性剛勁，懷救物之略，自儕周昌、王陵，所如固不合，視貴善宦者如糞溲。與平昌孟郊東野、昌黎韓愈退之、隴西李渤濬之、河南獨孤朗用晦、隴西李翺習之相往來。汴州亂，兵士殺留後陸長源，東取劉逸淮，乃作弔汴州文，投之大川以訴。貞元十五年，翺遇元覽於蘇州，出其詞以示翺。翺謂孟東野曰：『誠之至者，必上通上帝聞之，劉逸淮其將不久。』後數月而劉逸淮竟死。其首章曰：『穹穹與厚厚兮，烏憤予而不攄。』翺以爲與屈原、宋玉、景差相上下，自東方朔、嚴忌皆不及也。達奚撫爲楚州，起攝盱眙，祭酒李公遜刺衢州，請治信安，其觀察浙東，又宰於剡，三縣皆有政。不幸得心疾，留其子狗兒於翺家而歸廬山，不到，卒江西。」韓昌黎文集六試大理評事王君墓誌銘：王適「妻上谷侯氏處士高女。高固奇士，自方阿衡、太師，世莫能用吾言。再試吏，再怒去，發狂投江水。」

67 憲宗問趙相宗儒曰〔一〕：「人言卿在荆州，毬場草生，何也？」對曰：「死罪。有之。雖然，草生不妨毬子往來。」上爲之啓齒。

〔注〕

〔一〕趙相宗儒：穰人，驊子，字秉文，第進士。貞元間累官考功員外郎。德宗善之，遷給事中。尋以本官同平章事。元和初遷檢校吏部尚書、荆南節度使。大和中授司空致仕。卒謚昭。兩唐書有傳。

舊書一三：貞元十二年（七九六）冬十月「甲戌，諫議大夫崔損、給事中趙宗儒並同中書門下平章事，俱賜金紫。」十四年七月「壬申，以給事中、同中書門下平章事趙宗儒爲太子左庶子。」據方鎮表五，趙宗儒元和四年（八〇九）至六年節度荆南。

68 鄭陽武常言欲爲易比，以三百八十四爻各比以人事。又云：「玄義之有莊周〔二〕，猶禪律之有維摩詰〔三〕，欲圖畫之，俱恨未能。」

〔注〕

〔二〕莊周：蒙人。嘗爲漆園吏，其學無所不闚，然其要本歸於老子之言。故其著書十餘萬言，大抵率寓言也。史記有傳。

〔三〕維摩詰：讀書志一六：「注維摩詰所説經十卷，右天竺維摩詰撰。西域謂净名曰維摩詰，廣嚴城處士也。佛聞其病，使十弟子、四菩薩往問訊，皆以不勝任固辭。最後遣文殊行，因共談妙道，遂成此經。其大旨明真俗不二而已。」

69 王相注太玄經〔一〕，常取以卜，自言所中多於易筮。

〔注〕

〔一〕王相：王涯，太原人，字廣津。擢進士，又舉宏辭。累官中書侍郎、同中書門下平章事。代王播總鹽鐵，政刻急。與李訓、鄭注等謀誅宦官，事洩被殺。兩唐書有傳。

新書五九：「王涯注太玄經六卷」。涯又有說玄，書録解題九：「說玄一篇，唐宰相河南王涯廣津撰。明宗、立例、揲法、占法、辨首凡五篇。」今附於太玄經之末。

70 蔣乂撰宰臣録[一]，每拜一相，旬月必獻一卷①，故得物議所嗤。

〔校〕

① 一卷　廣記二六〇作「傳卷」。

〔注〕

〔一〕蔣乂：義興人。初名武，字德源。將明子。將明在集賢，乂署集賢小職。累遷秘書監。居史職二十年。以忤貴近，不至顯官。兩唐書有傳。

舊書一四九：「乂居史任二十年，所著大唐宰輔録七十卷」云云。新書五八、通志藝文略三、玉海五八同。册府五五六：乂「著大唐宰臣録七十卷。」

71 陳諫者〔一〕，市人，强記。忽遇染人歲籍所染綾帛，尋丈尺寸，爲簿合圍，諫泛覽悉記之。州縣籍帳，凡所一閱，終身不忘。

〔注〕

〔一〕陳諫：順宗時官河中少尹。王叔文與之結爲死友，叔文敗，貶台州司馬。歷循州刺史，量移道州刺史，卒。兩唐書有傳。新書一六八載此節事。

72 王仲舒爲郎中①〔一〕，與馬逢有善②〔二〕。每責逢曰：「貧不可堪，何不求碑誌見救？」逢笑曰：「適有人走馬呼醫，立可待否③？」

〔校〕

① 郎中　廣記四九七作「郎官」。

② 有善　影宋鈔作「友善」。

③ 待否　唐語林六作「得也」。

〔注〕

〔一〕王仲舒：祁人。字弘中。貞元中舉賢良方正高第。元和初知制誥，出爲蘇州刺史。穆宗立，召爲中書舍人。除江西觀察使。歷官皆有惠政。卒謚成。兩唐書有傳。新書一六一：「元和初召爲吏部員外郎，未幾，知制誥。」舊書一九〇下：王仲舒「累轉尚書郎。元和五年，自職方郎中知制誥。」

〔二〕馬逢：關中人。貞元五年（七八九）進士及第。佐鎮戎幕，嘗從軍出塞，有詩名。據唐才子傳五，王仲舒遷郎中當在元和四年（八〇九）以後，其時馬逢適在京師，當在咸陽尉任。

73 裴佶常話：少時姑夫爲朝官不記名姓，有雅望。佶至宅看其姑，會其朝退，深歎曰：「崔昭何人〔一〕，衆口稱美，此必行賄者也。如此安得不亂？」言未竟，閽者報壽州崔使君候謁。姑夫怒，呵閽者，將鞭之。良久，束帶强出。須臾，命茶甚急，又命酒饌，又令秣馬飤僕。姑曰①：「前何倨而後何恭也。」及入門，有得色，揖佶曰：「且憩學院中。」佶未下堦，出懷中一紙，乃昭贈官絁千匹②。

〔校〕

①姑　唐語林六作「佶」，廣記二四三作「佶姑」。

②昭　唐語林六、廣記二四三無此字。

〔注〕

〔一〕崔昭：據方鎮表五，昭曾官京兆尹、中丞，自大曆五年（七七〇）至建中元年（七八〇）先後鎮宣歙、浙東、江西。刺史考一三〇繫崔昭刺壽州在約乾元元年（七五八）至上元元年（七六〇）。

74 呂元膺爲鄂岳都團練使〔一〕，夜登城，女牆已鎖。守陴者曰：「軍法，夜不可開。」乃告言中丞自登。守者又曰：「夜中不辨是非，雖中丞亦不可。」元膺乃歸。明日，擢守陴者爲大職。

〔注〕

〔一〕呂元膺：東平人。字景夫。策賢良高第，調安邑尉。歷蘄州刺史。元和中復刺同州。進御史中丞，俄拜東都留守。改河中節度使。入拜吏部侍郎。改太子賓客卒。兩唐書有傳。新書一六二亦載此節事。舊書一四：元和五年（七一〇）十二月，「以前御史中丞吕元膺爲鄂州刺史、鄂（黄）岳沔蘄安黄等州觀察使。」據方鎮表六，吕元膺節度鄂岳在元和五年至八年。

75 王鍔累任大鎮〔一〕，財貨山積，有舊客誠鍔以積而能散之義。後數日，客復見鍔，鍔曰：「前所見教，誠如公言，已大散矣。」客曰：「請問其目。」鍔曰：「諸男各與萬貫，女壻各與千貫矣。」

〔注〕

〔一〕王鍔：太原人。字昆吾。始爲裨將，以功擢邵州刺史。尋表江州刺史，兼御史中丞，充都虞候。德宗擢爲鴻臚少卿。累官河東節度使。除檢校司空，同中書門下平章事。卒謚惠。兩唐書有傳。據方鎮表四、五及七，王鍔貞元五年（七八九）至十年鎮容管，十一年至十七年鎮嶺南，十九年至元和三年（八〇八）鎮淮南，三年至五年鎮河中，五年至十年鎮河東。舊書一五一：鍔「遷廣州刺史、御史大夫、嶺南節度使。廣人與夷人雜處，地征薄而叢求於川市。鍔能計居人之業而榷其利，所得與兩税相埒。鍔以兩税錢上供時進及供奉外，餘皆自入。西南大海中諸國舶至，則盡没其利，由是鍔家財富於公藏。日發十餘艇，重以犀象珠貝，稱商貨而出諸境。周以歲時，循環不絶，凡八年，京師權門多富鍔之財。」又云「鍔長於部領，程作有法，軍州所用竹木，其餘碎屑無所棄，皆復爲用。掾曹簾壞，吏以新簾易之，鍔察知，以故者付舡坊以替箬，其他率如此。每有饗宴，輒録其餘以備後用，或云賣之，收利皆自歸，故鍔錢流衍天下。」新書一七〇略同。

76 張圓者〔一〕，韓弘舊吏〔二〕。初弘秉節，事無大小委之，後乃奏貶。圓多怨言，乃量移，誘至汴州，極歡而遣。次八角店，白日殺之，盡收所賂而還。

〔注〕

〔一〕張圓：韓昌黎文集校注六唐河中府法曹張君墓碣銘：「君字直之。祖讙，父孝新，皆爲官汴宋間……初，舉進士，再不第，因去，事宣武軍節度使，得官至監察御史，坐事貶嶺南；再遷至河中府法曹參軍，攝虞鄉令；有能名，進攝河東令；又有名，遂署河東從事。絳州闕刺史，攝絳州事，能聞朝廷。元和四年秋，有事適東方，既還，八月壬辰，死于汴城西雙丘，年四十有七。明年二月日，葬河南偃師。」且云其逢盗死塗中。校注引國史補此節，云：「然此誌言『遇盗死塗中』，亦未曾略及貶謫之意，則國史補恐未必可信也。」

〔三〕韓弘：據方鎮表二、四，韓弘貞元十五年（七九九）至元和十四年（八一九）任宣武軍節度使。

77 于頔任高洪〔一〕，苛刻剥下，一道苦之。小將陳儀，白日袖刃，刺洪于府，群胥奔潰，洪走案庫而伏，中刃七八不死。

〔注〕

〔一〕于頔：新書一七二：「貞元十四年，拜山南東道節度使……昵吏高洪，縱使剥下，別將陳儀不勝忿，刺殺洪，一府驚潰。」

78 武相元衡遇害〔一〕，朝官震恐，多有上疏請不窮究。唯尚書左丞許孟容奏言〔二〕：「當罪京兆尹，誅金吾鋪官，大索求賊。」行行然有前輩風采。時京兆尹裴武問吏〔三〕，吏曰：「殺人者未嘗得脱。」數日，果擒賊張晏輩。

〔注〕

〔一〕武相元衡：緱氏人。字伯蒼。舉進士。德宗朝官御史中丞。順宗立，王叔文使人誘以爲黨，拒不納。劉禹錫求爲判官，不許。憲宗時典機務。王承宗請赦吴元濟，使人白事中書，元衡叱去。未幾，夜入朝，爲賊所害，謚忠愍。兩唐書有傳。

通鑑二三九：元和十年（八一五），「王承宗、李師道數上表請赦元濟，上不從。」「師道素養刺客奸人數十人，厚資給之，其人説師道曰：『用兵所急，莫先糧儲。今河陰院積江、淮租賦，請潛往焚之。募東都惡少年數百，劫都市，焚宫闕，則朝廷未暇討蔡，先自救腹心。此亦救蔡一奇也。』師道從之。自是所在盜賊竊發。辛亥暮，盜數十人攻河陰轉運院，殺傷十餘人，燒錢帛三十餘萬緡匹，穀三萬餘斛，於是人情恇懼。群臣多請罷兵，上不許。」「上自李吉甫薨，悉以用兵事委武元衡。李師道所養客説李師道曰：『天子所以鋭意誅蔡者，元衡贊之也，請密往刺之。元衡死，則他相不敢主其謀，爭勸天子罷兵矣。』師道以爲然，即資給遣之。王承宗遣牙將尹少卿奏事，爲吴元濟遊説。少卿至中書，辭指不遜，元衡叱出之；承宗又上書詆毁元衡。六月，癸卯，天未明，元衡入朝，出所居靖安坊東門；有賊自暗中突出射之，從者皆散走，賊執元衡馬行十餘步而殺之，取其顱骨而去。又入通化坊擊裴度，傷其首，墜溝中，度氈帽厚，得不死；傔人王義自後抱賊大呼，賊斷義臂而去。京城大駭，於是詔宰相出入，加金吾騎士張弦露刃以衛之，所過坊門呵索甚嚴。朝士未曉不敢出門。上或御殿久之，班猶未齊。賊遺紙於金吾及府、縣，曰：『毋急捕我，我先殺汝。』故捕賊者不敢甚急。兵部侍郎許孟容見上言：『自古未有宰相横尸路隅而盗不獲者，此朝廷之辱也。』因涕泣。又詣中書揮涕言：『請奏起裴中丞爲相，大索賊黨，窮其姦源。』戊申，詔中外所在搜捕，獲賊者賞錢萬緡，官五品；敢庇匿者，舉族誅之。於是京城大索，公卿家有複壁、重橑者皆索之。成德軍進奏院有恒州卒張晏等數人，行止無狀，衆多疑之。庚戌，神策將軍王士則等告王承宗遣晏等殺元衡。吏捕得晏等八人，命京兆尹裴武、監察御史陳中師鞫之。」「陳中師按張晏等，具服殺武元衡；張弘靖疑其不實，屢言於上，上不聽。戊辰，斬晏等五人，殺其黨十四人，李師道客竟潛匿亡去。」「元膺鞫訾嘉珍、門察，始知殺武元衡者乃師道也，元膺密以聞；以檻車送二人詣京師。」舊書一五、一五八，新書一五二皆以爲張晏輩爲王承宗所遣殺武元衡者。惟舊書一七〇、新書一七三以爲王承宗、李師道俱遣刺客刺武元衡。又，舊書一二九：「盜殺宰相武元衡，京師索賊未得。時王承宗邸中有鎮卒張晏輩數人，行止無狀，人多意之，詔録付御史陳中師按之，皆附致其罪，如京中所説。弘靖疑其不直，驟於上前言之，憲宗不聽，竟殺張晏輩。及田弘正入鄆，按簿書，亦有殺元衡者，但事曖昧，互有所説，卒未得其實。」通鑑考異即引此節，云：「然則元衡之死，必師道所爲也。但以元衡叱尹少卿，及承宗上表詆元衡，故時人皆指承宗耳。今從薛圖存河南記。」

〔二〕許孟容：舊書一五四：「會十年六月，盜殺宰相武元衡，并傷議臣裴度。時淮夷逆命，兇威方熾，王師問罪，未有成功。言事者繼上章疏請罷兵。是時盜賊竊發，人情甚惑，獨孟容詣中書雪涕而言曰：『昔漢廷有一汲黯，姦臣尚爲寢謀。今主上英明，朝廷未有過失，而狂賊敢爾無狀，寧謂國無人乎？然轉禍爲福，此其時也。莫若上聞，起裴中丞爲相，令主兵柄，大索賊黨，窮其姦源。』後數日，度果爲相，而下詔行誅。」新書一六二略同。

〔三〕裴武：據舊書一五、一六、一七上及新書七一上，知武稷山人，耀卿孫。元和八年（八一三）自司農卿出爲鄜坊節度使。入爲京兆尹。武元衡遇刺，坐捕賊馳慢爲司農卿，出爲華州刺史。授江陵尹、荆南節度使。復爲檢校禮部尚書兼司農卿。穆宗朝遷工部尚書。敬宗時出守同州，卒。

79 裴晉公爲盜所傷刺①〔一〕，隸人王義扞刃死之。公乃自爲文以祭，厚給其妻子。是歲進士撰王義傳者十有二三②。

〔校〕

① 裴晉公　廣記一六七此三字前有「王義即裴度之隸人也度爲御史中丞武元衡遇害之日」二十二字。

② 十有二三　唐語林六作「甚衆」。

〔注〕

〔一〕裴晉公：裴度，爲盜所傷事參上節注。舊書一七〇：元和「十年六月，王承宗、李師道俱遣刺客刺宰相武元衡，亦令刺度。是日，度出通化里，盜三以劍擊度，初斷鞾帶，次中背，纔絶單衣，後微傷其首，度墮馬。會度帶氈帽，故創不至深。賊又揮刃追度，度從人王義乃持賊連呼甚急，賊反刃斷義手，乃得去。度已墮溝中，賊謂度已死，乃捨去。」新書一七三略同。

80 近俗以權臣所居坊呼之，李安邑最著〔一〕，如爵邑焉。及卒，太常議謚，度支郎中張仲方駁曰〔二〕：「吉甫議信不著①，又興兵戎，以害生物，不可美謚。」其子上訴〔三〕，乃貶仲方。

〔校〕

①議信　四庫及得月簃作「義信」。

〔注〕

〔一〕李安邑：李吉甫。城坊考三：「安邑坊。中書侍郎、同中書門下平章事、趙國公李吉甫宅。」同書二：「李德裕宅在安邑坊，父吉甫舊居也，近丹鳳門外。」據城坊考三張延師、楊執一、馬燧、武元衡、李輔國、臧希晏等宅並在此坊内。

〔二〕張仲方：始興人。九皋曾孫。擢貞元進士。歷侍御史、倉部員外郎，出爲金州刺史。吉甫卒，入爲度支郎中。尋貶遂州司馬。遷河東少尹，拜鄭州刺史。敬宗朝爲諫議大夫、京兆尹。封曲江縣開國伯。兩唐書有傳。

舊書一七一：「會吕温、羊士諤誣告宰相李吉甫陰事，二人俱貶，仲方坐吕温貢舉門生，出爲金州刺史。吉甫卒，入爲度支郎中。時太常定吉甫謚爲『恭懿』，博士尉遲汾請爲『敬憲』，仲方駁議……憲宗方用兵，惡仲方深言其事，怒甚，貶爲遂州司馬，量移復州司馬。」同書九九、新書一二六略同。

〔三〕其子：舊書一四八：李吉甫「子德脩、德裕。」

李德脩：新書一四六：「子德脩，亦有志操，寶曆中爲膳部員外郎。張仲方入爲諫議大夫，德脩不欲同朝，出爲舒、湖、楚三州刺史，卒。」

東觀奏記上：「德脩，憲宗朝宰相吉甫長子也。吉甫薨，太常謚曰簡。度支郎中張仲方以憲宗好用兵，吉甫居輔弼之任，不得謂之『簡』。仲方貶遂州司馬。寶曆中，仲方徵諫議大夫，德脩不欲同立朝，連牧舒、湖、楚三州。」

81 李載者〔一〕，燕代豪傑，常臂鷹攜妓以獵，旁若無人。方伯爲之前席，終不肯仕①。載生栖筠〔二〕，爲御史大夫，磊落可觀，然其器不及父。栖筠生吉甫，任相國八年〔三〕，柔而多智。「公慚卿，卿慚長」〔四〕，近之矣。吉甫生德裕，爲相十年〔五〕，正拜太尉，清直無黨。

〔校〕

① 仕　原作「任」，據影宋鈔、四庫及得月簃改。

〔注〕

〔一〕李載：唐代墓誌彙編續集大中〇〇九李德裕撰唐故博陵崔君夫人李氏墓誌銘並序：「曾祖贈太保諱載。」新書七二上：棲筠父載。

〔二〕李棲筠：趙人。字貞一。第進士。肅宗時累官給事中，有宰相望，元載忌之，出爲常州刺史。以治行封贊皇縣子。旋拜浙西觀察使。代宗欲相棲筠，憚元載而止。棲筠見帝依違，憂憤卒。天下歸重，稱贊皇公。新書有傳。

〔三〕李吉甫：據舊書一四八，吉甫元和二年（八〇七）初命相，三年九月以檢校兵部尚書、中書侍郎、平章事充淮南節度使，六年再入相，九年病卒，前後計共八年。

〔四〕公慚卿卿慚長：張華博物志四：「太丘長陳寔，寔子鴻臚卿紀，紀子司空群，群子泰四世，於漢、魏二朝有重名，而其德漸小減，故時人爲其語曰：『公慚卿，卿慚長。』」

〔五〕李德裕：字文饒。少力學，卓犖有大節。敬宗時爲浙西觀察使。武宗時由淮南節度使入相，當國六年，弭藩鎮之禍，決策制勝，威權獨重。宣宗立，貶崖州司户卒。兩唐書有傳。據大詔令四八及舊書一七四，德裕命相在大和七年（八三三），八年出爲興元節度使，開成五年（八四〇）自淮南復相，大中元年（八四七）罷，前後計共十年。

82 李司空愬之討吴元濟也〔一〕，破新栅，擒賊將李祐〔二〕，將斬而後免之。解衣輟食，與祐卧起帳中半歲，推之肝膽，然後授以精甲，使爲先鋒，雖祐妻子在賊中，愬不疑也。夜冒風雪，行一百六十里，首縛元濟而成大功，乃祐之力也。

〔注〕

〔一〕李司空愬：隴西人，憲弟，字元直。有籌略，善騎射。元和中以討吴元濟爲唐鄧節度使，平淮西。歷山南東道節度使。封涼國公。以破李師道，進同中書門下平章事。累官至太子少保。卒謚武。兩唐書有傳。

舊書一三三：「愬有籌略，善騎射。元和十一年，用兵討蔡州吴元濟。七月，唐鄧節度使高霞寓戰敗，又命袁滋爲帥，滋亦無功。愬抗表自陳，願於軍前自効。宰相李逢吉亦以愬才可用，遂檢校左散騎常侍，兼鄧州刺史、御史大夫，充隨唐鄧節度使。」「初，吴秀琳之降，愬單騎至栅下與之語，親釋其縛，署爲衙將。秀琳感恩，期於効報，謂愬曰：『若欲破賊，須得李祐，某無能爲也。』祐者，賊之騎將，有膽略，守興橋栅，常侮易官軍，去來不可備。愬召其將史用誠誡之曰：『今祐以衆穫麥於張柴，爾可以三百騎伏旁林中，又使摇旆於前，示將焚麥者。祐素易我軍，必輕而來逐，爾以輕騎搏之，必獲祐。』用誠等如其料，果擒祐而還。官軍常苦祐，皆請殺之，愬不聽，解縛而客禮之。愬乘間常召祐及李忠義，屏人而語，或至夜分。忠義，亦降將也，本名憲，愬致之。軍中多諫愬，愬益寵祐。始募敢死者三千人以爲突將，愬自教習之。愬將襲元濟，會雨水，自五月至七月不止，溝塍潰溢，不可出師。軍吏咸以不殺祐爲言，簡翰日至，且言得賊諜者具言其事。愬無以止之，乃持祐泣曰：『豈天意不欲平此賊，何爾一身見奪於衆口。』愬又慮諸軍先以謗聞，則不能全祐，乃械送京師，先表請釋，且言：『必殺祐，則無以成功者。』比祐至京，詔釋以還愬，乃署爲散兵馬使，令佩刀巡警，出入帳中，略無猜閒。又改爲六院兵馬使。」「十月，將襲蔡州……十日夜，以李祐率突將三千爲先鋒，李忠義副之，愬自帥中軍三千，田進誠以後軍三千殿而行……李祐、李忠義坎墉而先登，敢鋭者從之，盡殺守門卒而登其門……田進誠焚子城南門，元濟城上請罪，進誠梯而下之，乃檻送京師。」新書一五四略同。

吴元濟：清池人。少陽子。少陽死，元濟匿不發喪，僞表請主兵。詔以李愬討之，執元濟，斬於長安。兩唐書有傳。

舊書一四五：吴少陽「元和九年九月卒。」吴元濟「及父死，不發喪，以病聞，因假爲少陽表，請元濟主兵務。帝遣醫工候之，即稱少陽疾愈，不見而還。」「始，少陽以病聞，(楊)元卿請凡淮西使在道路者，所在留止之。及少陽卒，凡四十日，不爲輟朝，但易將加兵於外以待。其邸吏無何妄傳董重質已殺元濟，并屠其家，李吉甫遽請對拜賀，乃輟朝。數日，知元濟尚在。時賊陰計已成，群衆四出，狂悍而不可遏，屠舞陽，焚葉縣，攻掠魯山、襄城。汝州、許州及陽翟人多逃伏山谷荆棘間，爲其殺傷驅剽者千里，關東大恐。」

〔二〕李祐：字慶之。初事吴元濟，後歷帥夏綏銀宥。治兵有法，羌戎畏服。終右龍武統軍。兩唐書有傳。

83 德宗建中元年貶御史中丞元全柔①〔一〕，二年貶御史中丞袁高〔二〕，三年貶御史中丞嚴郢〔三〕，四年貶御史中丞楊頊〔四〕，皆四月晦，談者爲異。及元和擒劉闢〔五〕、李錡〔六〕、吴元濟〔七〕，行大刑者，皆十一月朔，豈偶然耳。

〔校〕

① 全　原作「令」，據舊書一二、册府五二二、咸淳臨安志四五、姓纂四、方鎮表六及柳河東集一二先君石表陰先友記改。

〔注〕

〔一〕元全柔：柳河東集一二先君石表陰先友記：「元全柔，河南人。氣象甚偉，好以德報怨，恢然者也。爲大官，有土地。入爲太子賓客。」孫汝聽云：「建中二年九月，自杭州刺史拜黔中觀察使。貞元二年四月，遷湖南觀察使。」

舊書一二：建中元年（七八〇）四月壬戌，以「御史中丞元全柔爲杭州刺史。」

〔二〕袁高：東光人，恕己孫，字公頤。擢進士。累遷給事中。德宗將起盧杞爲饒州刺史，高見宰相，極論杞姦。詔出，執不下。天下仰其直。及卒，中外悵惜。兩唐書有傳。

舊書一二：建中二年四月丁巳，貶「御史中丞袁高韶州長史。」

〔三〕嚴郢：華陰人。字叔敖。及進士第。爲江陵判官。坐直諫流建州。代宗初召爲監察御史。大曆末拜京兆尹。結盧杞共謀逐宰相楊炎崖州。然杞忌郢才，出郢爲費州刺史。歲餘卒。新書有傳。

舊書一二：建中三年四月「壬午，貶御史大夫嚴郢爲費州長史。」

〔四〕楊頊：舊書一二：建中三年「七月甲申，以兵部郎中楊真爲御史中丞、京畿觀察使。」唐文拾遺二四：「頊，貞元時御史中丞。」嘉泰吴興志一四：「楊頊，貞元四年自濮州刺史授，遷國子祭酒。統記云興元四年。」會要七九：「故國子祭酒、贈秘書監楊頊」謚貞。全文五一四殷亮顔魯公行狀：「今檢校國子祭酒楊昱，自御史中丞、京畿採訪使除爲漢州刺史，轉湖州刺史，以舊府之恩，乘州人之請，紀公遺事，刊石立去思碑於州門之外。」勞格讀書雜識七：「參考諸書，楊頊、楊昱、楊瑱、楊真當即一人。疑本名頊，餘俱宋人避神宗諱所改。」可知楊頊建中三年七月由兵部郎中遷御史中丞、京畿觀察使，四年四月貶漢州刺史，復先後刺濮州、湖州，遷國子祭酒，贈秘書監，卒謚貞。

〔五〕劉闢：舊書一四：元和元年（八〇六）十月「戊子，斬劉闢并子超郎等九人於獨柳樹下。」新書七、通鑑二三七、册府一二一皆繫於十月戊子，會要一四亦繫於十月。

〔六〕李錡：舊書一四：元和二年「十一月甲申，斬李錡於獨柳樹下，削錡屬籍。」新書七同。

〔七〕吴元濟：舊書一五：元和十二年「十一月丙戌朔，御興安門受淮西之俘。以吴元濟徇兩市，斬於獨柳樹。」新書七同。

84 鑒虚爲僧〔一〕，頗有風格，而出入内道場，賣弄權勢，杖殺于京兆府。城中言鑒虚善煮羊脾①，傳以爲法。

〔校〕

①脾　學津作「胛」。

〔注〕

〔一〕鑒虚：舊書一五三：「僧鑒虚者，自貞元中交結權倖，招懷賂遺，倚中人爲城社，吏不敢繩。會于頔、杜黄裳家私事發，連逮鑒虚下獄。（薛）存誠案鞫得姦贓數十萬，獄成，當大辟。中外權要，更於上前保救，上宣令釋放，存誠不奉詔。明日，又令中使詣臺宣旨曰：『朕要此僧面詰之，非赦之也。』存誠附中使奏曰：『鑒虚罪款已具，陛下若召而赦之，請先殺臣，然後可取。不然，臣期不奉詔。』上嘉其有守，從之，鑒虚竟笞死。」因話録四：「元和中，僧鑒虚本爲不知肉味，作僧素無道行。及有罪伏誅，後人遂作鑒虚煮肉法，大行於世。」又參唐國史補校箋。

85 盧昂主福建鹽鐵〔一〕，贓罪大發，有瑟瑟枕大如半斗，以金牀承之。御史中丞孟簡案鞫旬月〔二〕，乃得而進。憲宗召市人估其價直，或云至寶無價；或云美石，非真瑟瑟也。

〔注〕

〔一〕盧昂：生平不詳。舊書一六三：「寶曆中……福建鹽鐵院官盧昂坐贓三十萬，（盧）簡辭按之，於其家得金牀、瑟瑟枕大如斗。昭愍見之曰：『此宮中所無，而盧昂爲吏可知也。』」新書一七七同。知盧昂贓發在寶曆間。

〔二〕孟簡：平昌人。字幾道。舉進士宏辭，入諫垣，出刺常州。累遷户部侍郎，加御史中丞。出爲山南東道節度使。坐贓左遷太子賓客，分司東都。兩唐書有傳。

舊書一六三：孟簡元和「十三年，代崔元略爲御史中丞，仍兼户部侍郎。是歲，出爲襄州刺史，山南東道節度使。」長慶三年（八二三）「十二月卒。」

依右所述，盧昂贓發，按之者盧簡辭，事在敬宗寶曆中，與孟簡、憲宗了無關涉。李肇殊誤。

86 京城貴遊尚牡丹〔一〕，三十餘年矣。每春暮，車馬若狂，以不耽玩爲恥。執金吾鋪官、圍外寺觀，種以求利①，一本有直數萬者。元和末，韓令始至長安〔二〕，居第有之，遽命斸去，曰：「吾豈效兒女子耶！」

〔校〕

①執金吾鋪官 影宋鈔無「吾」字，廣記四〇九作「金吾鋪」，可參賈鴻源唐國史補執金吾鋪官圍外獻疑一文。

〔注〕

〔一〕尚牡丹：酉陽雜俎前集一九：「牡丹，前史中無説處，唯謝康樂集中言竹間水際多牡丹。成式檢隋朝種植法七十卷中，初不記説牡丹，則知隋朝花藥中所無也。開元末，裴士淹爲郎官，奉使幽冀回，至汾州衆香寺，得白牡丹一窠，植於長安私第，天寶中，爲都下奇賞。」英華一四九舒元輿牡丹賦并序云：「古人言花者，牡丹未嘗與焉。蓋遁於深山，自幽而芳，不爲貴者所知，花則不可過爲。天后之鄉西河也，有衆香精舍，下有牡丹，其花特異。天后歎上苑之有闕，因命移植焉，由此京國牡丹日月寖盛。今則自禁闥，洎官署，外延士庶之家，瀰漫如四瀆之流，不知其止息之地。每暮春之月，遨遊之士如狂焉，亦上國繁華之一事也。」李樹桐唐史新論有唐人喜愛牡丹考考之甚詳，可參觀。

〔二〕韓令：韓弘，舊書一五六：元和「十四年，誅李師道，收復河南二州，弘大懼。其年七月，盡攜汴之牙校千餘人入覲……三上章堅辭戎務，願留京師奉朝請。」據城坊考三，韓弘宅在永崇坊。

87 郝玼鎮良原[一]，捕吐蕃而食之，西戎大懼。憲宗召欲授鉞，睹其老耄乃止。

〔注〕

〔一〕郝玼：貞元中爲臨涇鎮將。説節度使城臨涇爲行原州，元和三年（八〇八）遂以玼爲刺史戍之，自是吐蕃不敢犯。累遷涇原行營節度使，封保定郡王。徙爲慶州刺史，卒。兩唐書有傳。舊書一五二：「玼出自行間，前無堅敵。在邊三十年，每戰得蕃俘，必刳剔而歸其屍，蕃人畏之如神。」新書一七〇同。

88 王忱爲盩厔鎮將①，清苦肅下。有軍士犯禁，杖而枷之，約曰：「百日而脱。未及百日而脱者有三：我死則脱，爾死則脱，天子之命則脱。非此，臂可折，約不可改也。」由是秋毫不犯。

〔校〕

① 王忱 唐語林二、商務説郛作「王悦」。

89 太和公主出降回鶻〔一〕，上御通化門送之，百僚立班于章敬寺門外。公主駐車幕次，百僚再拜，中使將命出幕，答拜而退。

〔注〕

〔一〕太和公主：憲宗女。長慶初出降回鶻，武宗會昌時迎歸國，回鶻旋爲唐所滅。舊書一六：長慶元年（八二一）五月，「皇妹太和公主出降迴紇登羅骨没施合毗伽可汗。甲子，命金吾大將軍胡證充送公主入迴紇使，兼册可汗；又以太府卿李鋭爲入迴紇婚禮使。」七月「辛酉，太和長公主發赴迴紇，上以半仗御通化門臨送，群臣班於章敬寺前。」同書一九五記此事甚詳，可參觀。

90 長慶初，趙相宗儒爲太常卿〔一〕，贊郊廟之禮。時罷相二十餘年，年七十六，衆論伏其精健。右常侍李益笑曰①〔二〕：「是僕東府試官所送進士也。」

〔校〕

① 李益　唐語林三作「郎孝奕」。

〔注〕

〔一〕趙相宗儒：舊書一三：貞元十四年（七九八）七月「壬申，以給事中、同中書門下平章事趙宗儒爲太子左庶子。」同書一六七：宗儒「長慶元年二月，檢校右僕射，守太常卿。」大和「六年，詔以司空致仕。是歲九月卒，年八十七。」則年七十六時在長慶元年（八二一），正守太常卿，上距貞元十四年罷相二十三年矣。

〔二〕李益：册府四八一：「李益爲右常侍，元和十五年入閤失儀，侍御史許康佐參奏乖錯，俱待罪，各罰俸一月。」唐才子傳四：「李益自元和末至大和初，官散騎常侍。」

91 田令既爲成德所害①〔一〕，天子召其子布于涇州〔二〕，與之舉哀，而授魏博節度。布乃盡出妓樂，捨鷹犬，哭曰：「吾不回矣。」次魏郊三十里，跣足被髮而入。後知力不可報②，密爲遺表，伏劍而終。

〔校〕

① 成德　唐語林六作「王庭湊」。

〔注〕

②報 唐語林六作「執」。

〔一〕田令：田弘正，平州人，字安道，本名興。承嗣曾孫懷諫襲節度，年幼，委政於私奴蔣士則。時弘正爲兵馬使，衆迎弘正殺士則。於是圖地以獻，憲宗詔充魏博節度。以討王承宗、李師道功加同平章事。長慶初王承宗卒，帝詔弘正爲節度使，兼中書令。未幾軍亂遇害。贈太尉，謚忠愍。兩唐書有傳。

通鑑二四二：「初，田弘正受詔鎮成德，自以久與鎮人戰，有父兄之仇，乃以魏兵二千從赴鎮，因留以自衛，奏請度支供其糧賜。户部侍郎、判度支崔倰，性剛褊，無遠慮，以爲魏、鎮各自有兵，恐開事例，不肯給。弘正四上表，不報；不得已，遣魏兵歸。倰，沔之孫也。弘正厚於骨肉，兄弟子姪在兩都者數十人，競爲侈靡，日費約二十萬，弘正輦魏、鎮之貨以供之，相屬於道；河北將士頗不平。詔以錢百萬緡賜成德軍，度支輦運不時至，軍士益不悦。都知兵馬使王庭湊，本回鶻阿布思之種也，性果悍陰狡，潛謀作亂，每抉其細故以激怒之，尚以魏兵故，不敢發。及魏兵去，（長慶元年七月）壬戌夜，庭湊結牙兵譟於府署，殺弘正及僚佐、元從將吏并家屬三百餘人。庭湊自稱留後。」舊書一六、一四一、新書八、一四八略同。惟舊書云弘正七月二十八日夜遇害，二十八日爲壬辰，且此月乙未朔，並無壬戌，通鑑、新書誤。

〔二〕布：弘正子。字敦禮，一云執禮。王師討蔡，布以戰功授御史中丞。蔡平，爲河陽節度使。弘正遇害，召拜魏博節度使。後軍亂自殺。兩唐書有傳。

舊書一六：長慶元年（八二一）正月「癸卯以河陽懷節度使田布爲涇州刺史，充四鎮北庭行營、涇原節度使。」通鑑二四二：八月「乙亥，起復前涇原節度使田布爲魏博節度使，令乘驛之鎮。布固辭不獲，與妻子賓客訣曰：『吾不還矣！』悉屏去旌節導從而行，未至魏州三十里，被髮徒跣，號哭而入，居于堊室；月俸千緡，一無所取，賣舊産，得錢十餘萬緡，皆以頒士卒，舊將老者兄事之。」「初，田布從其父弘正在魏，善視牙將史憲誠，屢稱薦，至右職；及爲節度使，遂寄以腹心，以爲先鋒兵馬使，軍中精鋭，悉以委之。憲誠之先，奚人也，世爲魏將；魏與幽、鎮本相表裏，及幽、鎮叛，魏人固摇心。布以魏兵討鎮，軍于南宫，上屢遣中使督戰，而將士驕惰，無鬬志，又屬大雪，度支饋運不繼。布發六州租賦以供軍，將士不悦，曰：『故事，軍出境，皆給朝廷。今尚書刮六州肌肉以奉軍，雖尚書瘠己肥國，六州之人何罪乎？』憲誠陰蓄異志，因衆心不悦，離間鼓扇之。會有詔分魏博軍與李光顔，使救深州，（二年正月）庚子，布軍大潰，多歸憲誠；布獨與中軍八千人還魏，壬寅，至魏州。癸卯，布復召諸將議出兵，諸將益偃蹇，曰：『尚書能行河朔舊事，則死生以之；若使復戰，則不能也。』布無如之何，歎曰：『功不成矣！』即日，作遺表具其狀，略曰：『臣觀衆意，終負國恩；臣既無功，敢忘即死。伏願陛下速救光顔、元翼，不然者，忠臣義士皆爲河朔屠害矣！』奉表號哭，拜授幕僚李石，乃入啓父靈，抽刀而言曰：『上以謝君父，下以示三軍。』遂刺心而死。」舊書一四一、新書一四八略同。

92 韋山甫以石流黄濟人嗜欲〔一〕，故其術大行，多有暴風死者。其徒盛言山甫與陶貞白同壇受籙〔二〕，以爲神仙之儔。長慶二年，卒於餘干。江西觀察使王仲舒遍告人曰〔三〕：「山甫老病而死，死而速朽，無小異于人者。」

〔注〕

〔一〕韋山甫：據新書七四上及姓纂二，知山甫京兆人，德運子，官屯田郎中。舊書一七一：「憲宗季年鋭於服餌，詔天下搜訪奇士。宰相皇甫鎛與金吾將軍李道古挾邪固寵，薦山人柳泌及僧大通、鳳翔人田佐元，皆待詔翰林。憲宗服泌藥，日增躁渴，流聞於外。（裴）潾上疏諫曰：『……伏見自去年已來，諸處頻薦藥術之士，有韋山甫、柳泌等，或更相稱引，迄今狂謬，薦送漸多。』」新書一一八略同。全詩五一一張祜硫黄：「一粒硫黄入貴門，寢堂深處問玄言。時人盡説韋山甫，昨日餘干弔子孫。」

〔二〕陶貞白：陶弘景。字通明，自號華陽隱居，丹陽秣陵人。年十歲得葛洪神仙傳而研習之。善琴碁，工草隸。齊高帝作相，引爲諸王侍讀，除奉朝請。永明十年（四九二）辭禄，隱居句曲山。天監四年（五〇五）移居積金東澗。大同二年（五三六）卒，謚貞白先生。梁書有傳。王家葵陶弘景叢考考其生平甚詳，可參觀。

〔三〕王仲舒：據方鎮表五，王仲舒元和十五年（八二〇）至長慶三年（八二三）節度江西。

93 蘇州重玄寺閣一角忽墊，計其扶薦之功，當用錢數千貫。有遊僧曰：「不足勞人，請一夫斫木爲楔，可以正也。」寺主從之。僧每食畢，輒持楔數十，執柯登閣，敲椓其間。未逾月①，閣柱悉正。

〔校〕

①逾月　廣記二二七作「旬日」。

94 舊説聖善寺閣常貯醋數十甕，恐爲蛟龍所伏，以致雷霆也。

〔校〕

①雷霆　廣記二二七作「雷電」。

95 王彦伯自言醫道將行①，時列三四竈，煮藥于庭。老少塞門而請，彦伯指曰：「熱者飲此，寒者飲此，風者飲此，氣者飲此。」皆飲之而去。翌日，各負錢帛來酬，無不效者。

〔校〕

①自言醫道將行　白孔六帖一一引唐語林作「醫既著」。

96 宋清賣藥于長安西市〔一〕。朝官出入移貶，清輒賫藥迎送之①。貧士請藥，常多折券。人有急難，傾財救之。歲計所入，利亦百倍。長安言：「人有義聲，賣藥宋清。」

〔校〕

①賫　原作「賣」，據影宋鈔改。

〔注〕

〔一〕宋清：柳河東集一七宋清傳：「宋清，長安西部藥市人也。居善藥。有自山澤來者，必歸宋清氏，清優主之。長安醫工得清藥輔其方，輒易讎，咸譽清。疾病疕瘍者，亦皆樂就清求藥，冀速已。清皆樂然響應。雖不持錢者，皆與善藥，積券如山，未嘗詣取直。或不識遥與券，清不爲辭。歲終，度不能報，輒焚券，終不復言。」

97 揚州有王生者，人呼爲王四舅，匿跡貨殖，厚自奉養，人不可見。揚州富商大賈，質庫酒家，得王四舅一字，悉奔走之。

98 竇氏子言：家方盛時，有奴厚斂群從數宅之資，供白麥麵〔一〕。醫云白麥性平，由是恣食不疑。凡數歲①，未嘗生疾。其後有奴告其謬妄，所輸麵乃常麥，非白麥也。群從諸宅，一時暴熱皆發。

〔校〕

① 凡 四庫及得月簃作「越」。

〔注〕

〔一〕白麥：新書三七：豐州九原郡「土貢白麥。」全詩二二四杜甫送蔡希曾都尉還隴右因寄高三十五書記：「漢使黄河遠，涼州白麥枯。」大詔令二九大和七年册皇太子德音：「月進士蘇白麥樹裁選場棘斜修橋梁等。」重修政和經史證類備用本草二五：「陳藏器本草云……河、渭以西，白麥麵涼，以其春種，闕二時氣使之然也。」

99 故老言：五十年前，多患熱黄，坊曲必有大署其門，以烙黄爲業者。灞滻水中，常有晝至暮去者，謂之「浸黄」。近代悉無，而患腰脚者衆耳，疑其茶爲之也。

100 凡射知雉兔頭脚之法，云：先以加其頭，次減其脚，以見脚除頭，以本頭除脚。飛者在上，走者在下。

101 古之屋室，中爲牖，東爲户。故今語曰：「二十三日正南，二十五日當户〔一〕。」

〔注〕

〔一〕二十三日正南二十五日當户：欽定協紀辨方書三五：「太白逐日遊方。通書曰：一日、十一日、二十一日正東，二日、十二日、二十二日東南，三日、十三日、二十三日正南，四日、十四日、二十四日西南，五日、十五日、二十五日正西，六日、十六日、二十六日西北，七日、十七日、二十七日正北，八日、十八日、二十八日東北，九日、十九日、二十九日中方，十日、二十日、三十日在天。」

102 或説天下未有兵甲時，常多刺客①。李汧公勉爲開封尉〔一〕，鞫獄，獄囚有意氣者，感勉求生②，勉縱而逸之。後數歲，勉罷秩，客遊河北，偶見故囚。故囚喜迎歸，厚待之，告其妻曰：「此活我者，何以報德？」妻曰：「償縑千匹可乎？」曰：「未也。」妻曰：「二千匹可乎？」亦曰：「未也。」妻曰：「若此③，不如殺之。」故囚心動。其僮哀勉，密告之。勉衩衣乘馬而逸④。比夜半，行百餘里，至津店。店老父曰：「此多猛獸，何敢夜行？」勉因話言。言未畢，梁上有人瞥下曰：「我幾誤殺長者。」乃去。未明，攜故囚夫妻二首以示勉。

〔校〕

① 或説天下未有兵甲時常多刺客　唐語林四作「天寶以前多刺客」。

②　感　唐語林四作「感哀」。

③　若此　唐語林四作「大恩難報」。

④　衩　唐語林四作「被」。

〔注〕

〔一〕李汧公勉：舊書一三一：李勉「以近屬陪位，累授開封尉。時昇平日久，且汴州水陸所湊，邑居庬雜，號爲難理，勉與聯尉盧成軌等，並有擒姦擿伏之名。至德初，從至靈武，拜監察御史。」新書一三一略同。

103 貞元中①，長安客有買妾者，居之數年，忽爾不知所之。一夜，提人首而至，告其夫曰：「我有父冤，故至于此，今報矣！」請歸，泣涕而訣，出門如風。俄頃卻至，斷所生二子喉而去。

〔校〕

①　貞元中　唐語林五作「唐貞觀元年」。

唐國史補卷之下

凡一百三節

唐李肇撰

1 宰相自張曲江之後，稱房太尉、李梁公爲重德〔一〕。德宗朝，則崔太傅尚用〔二〕，楊崖州尚文，張鳳翔尚學，韓晉公尚斷，乃一時之風采。其後貞元末年，得高貞公、鄭門下，亦足坐鎮風俗。憲宗朝，則有杜邠公之器量，鄭少保之清儉，鄭武陽之精粹，李安邑之智計，裴中書之秉持，李僕射之强貞①，韋河南之堅正，裴晉公之宏達，亦各行其志也。別本「一時之風采」下作「其後天子少，陸忠州每言我自教得。又自賈僕射爲識字董秦，故常有別受顧問者。末年得高貞公」，其下並同。

〔校〕

① 强貞　影宋鈔作「强直」。

〔注〕

〔一〕李梁公：李峴，隴西人，恪孫。折節下士，善吏治。天寶中累遷京兆尹。楊國忠惡其不附己，出爲長沙郡太守。肅宗立，拜京兆尹，封梁國公。乾元二年（七五九）拜相。後出爲蜀州刺史。代宗朝復相。官終兵部尚書。兩唐書有傳。

〔三〕崔太傅：崔祐甫，長安人，字貽孫。第進士。代宗時累官中書舍人。德宗時拜門下侍郎同平章事，改中書侍郎，仍平章事。卒謚文貞，贈太傅。兩唐書有傳。

2 凡拜相禮，絶班行，府縣載沙填路，自私第至子城東街，名曰「沙堤」〔一〕。有服假，或百僚問疾，有司就私第設幕次排班。每元日、冬至立仗，大官皆備珂傘，列燭有至五六百炬者，謂之「火城」。宰相火城將至，則衆少皆撲滅以避之①。

〔校〕

①衆少　四庫及得月簃作「衆火」。

〔注〕

〔一〕沙堤：舊書一九〇下：「楊收作相後，（薛）逢有詩云：『須知金印朝天客，同是沙隄避路人。』」雲溪友議六：「後杜公爲度支侍郎，有直上之望，草麻待宣，府吏已上，於杜公門搆板屋，將布沙堤。忽有東門驃騎奏以小疵，而丞旨以蔣伸侍郎拜相，杜出鎮天平，憂悒不樂，失其大望。」全詩三八五張籍謝裴司空寄馬：「長思歲旦沙堤上，得從鳴珂傍火城。」

3 宰相判四方之事有堂案①，處分百司有堂帖，不次押名曰「花押」②。黄敕既行，下有小異同曰「帖黄」，一作「押黄」。

〔校〕

① 堂案　廣記一八七作「都堂」。舊書一八上：會昌元年（八四一）「十二月，中書門下奏修實録體例：『或取捨存於堂案，或與奪形於詔敕，前代史書所載奏議，罔不由此。』」通鑑二四四胡注：「堂，謂政事堂。案，文案也。」

② 不次　廣記一八七作「下次」。

4 宰相相呼爲「元老」，或曰「堂老」①。兩省相呼爲「閣老」。尚書丞郎郎中相呼爲「曹長」②。外郎御史遺補相呼爲「院長」③。上可兼下，下不可兼上，唯侍御史相呼爲「端公」。

〔校〕

①宰相相呼爲元老或曰堂老　商務説郛作「宰相相呼曰室老」。

②郎中　廣記一八七無此二字，容齋四筆一五同。

③外郎御史遺補　廣記一八七作「員外郎御史拾遺」。

5 兩省謔起居郎爲「螭頭」，以其立近石螭也〔一〕。中書門下官並于西省上事，以便禮儀。五品已上，宰相送之，仍並廊參①。

〔校〕

①廊　廣記一八七作「卿」。

〔注〕

〔一〕立近石螭：新書四七：「起居郎二人，從六品上。掌録天子起居法度。天子御正殿，則郎居左，舍人居右。」「若仗在紫宸内閤，則夾香案分立殿下，直第二螭首，和墨濡筆，皆即坳處，時號螭頭。」

6 長慶初，上以刑法爲重，每有司斷大獄，又令中書舍人一員參酌而出之，百司呼爲「參酌院」。

7 南省故事：左右僕射上，宰相皆送，監察御史捧案，員外郎奉筆，殿中侍御史押門，自丞郎御史中丞皆受拜。而朝論以爲臣下比肩事主，儀注太重，元和已後，悉去舊儀，唯乘馬入省門如故。上訖，宰相百僚會食都堂。

8 國初至天寶，常重尚書，故房梁公言李緯好髭鬚〔一〕，崔日知有望省樓〔二〕，張曲江論牛仙客〔三〕，皆其事也。兵興之後，官爵寖輕，八座用之酬勳不暇〔四〕，故今議者以丞郎爲貴①。

〔校〕

① 爲貴　影宋鈔此下有小字「此下漏申明同省敕一節，附于卷末」，而將下節置於本卷末，且注云：「此節不在論尚書丞郎下，溺書補於此」。

〔注〕

〔一〕房梁公：房玄齡，臨淄人，彦謙子。年十八舉進士，授羽騎尉。太宗徇渭北，署行軍記室參軍，封臨淄侯。太宗即位，累遷左僕射，徙梁國公。居相位十五年，進司空。累表固辭。卒謚文昭。兩唐書有傳。

李緯：新書七二上：李緯，公挺子，官户部尚書。

舊書六六：貞觀「二十二年，太宗幸翠微宫，授司農卿李緯爲民部尚書。玄齡時在京城留守，會有自京師來者，太宗問曰：『玄齡聞李緯拜尚書如何？』對曰：『玄齡但云李緯好髭鬚，更無他語。』太宗遽改授緯洛州刺史。」

〔二〕崔日知：靈昌人。字子駿。少孤貧力學，擢明經，爲朔方判官。景雲中爲洛州司馬。累遷京兆尹。坐贓貶歙縣丞。後爲太常卿。終洛州長史。卒謚襄。兩唐書有傳。

舊書九九：「日知俄遷太常卿。自以歷任年久，每朝士参集，常與尚書同列，時人號爲『尚書裏行』，遂爲口實。」新書一二一同。隋唐嘉話下：「崔潞府日知，歷職中外，恨不居八座。及爲太常，於都寺廳事後起一樓，正與尚書省相望，人謂之崔公望省樓。」

〔三〕張曲江論牛仙客：新書一二六：玄宗「又將以涼州都督牛仙客爲尚書，九齡執曰：『不可。尚書，古納言，唐家多用舊相，不然，歷内外貴任，妙有德望者爲之。仙客，河、湟一使典耳，使班常伯，天下其謂何？』」

〔四〕八座：通典二二：「八座：後漢以六曹尚書并令、僕二人，謂之八座。魏以五曹尚書、二僕射、一令爲八座，宋齊八座與魏同。隋以六尚書、左右僕射及令爲八座，大唐與隋同。」舊書一一：大曆二年（七六七）「時方面勳臣升八座者多非正員，朝命正員者以知省事爲名。」

9 元和末，有敕申明：父子、兄弟無同省之嫌。自是楊於陵任尚書〔一〕，其子嗣復歷郎署〔二〕，兄弟分曹者亦數家。

〔注〕

〔一〕楊於陵：弘農人。字達夫。年十八擢進士第。穆宗時累遷户部尚書、東都留守。封弘農郡公。卒謚忠孝。兩唐書有傳。

舊書一五：元和十三年八月「乙亥，敕應同司官有大功已上親者，但非連判及勾檢之官并官長，則不在迴避改换之限。時刑部員外郎楊嗣復以父於陵除户部侍郎，遂以近例避嫌，請出省，不從，因有是敕。」同書一七六、會要五七、册府六〇略同。

〔二〕楊嗣復：字繼之，進士擢第，釋褐校書郎，累官禮部員外郎，中書舍人。與牛僧孺、李宗閔同進退，拜户部侍郎，領諸道鹽鐵轉運使，同平章事。武宗朝李德裕輔政，出爲湖南觀察使，再貶潮州刺史。宣宗詔還，卒於岳州，謚孝穆。兩唐書有傳。

10 自開元二十二年①，吏部置南院，始懸長名〔一〕，以定留放。時李林甫知選〔二〕，寧王私謁十人〔三〕，林甫曰：「就中乞一人賣之。」②于是放選牓云：「據其書判，自合得留。緣囑寧王，且放冬集〔四〕。」

〔校〕

① 二十二年　廣記一八六無下「二」字。

② 寧王私謁十人林甫曰就中乞一人賣之　廣記一八六作「寧王私謁林甫曰就中乞一人林甫責之」。

〔注〕

〔一〕始懸長名：通鑑二〇一：總章二年（六六九），「時承平既久，選人益多，是歲，司列少常伯裴行儉始與員外郎張仁禕設長名姓歷牓，引銓注之法。又定州縣升降、官資高下。其後遂爲永制，無能革之者。」舊書八四、新書四五、一〇八同。

〔二〕李林甫：據嚴耕望唐僕尚丞郎表三、一〇，李林甫開元二十年（七三二）或上年由刑部侍郎遷吏部侍郎。此節事亦見載於新書二二三上。

〔三〕寧王：李憲，睿宗長子。武后以睿宗爲皇帝，故憲立爲皇太子。睿宗降爲皇嗣，更册爲皇孫，與諸王俱出閤。帝將建東宫，憲涕泣固讓。及卒，追謚讓皇帝。兩唐書有傳。

〔四〕冬集：會要七五：「冬集。大曆十一年五月敕：禮部送進士、明經、明法、宏文生及崇賢生、道舉等，准式，據書判資蔭，量定冬集授散。其春秋、公羊、穀梁、周禮、儀禮業人，比緣習者校少，開元中敕一例冬集，其禮業每年授散。自今以後，禮人及道舉明法等，有試書判稍優，并蔭高及身是勳官三衛者，准往例注冬集，餘並授散。」

11 裴僕射遵慶罷相①〔一〕，知選，朝廷優其年德，令就宅注官，自宣平坊牓引仕子以及東市西街②，時人以爲盛事。

〔校〕

① 慶　原作「度」，僅新書五八有「裴遵度王政記」，按舊書一一三亦當是「裴遵慶」之誤。今據舊

書一一三、新書一四〇、册府八四〇改。

② 宣平坊　據全唐文補編四七楊綰唐故尚書右僕射贈司空裴府君神道碑，裴遵慶宅在昇平坊。西街：廣記一八六作「兩街」。

〔注〕

〔一〕裴遵慶：聞喜人。字少良。幼强學。始爲大理丞，擢吏部員外郎，判南曹，詳而不苛。肅宗時累遷尚書右僕射，知選事。大曆中卒。兩唐書有傳。新書一四〇：「時帝在陜，遵慶脱身赴行在。帝還，遷太子少傅。罷爲集賢院待制，改吏部尚書，以尚書右僕射復知選事，朝廷優其老，聽就第注官，時以爲榮。」舊書一一：廣德元年（七六三）十二月乙未，以「黄門侍郎、同平章事裴遵慶爲太子少傅，並罷知政事。」永泰元年（七六五）三月壬辰朔，詔遵慶集賢院待詔。二年八月「癸卯，太子少保裴遵慶爲吏部尚書。」大曆四年（七六九）三月壬申，「吏部尚書裴遵慶爲右僕射」。

12 長慶初，李尚書絳議置郎官十人〔一〕，分判南曹，吏人不便，旬日出爲東都留守。自是選曹成狀，常亦速畢也。

〔注〕

〔一〕李尚書絳：贊皇人。字深之。擢進士宏辭。元和中歷中書舍人。累拜中書侍郎、同中書門下平章事。以足疾求免，罷爲禮部尚書。寶曆初拜尚書右僕射。文宗時爲山南西道節度使。累封趙郡公。後爲亂兵所害。謚貞。兩唐書有傳。

舊書一六四：李絳「長慶元年，轉吏部尚書。是歲加檢校尚書右僕射，判東都尚書省事，充東都留守。」

13 李建爲吏部郎中〔一〕，常言于同列曰：「方今俊秀，皆舉進士。使僕得志，當令登第之歲，集于吏部，使尉緊縣①，既罷又集，乃尉兩畿②，而升于朝。大凡中人，三十成名，四十乃至清列，遲速爲宜。既登第，遂食禄；既食禄，必登朝，誰不欲也？無淹翔以守常限③，無紛競以求再捷，下曹得其修舉④，上位得其歷試⑤。就而言之，其利甚博⑥。」議者多之。

〔校〕

① 緊縣　唐語林二下有「既罷復集使尉望縣」八字，廣記一八六同，唯「使」作「稍」。

②兩畿　唐語林二、廣記一八六作「畿縣」。

③淹翔　唐語林二作「淹滯」。

④修舉　廣記一八六作「循舉」。

⑤歷試　唐語林二、廣記一八六作「更歷」。

⑥博　唐語林二作「溥」。

〔注〕

〔一〕李建：趙州人。遜弟。字杓直。與兄俱客荆州，鄉人争鬬不詣府而詣建。德宗擢爲左拾遺、翰林學士。官終刑部侍郎。兩唐書有傳。舊書一五：元和「十五年四月禮部侍郎李建奏上」云云。同書一二九：十五年（八二〇）「十二月，（韓皐）以銓司考科目人失實，與刑部侍郎知選事李建罰一月俸料。」知元和十五年四月後十二月前，李建由禮部侍郎轉刑部侍郎知吏部選事。唐僕尚丞郎表三、四、一〇及二〇考建仕歷甚詳，可參觀。

14 吏部甲庫，有朱泚僞黄案數百道，省中常取戲玩，已而藏之。柳闢知甲庫，白執政，于都堂集八座丞郎而焚之。

15 郎官故事：吏部郎中二廳，先小銓，次格式；員外郎二廳，先南曹，次廢置。刑部分四覆，户部分兩賦，其制尚矣。

16 舊説：吏部爲「省眼」，禮部爲「南省舍人」，考功、度支爲「振行」，比部得廊下食，以飯從者，號「比盤」。二十四曹呼左右司爲「都公」。省下語曰①：「後行祠屯，不博中行都門；下行刑户②，不博前行駕庫。」

〔校〕

① 省下　唐語林六、廣記一八七作「省中」。

② 下　影宋鈔、唐語林六、廣記一八七作「中」。刑户：唐語林六作「刑部」，廣記一八七作「禮部」，汪紹楹校引明鈔本同本書。

17 故事，度支案，郎中判入，員外判出，侍郎總統押案而已。貞元已後①，方有使額也。

〔校〕

①貞元 唐語林六作「乾元」。會要五九：「故事，度支按郎中判入，員外判出，侍郎總統押案而已，官銜不言專判度支。開元以後，時事多故，遂有他官來判者。」「乾元元年，第五琦除度支郎中、河南五道度支使。」通鑑二一九又載：至德元載（七五六），「加（第五）琦山南等五道度支使。」胡注：「度支使始此。」互有參互。

18 郎官當直，發敕爲重。水部員外郎劉約直宿〔一〕，會河北繫囚配流嶺南，夜發敕，直宿令史不更事，唯下嶺南，不下河北。旬月後，本州聞奏，約乃出官。

〔注〕

〔一〕劉約：全文七六〇：「約，官水部員外郎。歷滄州、天平節度使。徙宣武，卒。」元稹集四六有元宗簡權知京兆少尹劉約行尚書司門員外郎制。據刺史考五五、六六、七三、一〇九、一一〇、

一一一、二二七八及方鎮表二、三、四，約先後刺梧州、齊州、棣州、德州，鎮義昌、天平、宣武。大中三年（八四九）刺汴州，未之任，卒。曾檢校吏部尚書、贈左僕射。其任京官或在長慶中刺齊州、棣州後，開成三年（八三八）刺德州前。

19 貞元末，有郎官四人自行軍司馬賜紫而登郎署〔一〕，省中謔爲「四軍紫」。

〔注〕

〔一〕自行軍司馬賜紫而登郎署：舊書四四：「節度使一人，副使一人，行軍司馬一人，判官二人，掌書記一人，參謀，隨軍四人。皆天寶後置。檢討未見品秩。」全文四三〇李翰淮南節度行軍司馬廳壁記：「軍出於内謂之將，鎮於外謂之使，佐其職者謂之行軍司馬。行軍司馬之職，弼戎政，掌武事。居常習蒐狩之禮，有役申戰陣之法。凡軍之攻，戰之備，列於器械者，辨其賢良。凡軍之材，食之用，頒於卒乘者，均其賜予。合其軍書契之要，比其軍符籍之伍，賞罰得議，號令得聞，三軍以之，聲氣行之哉。雖主武，蓋文之職也。」舊書四五：「上元元年八月又制：『……文武三品已上服紫，金玉帶。四品服深緋，五品服淺緋，並金帶。六品服深緑，七品服淺緑，並銀帶。八品服深青，九品服淺青，並鍮石帶。庶人並銅鐵帶。』」據舊書四三，郎中從五品上，員外郎從六品上，皆不得服紫。

20 御史故事，大朝會則監察押班，常參則殿中知班①，入閣則侍御史監奏。蓋含元殿最遠，用八品；宣政其次，用七品；紫宸最近，用六品。殿中得立五花磚②，緑衣，用紫案褥之類，號爲「七貴」。監察院長與同院禮隔，語曰：「事長如事端。」凡上堂絶言笑。有不可忍，雜端大笑，則合座皆笑，謂之「烘堂」。烘堂不罰。大夫中丞入三院，罰直盡放，其輕重尺寸由于吏人，而大者存之黄卷。三院上堂有除改者，不得終食，惟刑部郎官得終之③。

〔校〕

① 知班　廣記一八七作「分班」。

② 五花磚　廣記一八七作「花塼」。

③ 郎官　廣記一八七作「郎中」。

21 王某云：往年任官同州，見御史出按回，止州驛，經宿不發，忽索雜案，又取印曆，鏁驛甚急，一州大擾。有老吏竊哂，乃因庖人以通憲胥，許百縑爲贈。明日未明，已啓驛門，盡還案牘。御史乘馬而去。

22 崔薳爲監察①〔一〕，巡囚至神策軍②，爲吏所陷，張蓋而入，諷軍中索酒食，意欲結歡。竇文場怒奏〔二〕，立敕就臺，鞭于直廳而流血③。自是巡囚不至禁軍也。

〔校〕

① 薳　原作「蘧」，據廣記一八七、舊書一三、新書五〇、二〇七、通鑑二三六、册府五二二改。

② 巡　原作「迎」，據下文、影宋鈔、四庫、學津、得月簃及廣記一八七改。

③ 血　廣記一八七作「之」。

〔注〕

〔一〕崔薳：生平不詳。通鑑二三六：「建中初，敕京城諸使及府縣繫囚，每季終委御史巡按，有冤濫者以聞；近歲，北軍移牒而已。」貞元十九年（八〇三），「監察御史崔薳遇下嚴察，下吏欲陷之，引以入右神策軍。軍使以下駭懼，具奏其狀。上怒，杖蓫四十，流崖州。」舊書一三、新書五〇、册府五二二略同。新書二〇七：「時監察御史崔蓫行囚于軍，吏爲具酒食，蓫欲悦媚之，故不拒。文場劾奏，詔流蓫遠方。」舊書一三繫此事於十九年十一月壬申。

〔三〕竇文場：通鑑二三五：貞元十二年（七九六）「六月，乙丑，以監句當左神策竇文場……爲護軍中尉。」

23 寶應二年，大夫嚴武奏〔一〕，在外新除御史，食宿私舍非宜。自此乃給公券①。

〔校〕

①券　廣記一八七作「乘」，會要六二同。大詔令五、八六，會要二三、六一，册府一六〇、五二二皆有作「公券」例，大詔令一〇六，會要六一、六七，册府九八、一三五、六四五，舊書一三、一〇三、一七四、一八六上、一九二，新書一三三、二〇九復有作「公乘」例。

〔注〕

〔一〕嚴武：會要六二：「寶應二年二月二十六日，御史大夫嚴武奏：『應在外新除御史赴臺，停止店肆，事亦非宜，仍令所在給公乘發遣，以爲永例。』敕旨，依奏。」

24 元和中，元稹爲監察御史〔一〕，與中使爭驛廳，爲其所辱。始敕節度、觀察使、臺官與中使，先到驛者得處上廳，因爲定制。

〔注〕

〔一〕元稹：河南人。字微之。元和初對策舉制科第一，拜拾遺。出爲河南尉。拜監察御史。謫江陵參軍。長慶中知制誥。未幾入相。裴度屢劾之，遂俱罷。大和中官武昌節度使卒。兩唐書有傳，且載此節元稹爲中使所辱事。

據唐才子傳六，元稹拜監察御史在元和四年（八〇九）初。舊書一四：元和五年二月，「東臺監察御史元稹攝河南尹房式於臺，擅令停務，貶江陵府士曹參軍。」

舊書一六六：「仍召稹還京。宿敷水驛，内官劉士元後至，爭廳，士元怒，排其户，稹襪而走廳後。士元追之，後以箠擊稹傷面。執政以稹少年後輩，務作威福，貶爲江陵府士曹參軍。」新書一七四、會要六一略同，惟新書以爲中使乃仇士良，非劉士元。通鑑二三八考異：「實録云『中使仇士良與稹争廳』。按稹及白居易傳皆云『劉士元』，而實録云『仇士良』，恐誤。今止云内侍。」廿二史札記一八以爲仇士良、劉士元皆至敷水驛，「蓋士元隨士良至而擊稹耳」。會要六一：元和五年「四月，御史臺奏：御史出使及卻迴，所在館驛逢中使等，舊例，御史到館驛，已於上廳下了，有中使後到，即就别廳。如有中使先到上廳，御史亦就别廳。因循歲年，積爲故實。訪聞近日，多不遵守。中使若未諳往例，責欲逾越。御史若不守故事，懼失憲章。喧競道途，深乖事體。伏請各令遵奉舊例，冀其守分。敕旨：其三品官及中書門下尚書省官，或出銜制命，或入赴闕庭，諸道節度使觀察使赴本道，或朝覲，并前節度使觀察使追赴闕庭者，亦准此例。」注文即引此節事。

25每大朝會，監察御史押班不足〔一〕，則使下御史因朝奏者攝之①。〔二〕

〔校〕

①御史　廣記一八七作「待御史」。

〔注〕

〔一〕押班：新書四八：「朝會，則率其屬正百官之班序，遲明列於兩觀，監察御史二人押班，侍御史齵舉不如法者。」

〔二〕津逮與學津本節與下節作一節，影宋鈔、四庫及得月簃分爲二，且本書卷目亦作兩節，據改。

26 諫院以章疏之故，憂患略同；臺中則務苛禮①；省中多事，旨趣不一。故言：遺補相惜，御史相憎，郎官相輕。

〔校〕

① 苛禮 廣記一八七作「糺舉」。

27 開元已前，有事于外，則命使臣，否則止。自置八節度〔一〕、十採訪〔二〕，始有坐而爲使。其後名號益廣。大抵生于置兵，盛于興利，普於銜命，于是爲使則重，爲官則輕。故天寶末①，佩印有至四十者②；大曆中，請俸有至千貫者③。今在朝有太清宮使④、太微宮使、度支使、鹽鐵使、轉運使、知匭使、宮苑使、閑廄使、左右巡使、分察使、監察使、館驛使、監倉使⑤、左右街使；外任則有節度使、觀察使、諸軍使、押蕃使、防禦使⑥、經略使、鎮遏使、招討使、榷鹽使、水陸運使、營田使、給納使、監牧使、長春宮使⑦、團練使，有時而置者，則大禮使、禮儀使、禮會使、删定使、三司使⑧、黜陟使、撫巡使⑨、宣慰使、推覆使、選補使、會盟使⑩、册立使、弔祭使、供軍使、糧料使、和糴使⑪。此是大略，經置而廢者不録。宦官内外悉屬之使⑫。舊爲權臣所管⑬，州縣所理，今屬中人者有之⑭。

〔校〕

① 天寶末　唐語林五作「天下」。

② 四十　廣記一八七作「三十」。

③ 千貫　唐語林五作「百萬」。

④ 使　唐語林五、廣記一八七以下各官名均無「使」字。

⑤ 監倉使　唐語林五、廣記一八七下有「監庫」二字。

⑥ 防禦使　唐語林五、廣記一八七下有「團練」二字。

⑦ 長春宮使　唐語林五「長春宮」下有「有因時而置者則大禮禮儀禮會删定三司」十七字，廣記一八七同，惟「禮會」作「會盟」。

⑧ 使有時而置者則大禮使禮儀使禮會使刪定使三　原闕此二十字，據影宋鈔補。唐語林五、廣記一八七亦闕。

⑨ 撫巡　唐語林五此二字互乙，史並無官名「撫巡」者，當據改。

⑩ 會盟　廣記一八七作「禮會」。

⑪ 和糴使　原作「知糴使」，唐語林五、廣記一八七作「和糴使」，史無「知糴使」，據改。

⑫ 屬之　唐語林五、廣記一八七作「謂之」。

⑬ 管　唐語林五、廣記一八七作「綰」。

⑭ 今　唐語林五作「後」。

〔注〕

〔一〕八節度：通典三二：「開元中，凡八節度使，磧西、河西、隴右、朔方、河東、幽州、劍南、嶺南，此八節度也。後更增加，兼改名號。」

〔二〕十採訪：通典三二：「至神龍二年二月，分天下爲十道，置巡察使二十人，一道二人……至景雲二年，改置按察使，道各一人。開元十年省，十七年復置。二十二年，其有戎旅之地，即置節度使，仍各置印。」

28 開元日①，通不以姓而可稱者②：燕公、曲江、太尉③、魯公。不以名而可稱者：宋開府〔一〕、陸兗公、王右丞、房太尉、郭令公、崔太傅④、楊司徒〔二〕、劉忠州、楊崖州、段太尉〔三〕、顏魯公⑤。位卑而著名者：李北海、王江寧〔四〕、李館陶〔五〕、鄭廣文〔六〕、元魯山、蕭功曹、張長史⑥、獨孤常州〔七〕、杜工部⑦、崔比部⑧〔八〕、梁補闕〔九〕、韋蘇州、戴容州⑨〔一〇〕。二人連言者：岐薛〔一一〕、姚宋⑩〔一二〕亦曰蘇宋、燕許⑪〔一三〕大手筆、元王〔一四〕秉權、常楊⑫〔一五〕制誥、蕭李⑬〔一六〕文章。又有羅鈐吉網⑭〔一七〕酷吏羅希奭、吉溫、員推韋狀〔一八〕能吏員結、韋元甫。又有四夔〔一九〕、四凶〔二〇〕。

〔校〕

① 日　唐語林四作「以後」。

② 姓　唐語林四下有「名」字。

③ 曲江太尉　唐語林四作「許公」。

④ 崔太傅　唐語林四作「崔太尉」。

⑤ 顏魯公　唐語林四無。

⑥ 張長史　唐語林四無。

⑦ 杜工部　唐語林四無。

⑧ 崔比部　唐語林四下有「張水部」三字。

⑨ 戴容州　唐語林四無。

⑩ 姚宋　唐語林四在下文「蕭李」二字前。

⑪ 燕許　唐語林四下有「李杜」二字。

⑫ 元王常楊　唐語林四無。

⑬ 蕭李　唐語林四下有「元和後不以名可稱者李太尉韋中令裴晉公白太傅賈僕射路侍中杜紫微位卑名著者賈長江趙渭南二人連呼者元白」四十八字。

⑭ 鈐　唐語林四作「鉗」。

〔注〕

〔一〕宋開府：宋璟，南和人，第進士。武后時以鳳閣舍人遷左御史臺中丞。睿宗立，以吏部尚書同中書門下三品。因奏出太平公主貶楚州刺史。開元初以廣州都督召拜刑部尚書。累封廣平郡公。授開府儀同三司。進尚書右丞相。卒謚文貞。兩唐書有傳。

〔二〕楊司徒：楊綰，華陰人，字公權。第進士。肅宗即位於靈武，綰追赴行在，拜起居舍人、知制誥。大曆中累拜中書侍郎，同中書門下平章事。縉既輔政，漸復太平舊制，天下賴之。卒贈司徒，謚文簡。兩唐書有傳。

〔三〕段太尉：段秀實，汧陽人，字成公。舉明經，棄去從軍，積功至涇原鄭潁節度使，數年吐蕃不敢犯塞。建中初召爲司農卿。朱泚反，使騎往迎，不屈節，遇害。追贈太尉，謚忠烈。兩唐書有傳。柳宗元有段太尉逸事狀。

〔四〕王江寧：王昌齡，江寧人，字少伯。第進士，遷汜水尉。不護細行，貶龍標尉。以世亂還鄉里，爲刺史閭丘曉所殺。昌齡工詩，緒密而思清。兩唐書有傳。

〔五〕李館陶：全詩二五〇皇甫冉館陶李丞舊居：「盛名天下挹餘芳，棄置終身不拜郎。詞藻世傳平子賦，園林人比鄭公鄉。門前墜葉浮秋水，籬外寒皋帶夕陽。日日青松成古木，祇應來者爲心傷。」唐音癸籤二八引此節後云：「右載唐詩紀事，崔比部、李館陶不列名。按是時詩文有重望而不甚顯者，崔則崔顥、崔曙，李則李翰、李華。舍四人外無赫稱，必居二於此。」陶敏全唐詩人名彙考則疑是李頎。

〔六〕鄭廣文：鄭虔，滎陽人，字弱齋。天寶初爲協律郎。或告其私撰國史，坐貶。玄宗愛其才，置廣文館以爲博士。遷著作郎。安禄山反，授僞職，稱疾求緩。賊平，貶台州司户參軍。虔長於地里，言典事賅，諸儒稱服，時號鄭廣文。新書有傳。

〔七〕獨孤常州：獨孤及，洛陽人，字至之。天寶末舉高第，補華陰尉。代宗朝任太常博士。歷濠、舒二州刺史，以治課加檢校司封郎中。徙常州。卒謚憲。兩唐書有傳。

〔八〕崔比部：崔元翰，博陵人，良佐子，名鵬，以字行。舉進士、博學宏辭、賢良方正皆異等。累官禮部員外郎，知制誥。罷爲比部郎中。兩唐書有傳。

〔九〕梁補闕：梁肅，世居陸渾，字寬中，一字敬之。建中初中文辭清麗科，擢太子校書郎。授左拾遺，不赴。杜佑辟掌書記，召爲監察御史，轉右補闕、皇太子諸王侍讀。卒贈禮部郎中。新書有傳。

〔一〇〕戴容州：戴叔倫，金壇人，字幼公，一作次公。師蕭穎士，爲門人冠。以文章著名。刺撫州，作均水法，俗便利之。累官容管經略使。新書有傳。

〔一一〕岐薛：岐王李範、薛王李業。李範，睿宗四子。封岐王。從玄宗誅太平公主。歷諸州刺史。遷太子太傅。卒追贈太子，謚惠文。兩唐書有傳。
李業，睿宗五子。封薛王。以好學授秘書監。開元初拜太保。歷諸州刺史。及卒，追贈太子，謚惠宣。兩唐書有傳。
全詩二六五顧況八月五日歌：「丹青廟裏貯姚宋，花萼樓中宴岐薛。」元稹集二四連昌宮詞：「百官隊仗避岐薛，楊氏諸姨車鬬風。」

〔二〕姚宋：姚崇、宋璟。姚崇，硤石人，字元之。歷任夏官郎中。則天朝遷侍郎，進同鳳閣鸞臺三品。玄宗朝遷紫微令，封梁公，有政聲。開元中引宋璟自代，授太子少保。卒謚文獻。兩唐書有傳。宋璟，參前注。

〔三〕燕許：張説、蘇頲。張説，燕國公，參卷上3節。蘇頲，武功人。字廷碩。第進士，累遷中書舍人。襲父封爵許國公。開元中進同紫微黄門平章事，與宋璟同當國。罷爲禮部尚書，卒謚文憲。頲以文章顯，與燕國公張説稱望略等。兩唐書有傳。

〔四〕元王：元載、王縉，參卷上52節。

〔五〕常楊：常衮、楊炎。常衮，京兆人。天寶進士。代宗時知制誥，與楊炎同爲舍人，時稱爲常楊。累拜門下侍郎，同平章事，封河内郡公。德宗即位，貶潮州刺史。建中初爲福建觀察使。卒於官。兩唐書有傳。楊炎，參卷上63節。

〔六〕蕭李：蕭穎士、李華。

〔七〕羅鈐吉網：羅希奭、吉温。羅希奭，錢塘人。天寶中以李林甫姻家自御史臺主簿再遷殿中侍御史。與吉温共事，相勖以虐。林甫死，出爲始安太守。後被殺。兩唐書有傳。吉温，參卷上47節。

〔一八〕員推韋狀：員錫、韋元甫。員錫，據姓纂三、唐御史臺精舍題名考三及舊書一八六下，員太乙生錫，越州刺史，臨汾人。任判官，與韋元甫齊名。錫詳於訊覆，時謂之員推。天寶十三載（七五四）貶新興尉。韋元甫：初任白馬尉，以吏術知名。本道採訪使韋涉深器之，奏充支使。與同幕判官員錫齊名，元甫精於簡牘，時謂之韋狀。大曆中累遷淮南節度使，卒。兩唐書有傳。

〔一九〕四夔：舊書一三〇：崔造「永泰中，與韓會、盧東美、張正則爲友，皆僑居上元，好談經濟之略，嘗以王佐自許，時人號爲『四夔』。」新書一五〇同。惟唐摭言四師友載：「盧江何長師，趙郡李華，范陽盧東美，少與韓衢爲友，江淮間號曰『四夔』。」

〔二〇〕四凶：李洽、李洋、李津及柳元貞。新書二二三上：李義府「流嶲州，子率府長史洽、千牛備身洋及壻少府主簿柳元貞並流廷州，司議郎津流振州，朝野至相賀。三子及壻尤凶肆，既敗，人以爲誅『四凶』。」舊書八二略同。又，唐語林五：「元伯和、李騰、騰弟淮、王縉，時人謂之『四凶』。」而唐摭言九四凶所載又不同，可參觀。

29 大曆已後，專學者有蔡廣成周易〔一〕，强蒙論語①〔二〕，啖助〔三〕、趙匡〔四〕、陸質春秋〔五〕，施士丐毛詩〔六〕，刁彝②、仲子陵〔七〕、韋彤〔八〕、裴茝講禮〔九〕，章廷珪③〔一〇〕、薛伯高、徐潤並通經〔一一〕。其餘，地理則賈僕射④〔一二〕，兵賦則杜太保，故事則蘇冕〔一三〕、蔣乂，曆算則董和〔一四〕名嫌憲宗廟諱，天文則徐澤，氏族則林寶〔一五〕。

〔校〕

① 强蒙　原作「强象」，據唐語林二、新書二〇〇改。

② 刁彝　唐語林二、新書二〇〇作「袁彝」。

③ 章廷珪　唐語林二作「章庭珪」。

④ 地理　唐語林二作「地里」。

〔注〕

〔一〕蔡廣成：據登科補一四及書録解題一，蔡廣成貞元十一年（七九五）應隱居邱園、不求聞達科。撰周易啓源十卷。

〔二〕强蒙：全詩七八八：「强蒙，處士，善醫。」

〔三〕啖助：趙州人。字叔佐。淹該經術。天寶末調臨海尉、丹陽主簿。秩滿屏居。善爲春秋，撰春秋集傳。新書有傳。

〔四〕趙匡：河東人。字伯循。歷洋州刺史。新書有傳。

〔五〕陸質：吴人。初名淳，避太子諱改。明春秋，師事趙匡。憲宗爲太子，詔侍讀，卒。門人私謚文通先生。兩唐書有傳。

〔六〕施士丐：吴人。善詩與左氏春秋，以二經教授。繇四門助教爲博士，卒於官。新書有傳。

〔七〕仲子陵：蜀人。好古學，舍峨眉山。舉賢良方正，擢太常博士，通禮。終司門員外郎。新書有傳。

〔八〕韋彤：京兆人。名治禮。德宗時爲太常博士。新書有傳。

〔九〕裴茝：新書七一上：「茝，國子司業。」憲子。同書五八：「裴茝内外親族五服儀二卷。又書儀三卷。朱儔注。茝，元和太常少卿。」新書二〇〇誤以其名爲韋茝。舊書一七五：元和六年（八一一），惠昭太子薨，「時敕國子司業裴茝攝太常博士，西内勾當。茝通習古今禮儀，嘗爲太常博士。及官至郎中，每兼其職，至改司業，方罷兼領。國典無皇太子薨禮，故又命茝領之。」

〔一〇〕章廷珪：古今姓氏書辯證一三：唐「循王府長史章廷珪，杭州人。」

〔一一〕徐潤：書録解題六：「徐氏家祭禮一卷，唐左金吾衛倉曹參軍徐潤撰。」

〔三〕賈僕射：賈耽，舊書一三八：「耽好地理學，凡四夷之使及使四夷還者，必與之從容，訊其山川土地之終始。是以九州之夷險，百蠻之土俗，區分指畫，備究源流。自吐蕃陷隴右積年，國家守於内地，舊時鎮戍，不可復知。耽乃畫隴右、山南圖，兼黄河經界遠近，聚其説爲書十卷，表獻。」「至（貞元）十七年，又譔成海内華夷圖及古今郡國縣道四夷述四十卷，表獻之。」新書一六六略同。

〔三〕蘇冕：武功人。良嗣從孫。與諸弟皆友愛文學。仕終信州司户參軍。纘國朝故事，撰會要四十卷，行於時。兩唐書有傳。

〔四〕董和：新書五九：「董和通乾論十五卷。和，本名純，避憲宗名改。善曆算。裴胄爲荆南節度，館之，著是書云。」又見本書卷下第33節。

〔五〕林寶：全文七二二：「林寶，濟南鄒縣人。元和時官太常博士。」寶撰元和姓纂，於中唐以前姓氏族望記載頗詳。新書宰相世系表等祖其文而增益之，古姓譜之存於今而稱詳賅者，莫此爲先。

30 張參爲國子司業〔一〕，年老，常手寫九經，以謂讀書不如寫書。

〔注〕

〔一〕張參：全文四五八：「大曆朝官户部郎中，歷國子司業。」且載參所作五經文字序例，云「時大曆十一年六月七日，司業張參序。」新書五七：「張參五經文字三卷。」書録解題三同。

31 熊執易類九經之義，爲化統五百卷，四十年乃就，未及上獻，卒于西川。武相元衡欲寫進〔一〕，其妻薛氏慮墜失，至今藏于家。

〔注〕

〔一〕武相元衡：據方鎮表六及通鑑二三九，武元衡鎮西川在元和二年（八〇七），八年二月入中書知政事，十年六月遇刺身亡。

32 高定〔一〕，貞公郢之子也。爲易①，合八出以畫八卦。上圓下方，合則爲重②，轉則爲演。七轉而六十四卦，六甲八節備焉。著外傳二十二篇③。定，小字董二，時人多以小字稱。年七歲，讀書至牧誓④〔二〕，問父曰：「奈何以臣伐君？」答曰：「應天順人。」又問曰：「用命，賞於祖；不用命，戮於社〔三〕，豈是順人？」父不能對。年二十三，爲京兆府參軍卒。

〔校〕

①易 唐語林一、舊書一四七、册府六〇六作「圖」。

②合 舊書一四七、新書一六五、册府六〇六同，廣記一七五作「八」。

③二十二 原作「二十三」，據唐語林一、廣記一七五、舊書一四七、新書五七、册府六〇六、經義考一五改。

④牧誓 唐語林一、廣記一七五、舊書一四七、新書一六五皆作「湯誓」。

〔注〕

〔二〕高定：郢子。小字董二。早辯慧。仕至京兆府參軍。兩唐書有傳，且俱載此節事。

〔三〕牧誓：尚書牧誓：「王曰：『……今商王受惟婦言是用，昏棄厥肆祀弗答，昏棄厥遺，王父母弟不迪，乃惟四方之多罪逋逃，是崇是長，是信是使，是以爲大夫卿士，俾暴虐于百姓，以姦宄于商邑。今予發，惟恭行天之罰。今日之事，不愆于六步七步，乃止齊焉。夫子勖哉。不愆于四伐五伐六伐七伐，乃止齊焉。勖哉夫子。』」湯誓：「王曰：『格爾衆庶，悉聽朕言：非台小子敢行稱亂，有夏多罪，天命殛之。今爾有衆，汝曰：「我后不恤我衆，舍我穡事而割正夏。」予惟聞汝衆言，夏氏有罪，予畏上帝，不敢不正。今汝其曰：「夏罪，其如台？」夏王率遏衆力，率割夏邑。有衆率怠弗協，曰：「時日曷喪，予及汝皆亡。」夏德若兹，今朕必往。爾尚輔予一人致天之罰。』」

〔三〕用命賞於祖不用命戮於社：尚書甘誓：「大戰于甘，乃召六卿。王曰：『嗟，六事之人，予誓告汝：有扈氏威侮五行，怠棄三正，天用剿絶其命。今予惟恭行天之罰。左不攻于左，汝不恭命；右不攻于右，汝不恭命；御非其馬之正，汝不恭命。用命，賞于祖；弗用命，戮于社，予則孥戮汝。』」

33 董和究天地陰陽曆律之學，著通乾論十五卷成。至荆南，節度裴胄之問〔一〕，董生言曰：「日常右轉，星常左轉，大凡不滿三萬年，日行周二十八舍，三百六十五度。然必有差，約八十年差一度。自漢文三年甲子冬至，日在斗二十二度，至唐興元元年甲子冬至，日在斗九度。九百六十一年，差十三度矣。」

〔注〕

〔一〕裴胄：聞喜人。字胤叔，一作遐叔。擢明經。李栖筠一見深重之，取胄爲浙西支使。先後拜殿中侍御史、刑部員外郎。累擢荆南節度使。卒謚成。兩唐書有傳。

舊書一三：貞元八年（七九二）二月丙子，「以江西觀察使裴胄爲江陵尹、荆南節度使。」十九年「五月辛亥，荆南節度使、檢校工部尚書、江陵尹裴胄卒。」舊書一二二繫胄卒於十月。

34 貞元五年，初置中和節〔一〕。御製詩，朝臣奉和，詔寫本賜戴叔倫于容州〔二〕，天下榮之。

〔注〕

〔一〕中和節：大詔令八〇貞元五年（七八九）正月以二月一日爲中和節敕：「自今宜以二月一日爲中和節，以代正月晦日，備三令節之數。内外官司，休假一日。」會要二九、舊書一三同，會要繫此敕於五年正月十一日，舊書繫十二日。

〔二〕戴叔倫：舊書一三：貞元四年七月「乙丑，以前撫州刺史戴叔倫爲容州刺史、兼御史中丞、本管經略使。」權載之文集二四朝散大夫容州刺史戴公墓誌銘：「維貞元五年夏四月，容州刺史經略使侍御史譙縣男戴公至部之三月，以疾受代，迴車甌駱。六月甲申，次于清遠峽而薨。春秋五十八。」新書一四三：「德宗嘗賦中和節詩，遣使者寵賜。」德宗此詩見收於全詩四，可參觀。

35 楚僧靈一①〔一〕，律行高潔，而能爲文②。吴僧皎然〔二〕，亦名晝③，盛工篇什，著詩評三卷。及卒，德宗降使取其遺文。近代文僧④，二人首出。

〔校〕

① 靈一　原無「一」字，據影宋鈔、唐語林二補。有唐以詩名者靈一。

② 文　唐語林二作「詩」。

③ 晝　原作「畫」，唐語林二作「晝一」。據唐才子傳四，皎然字清晝，一字皎然，時稱晝上人。據改。

④ 近代　唐語林二作「中世」。

〔注〕

〔一〕靈一：姓吴氏。廣陵人，出處居遊皆在吴不在楚。居若耶溪雲門寺，從學者四方而至。後遊慶雲寺，移居杭州宜豐寺。寶應元年（七六二）卒於杭州龍興寺，年三十五。傳見宋高僧傳一五及唐才子傳三。

唐才子傳三：「與皇甫昆季、嚴少府、朱山人、徹上人等爲詩友，酬贈甚多。刻意聲調，苦心不倦，騁譽叢林。」書録解題一九有靈一集一卷。

〔二〕皎然：長城謝氏子，名晝，靈運十世孫。居湖州杼山。文章儁麗，顔真卿、韋應物並重之。傳見唐才子傳四及宋高僧傳二九。

新書六〇、通志藝文略八皆著録僧皎然詩評三卷，宋史二〇九則作一卷。

36 韋應物立性高潔，鮮食寡欲，所坐焚香埽地而坐①。其爲詩馳驟建安以還，各得其風韻。

〔校〕

① 所坐　唐語林二、唐才子傳四作「所居」。

37 李益詩名早著，有征人歌且行一篇①，好事者畫爲圖障。又有云：「回樂峰前沙似雪，受降城外月如霜。不知何處吹蘆管，一夜征人盡望鄉。」〔一〕天下亦唱爲樂曲。

〔校〕

① 征人歌且行一篇　唐語林二無「且行」二字，舊書一三七、册府八四一作「征人歌早行篇」。

〔注〕

〔一〕全詩二八二送遼陽使還軍：「征人歌且行，北上遼陽城。二月戎馬息，悠悠邊草生。青山出塞斷，代地入雲平。昔者匈奴戰，多聞殺漢兵。平生報國憤，日夜角弓鳴。勉君萬里去，勿使虜塵驚。」同書二八三夜上受降城聞笛，即「一夜征人盡望鄉」詩。

38 沈既濟撰枕中記〔一〕，莊生寓言之類。韓愈撰毛穎傳，其文尤高，不下史遷〔二〕。二篇真良史才也。

〔注〕

〔一〕沈既濟：吴人。經學該明，楊炎薦其有良史才，召拜左拾遺、史館修撰。位終禮部員外郎。撰建中實録，時稱其能。兩唐書有傳。

枕中記記開元中道者吕公經邯鄲道上邸舍中，有一少年盧生同止于邸。主人方蒸黄粱，共待其熟。盧不覺長嘆，公問之，具言生世困厄。公取囊中枕以授盧。生俯首，但覺身入枕穴中，遂至其家，未幾登歷臺閣，出入將相五六十年，子孫皆列顯仕，榮盛無比。上疏云其年逾八十，位歷三台，空負深恩，永辭聖代。其夕卒。盧生欠伸而寤，吕翁在旁，黄粱尚未熟。生謝曰：此先生所以窒吾欲也，敢不受教。再拜而去。枕中記見收於廣記八二，可參觀。

〔二〕史遷：司馬遷，漢夏陽人。談子。字子長。年十歲誦古文，二十而南遊江淮。仕爲郎中，奉使巴蜀。還爲太史令。李陵降匈奴，武帝怒甚，遷極言陵忠，下腐刑。發憤作史記百三十篇。劉向、揚雄皆稱爲良史之才。漢書六二有傳。

39 張登長於小賦〔一〕，氣宏而密，間不容髮，有織成隱起往往蹙金之狀①。

〔校〕

① 往往　唐語林二作「結綵」。「蹙金」，原作「慼金」，不詞，據四庫、學津、得月簃及唐語林二改。

〔注〕

〔一〕張登：初隱居，性剛潔，交友名公。後就辟，歷衛府參軍，拜監察御史。貞元中遷殿中侍御史、漳州刺史。數年坐公累被劾，卒。傳見唐才子傳五。

40 近代有造謗而著書①，雞眼、苗登二文〔一〕；有傳蟻穴而稱，李公佐南柯太守〔二〕；有樂妓而工篇什者②，成都薛濤③〔三〕；有家僮而善章句者，郭氏奴不記名〔四〕：皆文之妖也。

〔校〕

① 近代　唐語林二作「中世」。

② 樂妓　唐語林二二字互乙。

③ 成都　唐語林二作「蜀妓」。

〔注〕

〔一〕苗登：南部新書癸：「大曆年中，河南尹相里造剥洛陽尉苗登，有尾長二尺餘。」

〔二〕李公佐：據舊書一八下、新書二〇五、全文七二五、書録解題五及全詩八六二，公佐字顓蒙，隴西人。舉進士，後爲鍾陵從事。元和中爲洪州判官。官揚府録事參軍。撰建中河朔記六卷。南柯太守傳記淳于棼醉夢爲南柯太守，後驗之，乃槐南枝之蟻穴。傳見載於類説二八，可參觀。

〔三〕薛濤：字洪度。成都樂妓。本長安良家女，隨父宦流落蜀中，遂入樂籍。性辨慧，調翰墨。有錦江集五卷。唐才子傳六、全詩八〇三有傳。

〔四〕郭氏奴：雲溪友議九：「咸陽郭氏者，殷富之室也，僕媵甚衆。内有一蒼頭，名曰捧劍，不事音樂，常以望水翫雲，不遵驅策，雖每遭捶撻，終所見違。一旦，忽題一篇章，其主益怒。詩曰：『青鳥啣葡萄，飛上金井欄。美人恐驚去，不敢捲簾看。』儒士聞而競觀之，以爲協律之詞，其主稍容焉。又題後堂牡丹花曰：『一種芳菲出後庭，卻輸桃李得佳名。誰能爲向夫人説，從此移根近太清。』捧劍私啓賓客曰：『願作夷狄之鬼，恥爲愚俗蒼頭。』其後將竄，復留詩曰：『珍重郭四郎，臨行不得别。曉漏動離心，輕車冒寒雪。欲出主人門，零涕暗嗚咽。萬里隔關山，一心思漢月。』」或即此人。

41 進士爲時所尚久矣。是故俊乂實集其中，由此出者，終身爲聞人。故争名常切，而爲俗亦弊。其都會謂之「舉場」。通稱謂之「秀才」。投刺謂之「鄉貢」。得第謂之「前進士」。互相推敬謂之「先輩」。俱捷謂之「同年」。有司謂之「座主」。京兆府考而升者，謂之「等第」。外府不試而貢者，謂之「拔解」。將試各相保任，謂之「合保」。群居而賦①，謂之「私試」。造請權要，謂之「關節」。激揚聲價，謂之「還往」。既捷，列書其姓名於慈恩寺塔，謂之「題名」。會大醼於曲江亭子，謂之「曲江會」②。籍而入選，謂之「春關」③。不捷而醉飽，謂之「打毷氉」。匿名造謗④，謂之「無名子」。退而肄業，謂之「過夏」。執業而出⑤，謂之「夏課」⑥。挾藏入試，謂之「書策」。此是大略也。其風俗繫于先達，其制置存于有司。雖然，賢士得其大者，故位極人臣，常十有二三，登顯列十有六七，而張睢陽⑦、元魯山有焉，劉闢、元脩有焉⑧。

〔校〕

① 賦　唐語林二作「試」。

② 曲江會　唐語林二作「曲江宴」。

③ 春關　廣記一七八作「春闈」。

④ 匿名　唐語林二作「飛書」。

⑤ 而　影宋鈔作「以」。

⑥ 夏課　唐語林二作「秋卷」。唐摭言一云：「夏課，亦謂之秋卷。」

⑦ 睢　原作「闗」，據四庫、得月簃、廣記一七八、唐摭言一、唐語林二改。

⑧ 元翛　影宋鈔作「元脩」，廣記一七八作「元修」。

42 開元二十四年，考功郎中李昂①〔一〕，爲士子所輕詆，天子以郎署權輕，移職禮部，始置貢院。天寶中，則有劉長卿〔二〕、袁成用分爲朋頭②〔三〕，是時常重東府西監③〔四〕。至貞元八年，李觀〔五〕、歐陽詹猶以廣文生登第〔六〕，自後乃群奔于京兆矣〔七〕。

〔校〕

① 郎中　唐語林二作「員外郎」。

② 袁成用　唐摭言一作「袁咸用」。朋頭：唐語林二作「棚頭」。

③ 東府西監　唐摭言一作「兩監」。

〔注〕

〔一〕李昂：暕子。開元二年（七一四）登進士第，九年舉拔萃科。官倉部員外郎，遷考功員外郎。終吏部尚書。傳見唐才子傳一。

會要五九：「開元二十四年三月十二日，以考功員外郎李昂爲舉人所訟，乃下詔曰：『每歲舉人，頃年以來，惟考功郎所職，位輕務重，名實不倫。欲盡委長官，又銓選委積。但六官之列，體國是同，況宗伯掌禮，宜主賓薦。自今以後，每年諸色舉人及齋郎等簡試，並於禮部集，既衆務煩雜，仍委侍郎專知。』」又唐摭言一進士歸禮部：「雋、秀等科，比皆考功主之。開元二十四年，李昂員外性剛急不容物，以舉人皆飾名求稱，摇蕩主司，談毁失實，竊病之而將革焉。集貢士與之約曰：『文之美惡，悉知之矣，考校取舍，存乎至公，如有請託於時，求聲於人者，當首落之。』既而昂外舅常與進士李權鄰居相善，乃舉權於昂。昂怒，集貢人，召權庭數之。權謝曰：『人或猥知，竊聞於左右，非敢求也。』昂因曰：『觀衆君子之文，信美矣，然古人云：瑜不掩瑕，忠也。其有詞或不典，將與衆評之，若何？』皆曰：『惟公之命。』既出，權謂衆曰：『向之言，其意屬吾也。吾誠不第決矣，又何藉焉。』乃陰求昂瑕以待之。異日會論，昂果斥權章句之疵以辱之。權拱而前曰：『夫禮尚往來，來而不往，非禮也。鄙文不臧，既得而聞矣，而執事昔有雅什，常聞於道路，愚將切磋，可乎？』昂怒，而嘻笑曰：『有何不可。』權曰：『「耳臨清渭洗，心向白雲閒。」豈執事之詞乎？』昂曰：『然。』權曰：『昔唐堯衰耄，厭倦天下，將禪於許由，由惡聞，故洗耳。今天子春秋鼎盛，不揖讓於足下，而洗耳，何哉？』是時國家寧謐，百寮畏法令，兢兢然莫敢跌。昂聞惶駭，蹶起，不知所酬。乃訴於執政，謂權風狂不遜，遂下權吏。初，昂强愎，不受囑請，及有請求者，莫不先從。由是庭議以省郎位輕，不足以臨多士，乃詔禮部侍郎專之矣。」

〔二〕劉長卿：河間人。字文房。開元時舉進士第。性剛多忤。官終隨州刺史。傳見唐才子傳二。

〔三〕朋頭：封氏聞見記三：「玄宗時，士子殷盛，每歲進士到省者常不減千餘人，在館諸生更相造詣，互結朋黨以相漁奪，號之爲棚，推聲望者爲棚頭，權門貴戚，無不走也，以此熒惑主司視聽。」

〔四〕東府西監：唐摭言一：「按實録，西監，隋制，東監，龍朔元年所置。開元已前，進士不由兩監者，深以爲恥。李華員外寄趙七侍御詩略曰：『昔日蕭邵友，四人纔成童。』邵後二年擢第，以冤横貶，卒南中。又郭代公、崔湜、范履冰輩，皆由太學登第。李肇舍人撰國史補亦云：天寶中，袁咸用、劉長卿分爲朋頭，是時常重兩監。爾後物態澆漓，稔于世禄，以京兆爲榮美，同、華爲利市，莫不去實務華，棄本逐末。故天寶二十載，敕天下舉人不得言鄉貢，皆須補國子及郡學生。廣德二年制，京兆府進士，並令補國子生，斯乃救壓覆者耳。奈何人心既去，雖拘之以法，猶不能勝。」

〔五〕李觀：贊皇人，華從子，字元賓。貞元進士。舉宏辭。授太子校書郎。新書有傳。據登科補一三，李觀貞元八年（七九二）舉進士。

〔六〕歐陽詹：晉江人。字行周。貞元間與韓愈、李觀等聯第，時稱「龍虎榜」。爲國子四門助教，與愈同爲博士。新書有傳。

廣文：唐摭言一廣文：「天寶九年七月，詔於國子監別廣文館，以舉常脩進士業者，斯亦救生徒之離散也。始，其春官氏擢廣文生者，名第無高下。貞元八年，歐陽詹第三人，李觀第五人。邇來此類不乏。曁大中之末，咸通、乾符以來，率以爲末第。或曰：『鄉貢，賓也；學生，主也。主宜下於賓，故列於後也。』大順二年，孔魯公在相位，思矯其弊，故特置吴仁璧於蔣肱之上。明年，公得罪去職，及第者復循常而已。悲夫！」

〔七〕群奔于京兆：唐摭言一兩都貢舉：「永泰元年，始置兩都貢舉，禮部侍郎官號皆以『知兩都』爲名。每歲，兩地別放及第。自大曆十一年停東都貢舉，是後不置。」

43 貞元十二年，駙馬王士平與義陽公主反目〔一〕，蔡南史、獨孤申叔播爲樂曲〔二〕，號義陽子，有團雪、散雪之歌①。德宗聞之怒，欲廢科舉②，後但流斥南史、申叔而止③。

〔校〕

①雪　原作「雲」，據影宋鈔、唐語林二、廣記一八〇、舊書一四二、新書八三改。

②科舉　唐語林二作「進士科」。

③申叔　唐語林二、廣記一八〇無。

〔注〕

〔一〕王士平：武俊子。以父勳補原王府諮議。貞元中選尚義陽公主。元和中累遷安州刺史。後以獲盜功爲左金吾衛大將軍。舊書有傳。

此節事亦見載於兩唐書。舊書一四二：王士平「貞元二年，選尚義陽公主，加秘書少監同正、駙馬都尉。元和中，累遷至安州刺史。時公主縱恣不法，士平與之争忿，憲宗怒，幽公主於禁中，士平幽於私第，不令出入。後釋之，出爲安州刺史。坐與中貴交結，貶賀州司户。時輕薄文士蔡南、獨孤申叔爲義陽主歌詞，曰團雪、散雪等曲，言其遊處離異之狀，往往歌於酒席。憲宗聞而惡之，欲廢進士科，令所司綱捉搦，得南、申叔貶之，由是稍止。」新書八三略同，惟「蔡南」作「蔡南史」，新書是。

義陽公主：德宗女。新書八三：「魏國憲穆公主，始封義陽。下嫁王士平。主恣横不法，帝幽之禁中。」「薨，追封及謚。」

〔三〕獨孤申叔：據新書七五下，申叔，獨孤助子。據柳河東集一一校書郎獨孤君碣，申叔字子重，貞元十三年（七九七）舉進士，十五年用博學宏辭爲校書郎。

44 或有朝客譏宋濟曰〔一〕：「近日白袍子何太紛紛？」濟曰：「蓋由緋袍子、紫袍子紛紛化使然也〔二〕。」

〔注〕

〔一〕宋濟：全詩四七二：「宋濟，德宗時人，與楊衡、符載同栖青城。」

〔二〕白袍子緋袍子紫袍子：會要三一：「貞觀四年八月十四日，詔曰：冠冕制度，已備令文，尋常服飾，未爲差等，於是三品已上服紫，四品、五品已下服緋，六品、七品以緑，八品、九品以青。」大和「六年六月敕：詳度諸司制度條件等，禮部式：親王及三品已上，若二王後，服色用紫，飾以玉。五品已上，服色用朱，飾以金。七品已上，服色用緑，飾以銀。九品已上，服色用青，飾以鍮石。應服緑及青人謂經職事官成及食禄者，其用勳官及爵直司依出身品，仍聽佩刀礪紛帨。流外官及庶人，服色用黄，飾以銅鐵……丈夫許通服黄白。如屬諸軍諸使諸司，及屬諸道，任依本色目流例。」唐摭言一：「進士科始於隋大業中，盛於貞觀、永徽之際；縉紳雖位極人臣，不由進士者，終不爲美，可至歲貢常不減八九百人。其推重謂之『白衣公卿』，又曰『一品白衫』。」

45 宋濟老于文場①，舉止可笑，嘗試賦，誤失官韻，乃撫膺曰：「宋五又坦率矣。」由是大著名。後禮部上甲乙名，德宗先問曰：「宋五免坦率否？」

〔校〕

① 文場　唐語林一作「詞場」，唐摭言一〇作「辭場」。

46 元和已後，爲文筆則學奇詭于韓愈，學苦澀于樊宗師〔一〕；歌行則學流蕩于張籍〔二〕；詩章則學矯激于孟郊〔三〕，學淺切于白居易〔四〕，學淫靡于元稹。俱名爲「元和體」。大抵天寶之風尚黨，大曆之風尚浮，貞元之風尚蕩，元和之風尚怪也。

〔注〕

〔一〕樊宗師：南陽人。澤子。字紹述。元和中擢軍謀宏遠科，授著作佐郎。歷金部郎中、綿絳二刺史。進諫議大夫，未拜卒。宗師爲詩戛戛獨造，時號澀體。新書有傳。

〔二〕張籍：吴人。字文昌。第進士。韓愈薦爲國子博士。籍爲詩長於樂府，多警句。仕終國子司業。兩唐書有傳。

〔三〕孟郊：武康人。字東野。少隱嵩山。年五十登貞元進士第，調溧陽尉。鄭餘慶爲河南尹，署水路運從事。餘慶鎮興元，奏署參謀卒，謚貞曜先生。兩唐書有傳。

〔四〕白居易：下邽人。字樂天。貞元中擢進士拔萃。元和初入翰林爲學士。遷左拾遺，罷拜左贊善大夫，出爲江州司馬。累遷杭、蘇刺史。文宗立，遷刑部侍郎。以太子少傅進馮翊侯。會昌初以刑部尚書致仕。大中初卒，謚文。居易文章精切，尤工詩，平易近人，老嫗都解。有白氏長慶集。兩唐書有傳。

47 建中初，金吾將軍裴冀曰〔一〕：「若使禮部先時頒天下曰某年試題取某經，某年試題取某史，至期果然，亦勸學之一術也。」

〔注〕

〔一〕裴冀：據新書七一上，裴冀，隨子，官右金吾將軍。

48 崔元翰爲楊崖州所知〔一〕，欲拜補闕，懇曰：「願得進士。」由此獨步場中。然亦不曉呈試①，故先求題目爲地。崔敖知之〔二〕。旭日都堂始開，敖盛氣白侍郎曰②：「若試白雲起封中賦③〔三〕，敖請退。」侍郎爲其所中，愕然，换其題。是歲二崔俱捷。

〔校〕

① 呈試　廣記一八〇作「程試」。

② 侍郎　廣記一八〇作「主司」，下同。

③ 賦　廣記一八〇作「題」。

〔注〕

〔一〕崔元翰：據登科補一一及一二，元翰建中二年（七八一）舉進士，貞元四年（七八八）舉賢良方正、能直言極諫科。

〔二〕崔敖：新書七二下：敖，端子，太常博士。全文六一四同。

〔三〕白雲起封中：史記一二載漢武封泰山，「封禪祠，其夜若有光，晝有白雲起封中。」

49 熊執易通于易理，會建中四年①，試易知險阻論②〔一〕，執易端坐剖析，傾動場中，乃一舉而捷。

〔校〕

①年　廣記一七九下有「侍郎李紓」四字。

②易　唐語林二、廣記一七九下有「簡」字。

〔注〕

〔一〕易知險阻論：周易繫辭下：「夫乾，天下之至健也，德行恒易以知險。夫坤，天下之至順也，德行恒簡以知阻。」

50 李直方嘗第果實名如貢士之目者〔一〕，以綠李爲首，楞梨爲副，櫻桃爲三，甘子爲四①，蒲桃爲五。或薦荔枝，曰：「寄舉之首。」又問：「栗如之何？」曰：「取其實事，不出八九。」始范曄以諸香品時輩〔二〕，後侯味虛撰百官本草②〔三〕，皆此類也。其升降義趣，直方多則而効之。

〔校〕

① 甘子 唐語林一作「柑」。

② 侯味虛 原作「侯朱虛」，據唐語林一、舊書一八五上、新書一一六、一二〇改。姓纂五「侯味虛」作「侯味處」，岑仲勉考定爲「味虛」，皆誤。

〔注〕

〔一〕李直方：全文六一八：「直方，德宗朝官左司員外郎，歷中書舍人，試太常卿，貞元二十一年自韶州刺史移贛州刺史，遷司勳郎中。」據會要六〇及册府五八，直方貞元十一年（七九五）時在監察御史任上。

〔二〕范曄：南朝宋人。泰子，順陽人，字蔚宗。博涉經史，善屬文。始爲尚書吏部郎，左遷宣城太守。删衆家後漢書成一家之作。累遷太子左衛將軍。後謀逆伏誅。宋書有傳。宋書六九：曄「撰和香方，其序之曰：『麝本多忌，過分必害；沈實易和，盈斤無傷。零藿虚燥，詹唐黏濕。甘松、蘇合、安息、鬱金、㮈多、和羅之屬，並被珍於外國，無取於中土。又棗膏昏鈍，甲煎淺俗，非唯無助於馨烈，乃當彌增於尤疾也。』此序所言，悉以比類朝士：『麝本多忌』，比庾炳之；『零藿虚燥』，比何尚之；『詹唐黏濕』，比沈演之；『棗膏昏鈍』，比羊玄保；『甲煎淺俗』，比徐湛之；『甘松、蘇合』，比慧琳道人；『沈實易和』，以自比也。」

〔三〕侯味虚：據舊書一八五上、新書一一六、一二〇及姓纂五，味虚武后時曾官員外郎、夏官郎中，討契丹不利，妖言奏上，爲薛季昶所殺。朝野僉載補輯亦載其著百官本草事。

51 韓愈引致後進〔一〕，爲求科第①，多有投書請益者，時人謂之韓門弟子。愈後官高，不復爲也。

〔校〕

①求　廣記二〇二作「舉」。

〔注〕

〔一〕韓愈：舊書一六〇：「愈性弘通，與人交，榮悴不易。少時與洛陽人孟郊、東郡人張籍友善。二人名位未振，愈不避寒暑，稱薦於公卿間，而籍終成科第，榮於禄仕。」「頗能誘厲後進，館之者十六七，雖晨炊不給，怡然不介意。大抵以興起名教弘奬仁義爲事。」

52 宋沇爲太樂令〔一〕，知音，近代無比。太常久亡徵調，沇乃考鍾律而得之①。

〔校〕

①沇　兩處原皆作「沇」，影宋鈔一作「沆」，一作「沇」，據廣記二〇三、元稹集二四、册府八五七、樂書一三三、樂府詩集九六改爲「沇」。

〔注〕

〔一〕宋沇：元稹集二四立部伎：「宋沇嘗傳天寶季，法曲胡音忽相和。明年十月燕寇來，元廟千門虜塵涴。」注云：「太常丞宋沇傳漢中王舊説云：玄宗雖雅好度曲，然而未嘗使蕃漢雜奏。天寶十三載，始詔道調法曲與胡部新聲合作，識者異之。明年禄山叛。」

53 李汧公雅好琴①〔一〕，常斲桐，又取漆桶爲之，多至數百張，求者與之。有絶代者，一名「響泉」，一名「韻磬」〔二〕，自寶于家。

〔校〕

① 汧　原作「沂」，據影宋鈔、四庫、得月簃及兩唐書改。

〔注〕

〔一〕李汧公：李勉，舊書一三一：勉「善鼓琴，好屬詩，妙知音律，能自制琴，又有巧思。」新書一三一：勉「善鼓琴，有所自製，天下寶之，樂家傳『響泉』、『韻磬』，勉所愛者。」

〔二〕響泉韻磬：因話録二：「李司徒汧公鎮宣武，戎事之隙，以琴書爲娱。自造琴，聚新舊桐材，扣之合律者，則裁而膠綴。不中者，棄之。故所蓄二琴殊絶，所謂『響泉』、『韻磬』者也。」澠水燕談録八：「秀州祥符院僧智和蓄一古琴，瑟瑟微碧，文細，石爲軫，製作精巧，音韻清越。中刊李陽冰篆三十九字，其略云：『南溟夷島産木名伽陀羅，文横如銀屑，其堅如石，遂用作此臨岳。』沈括筆談、朱長文琴史著此琴，即唐相汧公李勉所製『響泉』也。『響泉』之名，見李勉傳。」

54 京師又以樊氏、路氏琴爲第一，路氏琴有房太尉石枕〔一〕，損處惜之不理。

〔注〕

〔一〕石枕：樂書一四一：「路氏之石枕」「求諸先王之制，雖未盡合，亦各一代絶特之器也」。夢溪筆談五：「琴雖用桐，然須多年，木性都盡，聲始發越。予曾見唐初路氏琴，木皆枯朽，殆不勝指，而其聲愈清。」

55 蜀中雷氏斲琴〔一〕，常自品第，第一者以玉徽，次者以瑟瑟徽，又次者以金徽，又次者螺蚌之徽。

〔注〕

〔一〕雷氏斲琴：東坡志林七：「唐雷氏琴，自開元至開成間世有人。然其子孫漸志於利，追世好而失家法。故以最古者爲佳，非貴遠而賤近也。予家有一琴，其中銘云：『開元十年造。雅州靈關村雷家記。八日合。』未曉八日合爲何等語也。廬山處士崔成老彈之，以爲絶倫云。」

56 張相弘靖少時夜會名客①〔一〕，觀鄭宥調二琴至切，各置一榻，動宫則宫應，動商則商應②，稍不切，乃不應。宥師董庭蘭〔二〕，尤善汎聲、祝聲。

〔校〕

① 少時　廣記二〇三無。

② 動商則商應　廣記二〇三上下二「商」均作「角」。

〔注〕

〔一〕張相弘靖：舊書一二九：弘靖「長慶四年六月卒，年六十五。」同書一七上同。則弘靖生乾元三年（七六〇）。

〔三〕董庭蘭：通鑑二一九：「房琯性高簡，時國家多難，而琯多稱病不朝謁，不以職事爲意，日與庶子劉秩、諫議大夫李揖，高談釋、老，或聽門客董庭蘭鼓琴，庭蘭以是大招權利。御史奏庭蘭贓賄，（至德二載五月）丁巳，罷琯爲太子少師。」書録解題一四：「大胡笳十九拍一卷，題隴西董庭蘭撰。」

57 韓會與名輩號爲「四夔」〔一〕，會爲夔頭，而善歌妙絶。

〔注〕

〔一〕韓會：新書七三上，會，秘書郎仲卿子，官起居舍人。舊書一一：大曆十二年（七七七）四月，「起居舍人韓會等十餘人，皆坐元載貶官也。」

58 李舟好事，嘗得村舍煙竹，截以爲笛，鑑如鐵石①，以遺李謩②〔一〕。謩吹笛天下第一，月夜泛江，維舟吹之，寥亮逸發，上徹雲表。俄有客獨立于岸，呼船請載。既至，請笛而吹，甚爲精壯，山河可裂③，謩平生未嘗見。及入破，呼吸盤擗，其笛應聲粉碎④，客散不知所之。舟著記⑤，疑其蛟龍也。

〔校〕

① 鑑　影宋鈔作「鏗」。

② 李謩　原作「李牟」，據廣記二〇四、元稹集二四、寶刻類編二改。下同。

③ 山河　廣記二〇四作「山石」。

④ 應聲　廣記二〇四作「應指」。

⑤ 舟　廣記二〇四下有「人」字。

〔注〕

〔一〕李謩：元稹集二四連昌宫詞：「李謩擪笛傍宫牆，偷得新翻數般曲。」且注云：「玄宗嘗於上陽宫夜後按新翻一曲，屬明夕正月十五日，潛遊燈下。忽聞酒樓上有笛奏前夕新曲，大駭之。明日密遣捕捉笛者，詰驗之，自云：『某其夕竊於天津橋玩月，聞宫中度曲，遂於橋柱上插譜記之。臣即長安少年善笛者李謩也。』玄宗異而遣之。」全詩五一一載張祜李謨笛：「平時東幸洛陽城，天樂宫中夜徹明。無奈李謨偷曲譜，酒樓吹笛是新聲。」

59 李謩秋夜吹笛于瓜洲，舟檝甚隘。初發調，群動皆息。及數奏，微風颯然而至。又俄頃，舟人賈客皆有怨歎悲泣之聲。

60 趙璧彈五絃〔一〕，人問其術，答曰：「吾之于五絃也，始則心驅之，中則神遇之①，終則天隨之。吾方浩然，眼如耳，目如鼻②，不知五絃之爲璧，璧之爲五絃也。」

〔校〕

① 則心驅之中　廣記二〇五無。

② 目　影宋鈔作「耳」。

〔注〕

〔一〕趙璧：元稹集二四五絃彈：「趙璧五絃彈徵調，徵聲巉絶何清峭。辭雄皓鶴警露啼，失子哀猿繞林嘯。風入春松正凌亂，鶯含曉舌憐嬌妙。嗚嗚暗溜咽冰泉，殺殺霜刀澀寒鞘。促節頻催漸繁撥，珠幢斗絶金鈴掉。千靫鳴鏑發胡弓，萬片清球擊虞廟。衆樂雖同第一部，德宗皇帝常偏召。旬休節假暫歸來，一聲狂殺長安少。主第侯家最難見，挼歌按曲皆承詔。水精簾外教貴嬪，琦瑁筵心伴中要。臣有五賢非此絃，或在拘囚或屠釣。一賢得進勝累百，兩賢得進同周召。三賢事漢滅暴强，四賢鎮岳寧邊徼。五賢並用調五常，五常既序三光曜。趙璧五絃非此賢，九九何勞設庭燎？」白居易集三有五絃彈，亦記趙璧五絃藝，可參觀。

61 李衮善歌〔一〕，初于江外，而名動京師。崔昭入朝〔二〕，密載而至。乃邀賓客，請第一部樂①，及京邑之名倡，以爲盛會。紿言表弟，請登末坐，令衮弊衣以出，合坐嗤笑。頃命酒，昭曰：「欲請表弟歌。」坐中又笑。及囀喉一發，樂人皆大驚曰：「此必李八郎也。」遂羅拜階下。

〔校〕

① 一　影宋鈔作「二」。

〔注〕

〔一〕李衮：白居易集二一小童薛陽陶吹觱栗歌：「剪削乾蘆插寒竹，九孔漏聲五音足。近來吹者誰得名？關璀老死李衮生。」

〔二〕崔昭：崔昭大曆五年（七七〇）至建中元年（七八〇）先後鎮宣歙、浙東、江西。舊書一二一：建中元年四月「辛未，命江西觀察使崔昭册命迴紇可汗。」昭蓋此時入朝也。

62 于頔司空嘗令客彈琴，其嫂知音〔一〕，聽于簾下，曰：「三分中，一分箏聲，二分琵琶聲，絶無琴韻。」

〔注〕

〔一〕其嫂知音：據新書七二下，頔有兄二人：碩，户部侍郎、判度支。頎，長安令。

63 于司空頔因韋太尉奉聖樂〔一〕，亦撰順聖樂以進。每宴，必使奏之，其曲將半，行綴皆伏，獨一卒舞于其中，幕客韋綬笑曰〔二〕：「何用窮兵獨舞？」言雖詼諧，一時亦有謂也。頔又令女妓爲六佾舞①，聲態壯妙，號孫武順聖樂。

〔校〕

① 六 廣記二〇四無此字。新書二二亦無，而一七二又有。

〔注〕

〔一〕于司空頔：據方鎮表四，于頔鎮山南自貞元十四年（七九八）至元和三年（八〇八）。

韋太尉：韋皋，舊書一四〇：「貞元十六年正月，南詔異牟尋作奉聖樂舞，因韋皋以進。」新書二二二：「貞元中，南詔異牟尋遣使詣劍南西川節度使韋皋，言欲獻夷中歌曲，且令驃國進樂。皋乃作南詔奉聖樂，用黄鍾之均，舞六成，工六十四人，贊引二人，序曲二十八疊，執羽而舞『南詔奉聖樂』字，曲將終，雷鼓作於四隅，舞者皆拜，金聲作而起，執羽稽首，以象朝覲。每拜跪，節以鉦鼓。又爲五均：一曰黄鍾，宫之宫；二曰太蔟，商之宫；三曰姑洗，角之宫；四曰林鍾，徵之宫；五曰南吕，羽之宫。其文義繁雜，不足復紀。德宗閲於麟德殿，以授太常工人。」新書二二二下載之更詳，可參觀。

新書一三一：「韋皋作奉聖樂，于頔作順聖樂，常奏之軍中。」

〔二〕韋綬：舊書一六二：「于頔鎮襄陽，辟（韋綬）爲賓佐。嘗因言政，面刺頔之縱恣。」新書一六〇略同。

64 于司空以樂曲有想夫憐，其名不雅，將改之，客有笑者曰：「南朝相府曾有瑞蓮，故歌相府蓮〔一〕，自是後人語訛，相承不改耳。」

〔注〕

〔一〕相府蓮：南史四九：「王儉謂人曰：『昔袁公作衛軍，欲用我爲長史，雖不獲就，要是意向如此。今亦應須如我輩人也。』乃用杲之爲衛將軍長史。安陸侯蕭緬與儉書曰：『盛府元僚，實難其選。庾景行汎淥水，依芙蓉，何其麗也。』時人以入儉府爲蓮花池，故緬書美之。」

65 舊説：董仲舒墓〔一〕，門人過皆下馬，故謂之「下馬陵」，後人語訛爲「蝦蟆陵」。今荆襄人呼「提」爲「堤」，晉絳人呼「梭」爲「莝」七戈反，關中人呼「稻」爲「討」，呼「釜」爲「付」，皆訛謬所習，亦曰坊中語也。

〔注〕

〔一〕董仲舒：漢廣川人。武帝時以賢良對天人三策，爲江都相。後爲膠西王相，以病免。爲漢醇儒。免官家居，朝廷有大議，常遣使就其家問之。以年老終於家。漢書有傳。

66 風俗貴茶，茶之名品益衆。劍南有蒙頂石花，或小方，或散牙，號爲第一。湖州有顧渚之紫笋，東川有神泉小團、昌明獸目，峽州有碧澗①、明月、芳蕋、茱萸簝，福州有方山之露一作生牙，夔州有香山，江陵有南木②，湖南有衡山，岳州有灉湖之含膏，常州有義興之紫笋，婺州有東白③，睦州有鳩坑，洪州有西山之白露，壽州有霍山之黄牙，蘄州有蘄門團黄，而浮梁之商貨不在焉。

〔校〕

① 峽州　廣記四一二作「硤州」。

② 南木　廣記四一二作「楠木」。

③ 東白　廣記四一二作「來白」。

67 酒則有郢州之富水，烏程之若下，滎陽之土窟春，富平之石凍春，劍南之燒春，河東之乾和、蒲萄，嶺南之靈谿、博羅，宜城之九醖，潯陽之湓水，京城之西市腔，蝦蟆陵郎官清、阿婆清。又有三勒漿①，類酒，法出波斯。三勒者，謂菴摩勒、毗梨勒、訶梨勒。一本作富平之石梁春、劍南之燒香春。

〔校〕

① 阿婆清又有　廣記二三三作「河漢之」三字。

68 紙則有越之剡藤苔牋，蜀之麻面、屑末、滑石、金花、長麻、魚子、十色牋，揚之六合牋，韶之竹牋，蒲之白薄、重抄，臨川之滑薄。又宋亳間有織成界道絹素，謂之烏絲欄、朱絲欄，又有繭紙。

69 凡貨賄之物，侈于用者，不可勝紀。絲布爲衣，麻布爲囊，氈帽爲蓋，革皮爲帶，内丘白甆甌，端溪紫石硯，天下無貴賤通用之。

70 初，詼諧自賀知章〔一〕，輕薄自祖詠〔二〕，顛語自賀蘭廣〔三〕、鄭涉〔四〕。近代詠字有蕭昕①〔五〕，寓言有李紓②〔六〕，隱語有張著〔七〕，機警有李舟、張彧〔八〕，歇後有姚峴〔九〕、叔孫羽③，訛語、影帶有李直方、獨孤申叔，題目人有曹著〔一〇〕。

〔校〕

① 近代　唐語林八作「其後」二字。

② 李紓　原作「李紓」，據影宋鈔、唐語林八改。

③ 叔孫羽　唐語林八作「孫叔羽」。

〔注〕

〔一〕賀知章：山陰人。字季真。嗜飲，工文辭，善草隸，性放曠，善談笑。證聖初第進士。開元中累擢禮部侍郎，兼集賢院學士。遷太子賓客。授秘書監。天寶初請爲道士，歸里。兩唐書有傳。

〔二〕祖詠：洛陽人，開元進士，與王維交友，後移家歸汝墳間別業。工詩。傳見唐才子傳一。

〔三〕賀蘭廣：全文四〇八「廣，天寶時人。」

〔四〕鄭涉：據新書七五上涉，亳州倉曹參軍虛心子，官枝江丞。

〔五〕蕭昕：河南人，字中明，中博學宏辭科，累遷禮部侍郎。大曆中持節使回紇，有折衝之功。德宗幸奉天，昕赴行在。遷太子少傅。封晉陵郡公。以太子少師致仕。卒謚懿。兩唐書有傳。

〔六〕李紓：唐有四李紓。一，禮部侍郎希言子。少有文學。天寶末拜秘書省校書郎。大曆初任左補闕，累遷司封員外郎、知制誥，改中書舍人。尋拜禮部侍郎。德宗朝拜兵部侍郎。知選事。拜禮部侍郎，卒。性通達，善詼諧。兩唐書有傳。或即此人。二，順宗第五子。本名浼。授秘書監，封弘農郡王。貞元二十一年（八〇五）封莒王。大和八年（八三四）薨。兩唐書有傳。三，據新書七二上，蒋令李延祚有子紓。四，據新書七二上，渭南尉李并有子紓。

〔七〕張著：讀書志七：「翰林盛事一卷。右唐張著撰。記唐朝儒臣美事，凡三十八人。」書録解題五：「翰林盛事一卷。唐剡尉常山張著處晦撰。紀儒臣盛事，自武德中迄于天寶。首載張文成七登科者，即著之祖也。」

〔八〕張彧：全文五一六：「西平王李晟壻。德宗朝官劍州刺史，檢校户部郎中，假京兆少尹。入爲刑部侍郎。」

〔九〕姚峴：全文六二三：「官陜虢觀察使于頔參軍，不勝頔暴虐，自沈於河。」

〔一〇〕曹著：據登科補一二，曹著貞元五年（七八九）進士。

71 長安風俗，自貞元侈于遊宴，其後或侈于書法、圖畫，或侈于博弈，或侈于卜祝，或侈于服食，各有所蔽也①。

〔校〕

① 所蔽　唐語林六作「自」。

72 古之飲酒，有杯盤狼籍、揚觶絶纓之説，甚則甚矣，然未有言其法者。國朝麟德中，壁州刺史鄧弘慶始創「平」、「索」、「看」、「精」四字令〔一〕，至李稍雲而大備〔二〕。自上及下，以爲宜然。大抵有律令，有頭盤，有拋打，蓋工於舉場，而盛於使幕。衣冠有男女雜履舄者，有長幼同燈燭者，外府則立將校而坐婦人，其弊如此。又有擊毬、畋獵之樂。皆溺人者也。

〔注〕

〔一〕鄧弘慶：劉禹錫集一四夔州論利害表：「至龍朔中，壁州刺史鄧弘慶進平、索、看、精四字堪爲酒令，高宗嘉之，亦行其言，遷弘慶爲朗州刺史。」御覽八四四繫此事於麟德元年（六六四）

九月。

〔二〕李稍雲：廣記二七九：「隴西李捎雲，范陽盧若虚女壻也。性誕率輕肆，好縱酒聚飲。」「明年上巳，與李蒙、裴士南、梁褒等十餘人泛舟曲江中，盛選長安名倡，大縱歌妓。酒正酣，舟覆，盡皆溺死。」當即此李稍雲也。又元稹集六寄吴士矩端公五十韻：「曲庛桃根盞，横講捎雲式。」

73 今之博戲，有長行最盛。其具有局有子，子有黄黑各十五，擲采之骰有二，其法生于握槊，變于雙陸。天后夢雙陸而不勝，召狄梁公説之〔一〕。梁公對曰：「宫中無子之象是也。」後人新意，長行出焉。又有小雙陸、圍透、大點、小點、遊談、鳳翼之名，然無如長行也。監險易者喻時事焉①；適變通者方易象焉。王公大人，頗或躭翫，至有廢慶弔，忘寢休，輟飲食者。及博徒是强名争勝②，謂之「撩一作掩零」；假借分畫③，謂之「囊家」；囊家什一而取④，謂之「乞一作子頭」。有通宵而戰者，有破産而輸者，其工者，近有渾鎬⑤〔二〕、崔師本首出〔三〕。圍棊次於長行，其工者，近有韋延祐一本作韋扈⑥〔四〕、楊芃首出。如彈棊之戲甚古，法雖設，鮮有爲之，其工者，近有吉逵⑦、高越首出焉〔五〕。

〔校〕

① 監　唐語林八作「鑑」。

② 及博徒是强名争勝　四庫、得月簃、廣記二二八均作「及博徒用之於是强各争勝」，唐語林八作「閭里用之于是强名争勝」。

③ 畫　商務説郛作「盡」。

④ 取　商務説郛作「乞」。

⑤ 近　唐語林八作「中世」，下同。渾鎬：唐語林八作「譚鎬」。

⑥ 韋延祐　唐語林八作「韋延扈」。

⑦ 吉逵　唐語林八、廣記二二八作「吉達」。

〔注〕

〔一〕狄梁公：狄仁傑，字懷英，太原人。舉明經。高宗初累遷大理丞，斷獄平恕。充江南巡撫使。後爲豫州刺史。武后時屢躓屢起。神功初以鸞臺侍郎同平章事。卒贈文昌右相，謚文惠。睿宗時追封梁國公。兩唐書有傳。新書一一五：后召仁傑「謂曰：『朕數夢雙陸不勝，何也？』於是，仁傑與王方慶俱在，二人同辭對曰：『雙陸不勝，無子也。天其意者以儆陛下乎。』」

〔二〕渾鎬：皋蘭州人，瑊子。歷延、唐二州刺史，著聲績。元和中任義武軍節度使，討王承宗，兵敗貶韶州刺史，贓發再貶循州，卒。兩唐書有傳。

〔三〕崔師本：據新書七二下、唐御史臺精舍題名考三、附二、附三及本書卷下75節，師本爲崔氏清河小房岳子。曾官洛陽令、監察御史。

〔四〕韋延祐：讀書志一五：「忘憂集三卷。右皇朝劉仲甫編，載唐韋延祐棊訣并古今棊圖。」

〔五〕高越：唐詩紀事七一：「越，燕人。舉進士，文價藹然。鄂帥李簡賢之，待以殊禮，將妻以女。越竊諭其意，賦詩一絶書于壁，不告而去。」全詩七四一：「高越，字仲遠。幽州人。仕吴，授秘書郎，累遷中書舍人，終勤政殿學士、户部侍郎。」

74 貞元中，董叔經進博一局並經一卷①〔一〕，頗有新意，不行于時。

〔校〕

①董叔經　原作「董叔儒」，據商務説郛、舊書一四、新書五九、通志藝文略七及姓纂二、六改。

〔注〕

〔一〕董叔經：據舊書一四、姓纂二、六，董叔經，幽州范陽人。貞元三年（七八七）爲檢校太子左庶子。五年爲行軍司馬。累遷汾州刺史。元和元年(八〇六)自秘書監拜京兆尹,尋卒於任。

新書五九:「董叔經博經一卷,貞元中上。」

75 洛陽令崔師本又好爲古之摴蒱①。其法:三分其子三百六十,限以二關,人執六馬,其骰五枚,分上爲黑,下爲白。黑者刻二爲犢,白者刻二爲雉。擲之全黑者爲盧,其采十六;二雉三黑爲雉,其采十四;二犢三白爲犢,其采十;全白爲白,其采八:四者貴采也。開爲十二,塞爲十一,塔爲五,秃爲四,橛爲三,梟爲二②:六者雜采也。貴采得連擲,得打馬,得過關,餘采則否。新加進九退六兩采③。

〔校〕

① 之 廣記二二八作「文」。

② 二 廣記二二八下有「二」字。

③ 九退 廣記二二八無。

76 凡東南郡邑無不通水，故天下貨利，舟檝居多。轉運使歲運米二百萬石輸關中，皆自通濟渠即汴河也。入河而至也。江淮篙工不能入黄河①。蜀之三峽、河之三門②、南越之惡谿③、南康之贛石，皆險絶之所，自有本處人爲篙工。大抵峽路峻急，故曰「朝發白帝，暮徹江陵④。」四月、五月爲尤險時，故曰「灧澦大如馬，瞿塘不可下；灧澦大如牛，瞿塘不可留；灧澦大如襆，瞿塘不可觸。」揚子、錢塘二江者，則乘兩潮發櫂。舟船之盛，盡于江西，編蒲爲帆，大者或數十幅⑤。自白沙泝流而上，常待東北風，謂之潮信一本作信風。七月、八月有上信，三月有鳥信，五月有麥信。暴風之候，有抛車雲，舟人必祭婆官而事僧伽。江湖語云：「水不載萬。」言大船不過八九千石。然則大曆、貞元間，有俞大娘航船最大，居者養生、送死、嫁娶悉在其間，開巷爲圃，操駕之工數百。南至江西，北至淮南，歲一往來，其利甚博，此則不啻載萬也。洪、鄂之水居頗多，與屋邑殆相半⑥。凡大船必爲富商所有，奏商聲樂⑦，從婢僕⑧，以據柂樓之下⑨，其間大隱，亦可知矣。

〔校〕

① 江淮　唐語林八作「淮南」。

② 河　唐語林八作「陝」。元和志六陝州硤石縣：「底柱山，俗名三門山，在縣東北五十里黃河中。」前言蜀之三峽，不言江之三峽，以峽在蜀也。三門在陝，則唐語林似更優。

③ 南越　唐語林八作「閩越」。

④ 徹　唐語林八作「宿」。

⑤ 或數十幅　唐語林八作「八十餘幅」。

⑥ 屋邑　唐語林八作「一屋」。

⑦ 商　唐語林八無。

⑧ 從　唐語林八作「役」。

⑨ 桅　影宋鈔作「施」。

77 南海舶，外國船也，每歲至安南、廣州。師子國舶最大〔一〕，梯而上下數丈，皆積寶貨。至則本道奏報，郡邑爲之喧闐。有蕃長爲主領，市舶使籍其名物，納舶脚，禁珍異，蕃商有以欺詐入牢獄者。舶發之後，海路必養白鴿爲信。舶没，則鴿雖數千里亦能歸也。

〔注〕

〔一〕師子國：新書二二一下：「師子，居西南海中，延袤二千餘里，有稜伽山，多奇寶，以寶置洲上，商舶償直輒取去。後鄰國人稍往居之。能馴養師子，因以名國。總章三年，遣使者來朝。天寶初，王尸羅迷迦再遣使獻大珠、鈿金、寶瓔、象齒、白氎。」

78 舟人言鼠亦有靈，舟中群鼠散走，旬日必有覆溺之患。

79 海上居人時見飛樓，如締構之狀，甚壯麗者。太原以北晨行，則煙靄之中覩城闕狀如女牆雉堞者，皆天官書所説「氣」也〔一〕。

〔注〕

〔一〕天官書：史記二七天官書：「故北夷之氣如群畜穹閭，南夷之氣類舟船幡旗。大水處，敗軍場，破國之虚，下有積錢，金寶之上，皆有氣，不可不察。海旁蜃氣象樓臺；廣野氣成宮闕然。雲氣各象其山川人民所聚積。」

80 南海人言：海風四面而至，名曰「颶風」。颶風將至，則多虹蜺，名曰「颶母」。然三五十年始一見。

81 或曰雷州春夏多雷，無日無之。雷公秋冬則伏地中，人取而食之，其狀類彘。又云與黃魚同食者〔一〕，人皆震死。亦有收得雷斧、雷墨者，以爲禁藥一作以爲藥石。

〔注〕

〔一〕黃魚：黃魚首内有枕堅如石。漁人有敲梆捕魚之法，於舟中敲梆，黃魚因有耳石，應聲暈厥，不辨東西，小大悉浮水面。

82 龍門人皆言善游，于懸水接水，上下如神。然寒食拜必于河濱①，終爲水溺死也。

〔校〕

① 拜　唐語林八、廣記三九九下有「掃」字。

83 近代杜邠公自西川除江陵〔一〕，五月下峽，官舟千艘，不損一隻。舊語曰：「五月下峽，死而不弔〔二〕。」此特邠公之洪福，自古未之有也。

〔注〕

〔一〕杜邠公：杜悰，萬年人，式方子，字永裕。尚憲宗女岐陽公主，爲駙馬都尉。武宗時累進尚書左僕射，罷爲劍南東川節度使。鎮淮南。尋同平章事。懿宗朝加太傅。兩唐書有傳。據方鎮表五、六、刺史考五、一二三、一九五及二二二，杜悰第一次鎮西川在大中二年（八四八）至六年，後徙鎮淮南。第二次鎮西川在大中十三年至咸通元年（八六〇），後入相。第一次鎮荆南在咸通十年至十一年，蓋由鳳翔尹轉。第二次鎮荆南在咸通十三年至十四年，由檢校司徒轉。未曾自西川除江陵。

〔二〕死而不弔：禮記檀弓上：「死而不弔者三，畏、厭、溺。」

84 舊言春水時至，魚登龍門，有化龍者。今汾晉山穴間龍蜕骨角甚多，人採以爲藥，有五色者。

85 劍南元無蠍，嘗有人任主簿，將蠍之任而有之，今呼爲「主簿蟲」也。

86 江東有蚊母鳥①，亦謂之吐蚊鳥，夏則夜鳴，吐蚊於叢葦間②，湖州尤甚③。南中又有蚊子樹，實類枇杷，熟則自裂，蚊盡出而空殼矣。

〔校〕

① 江東 商務説郛作「江夏」。

② 叢葦 唐語林八作「蘆荻」。

③ 湖州 唐語林八作「湖水」。

87 劍南人之采猓獠者，獲一猓獠，則數十猓獠可盡得矣。何哉？其猓獠性仁，不忍傷類，見被獲者，聚族而啼，雖殺之，終不去也。噫，此乃獸之狀人之心也。樂羊食其子〔一〕，史牟殺其甥①，則人之狀獸之心也。

〔校〕

①樂羊食其子史牟殺其甥　廣記四四六作「樂羊張仁愿史牟」七字。

〔注〕

〔一〕樂羊：戰國策二二：「樂羊爲魏將，而攻中山。其子在中山，中山之君烹其子而遺之羹，樂羊坐於幕下而啜之，盡一盃。文侯謂覩師贊曰：『樂羊以我之故，食其子之肉。』贊對曰：『其子之肉尚食之，其誰不食。』樂羊既罷中山，文侯賞其功而疑其心。」

88 猩猩者好酒與屐，人有取之者①，置二物以誘之。猩猩始見，必大罵曰：「誘我也。」乃絶走遠去，久而復來，稍稍相勸，俄頃俱醉，其足皆絆於屐，因遂獲之。或有其圖而贊曰：「爾形唯猿，爾面唯人，言不忝面，智不周身。淮陰佐漢〔一〕，李斯相秦，何如箕山〔二〕，高卧養真。」

〔校〕

①有取之者　廣記四四六作「欲取者」。

〔注〕

〔一〕淮陰：韓信，漢淮陰人。項梁渡淮，信仗劍從之。梁敗，又屬項羽。弗用，亡歸漢，拜爲大將。高祖定天下，信功居多，立爲齊王。後有告信謀反，縛至洛陽，赦爲淮陰侯。陳豨反，帝自將，信稱病不從，欲襲呂后、太子，事發被誅。傳見史記九二。

〔二〕箕山：史記六一正義：「皇甫謐高士傳云：『許由字武仲。堯聞致天下而讓焉，乃退而遁於中嶽潁水之陽，箕山之下隱。堯又召爲九州長，由不欲聞之，洗耳於潁水濱。時有巢父牽犢欲飲之，見由洗耳，問其故。對曰：「堯欲召我爲九州長，惡聞其聲，是故洗耳。」巢父曰：「子若處高岸深谷，人道不通，誰能見子？子故浮游，欲聞求其名譽。污吾犢口。」牽犢上流飲之。許由殁，葬此山，亦名許由山。』」

89 羅浮甘子，開元中方有山僧種于南樓寺，其後常資進貢。幸蜀、奉天之歲，皆不結實。

90 揚州舊貢江心鏡〔一〕，五月五日揚子江中所鑄也。或言無有百鍊者，或至六七十鍊則已，易破難成，往往有自鳴者。

〔注〕

〔一〕江心鏡：舊書一二：大曆十四年（七七九）六月「己未，揚州每年貢端午日江心所鑄鏡，幽州貢麝香，皆罷之。」

91 蘇州進藕，其最上者名曰「傷荷藕」①，或云：「葉甘爲蟲所傷。」又云：「欲長其根，則故傷其葉。」近多重臺荷花，花上復生一花，藕乃實中，亦異也。有生花異，而其藕不變者。

〔校〕

① 藕 廣記四〇九下有「或云荷名」四字。

92 宣州以兔毛爲褐，亞于錦綺，復有染絲織者尤妙，故時人以爲兔褐真不如假也。

93 初，越人不工機杼，薛兼訓爲江東節制〔一〕，乃募軍中未有室者①，厚給貨幣，密令北地娶織婦以歸，歲得數百人。由是越俗大化，競添花樣，綾紗妙稱江左矣。

〔校〕

① 募　原作「幕」，據影宋鈔、四庫、學津及得月簃改。

〔注〕

〔一〕薛兼訓：據嘉泰會稽志二、方鎮表四、五、刺史考九〇、一四二，薛兼訓曾官殿中監、兼御史中丞，先後鎮浙東、河東，卒太原。據方鎮表五、刺史考一四二，兼訓鎮浙東在寶應元年（七六二）至大曆五年（七七〇）。

94 凡造物由水土，故江東宜紗綾、宜紙者①，鏡水之故也。蜀人織錦初成，必濯于江水，然後文綵焕發。鄭人以滎水釀酒，近邑與遠郊美數倍②。齊人以阿井煎膠，其井比旁井重數倍③。

〔校〕

① 宜　原闕，據影宋鈔、唐語林八及廣記三九九補。

②近邑與遠郊美數倍　廣記三九九作「近邑水重斤兩與遠郊數倍」。

③其井　影宋鈔作「其水」。

95 善和坊舊御井，故老云非可飲之水，地卑水柔，宜用盥漱。開元中，日以駱駝數十馱入內，以給六宮。

96 每歲有司行祀典者不可勝紀，一鄉一里，必有祠廟焉，爲人禍福，其弊甚矣。南中有山洞，一泉往往有桂葉流出，好事者因目爲流桂泉。後人乃立棟宇，爲漢高帝之神，尸而祝之〔一〕。又有爲伍員廟之神像者〔二〕，五分其髯，謂之「五髭鬚神」。如此皆言有靈者多矣。

〔注〕

〔一〕流桂泉：史記八：高祖「姓劉氏，字季……呂公曰：『臣少好相人，相人多矣，無如季相，願季自愛。』」「高祖爲亭長時，常告歸之田。呂后與兩子居田中耨，有一老父過請飲，呂后因餔之。

老父相呂后曰：『夫人天下貴人。』令相兩子，見孝惠，曰：『夫人所以貴者，乃此男也。』相魯元，亦皆貴。老父已去，高祖適從旁舍來，呂后具言客有過，相我子母皆大貴。高祖問，曰：『未遠。』乃追及，問老父。老父曰：『鄉者夫人嬰兒皆似君，君相貴不可言。』」劉姓而貴，正與「流桂」諧音。

〔二〕伍員：伍子胥，春秋楚人，名員。父、兄爲平王所殺，子胥奔吴，佐吴伐楚。後吴敗越，越王句踐請和，夫差許之，子胥諫，不聽。太宰嚭譏之，夫差賜子胥自剄，取其屍，盛鴟夷革，浮之江。吴人憐之，爲立祠於江上。傳見史記六六。

97 江南有驛吏①，以幹事自任。典郡者初至，吏白曰：「驛中已理，請一閲之。」刺史乃往，初見一室，署云「酒庫」，諸醖畢熟，其外畫一神。刺史問：「何也？」答曰：「杜康〔一〕。」刺史曰：「公有餘也。」又一室，署云「茶庫」，諸茗畢貯，復有一神。問曰：「何？」曰：「陸鴻漸也。」刺史益善之。又一室，署云「葅庫」，諸葅畢備②，亦有一神。問曰：「何？」吏曰：「蔡伯喈③〔二〕。」刺史大笑曰：「不必置此。」

〔校〕

① 江南　廣記四九七作「江西」。

② 葅　廣記四九七作「茹」。

③ 喈　原作「堦」，據影宋鈔、四庫、學津、得月簃及廣記四九七改。

〔注〕

〔一〕杜康：文選二七曹操短歌行：「何以解憂，唯有杜康。」李善注曰：「博物志曰：杜康作酒。王著與杜康絶交書曰：康字仲寧。或云黄帝時宰人，號酒泉太守。」

〔二〕蔡伯喈：唐語林八亦載此節，周勛初注：「此處取其爲『菜百佳』之諧音。」

98 回鶻常與摩尼議政，故京師爲之立寺，其法日晚乃食，敬水而茹葷，不飲乳酪。其大摩尼數年一易，往來中國，小者年轉江嶺西市，商胡橐，其源生於回鶻有功也〔一〕。

〔注〕

〔一〕回鶻有功：舊書一九五：回鶻助唐平安史亂，「迴紇恃功，自乾元之後，屢遣使以馬和市繒帛，仍歲來市，以馬一匹易絹四十匹，動至數萬馬。其使候遣繼留於鴻臚寺者非一，蕃得帛無厭，我得馬無用，朝廷甚苦之。」

99 元義方使新羅〔一〕，發雞林州①，遇海島上有流泉，舟人皆汲攜之②，忽有小蛇自泉中出，舟師遽曰：「龍怒。」遂發。未數里，風雨雷電皆至，三日三夜不絶。及雨霽，見遠岸城邑，問之，乃萊州也。

〔校〕

① 州　原作「洲」，據廣記四二三、兩唐書、會要九五、册府九六四、九六五、英華四七一及張九齡集八、九改。

② 汲攜之　廣記四二三作「汲飲之」。

〔注〕

〔一〕元義方：萬頃曾孫，爲華州參軍。歷京兆府司録，虢、商二州刺史，福建觀察使。李吉甫再當國，召義方爲京兆尹。李絳惡其黨，出爲鄜坊觀察使。卒，贈左散騎常侍。新書有傳。據方鎮表及刺史考，義方元和元年（八〇六）至三年刺虢州，三年至四年刺商州，四年至六年鎮福建，六年至七年爲京兆尹，七年至八年鎮鄜坊，旋卒。舊書一九九上：「元和七年，新羅王「重興卒，立其相金彦昇爲王，遣使金昌南等來告哀。其年七月……命職方員外郎、攝御史中丞崔廷持節弔祭册立，以其質子金士信副之。」其年正月元義方已轉鎮鄜坊，不能再有使新羅之事。卞孝萱謫龍説與河間傳新探引韓愈順宗實録以爲使新羅者爲元季方，當是。元季方，義方弟。新書二〇一：「舉明經，調楚丘尉，歷殿中侍御史。兵部尚書王紹表爲度支員外郎，遷金、膳二部郎中，號能職。王叔文用事，憚季方不爲用，以兵部郎中使新羅。新羅聞中國喪，不時遣，供饋乏，季方正色責之，閉户絶食待死，夷人悔謝，結驩乃還。卒，年五十一，贈同州刺史。」韓愈順宗實録二：貞元二十一年（八〇五）二月「兵部郎中兼中丞元季方告哀於新羅，且册立新羅嗣王，主客員外郎兼殿中監馬宇爲副。」舊書一九九上、新書二二〇亦載此事。

100 朝廷每降使新羅，其國必以金寶厚爲之贈。唯李汭爲判官〔一〕，一無所受，深爲同輩所嫉。

〔注〕

〔一〕李汭：册府九八〇：「元和七年（八一二）七月以京兆府功曹李汭爲殿中侍御史，充入新羅副使。」參上節，汭蓋與元季方同使新羅。

101 常魯公使西蕃〔一〕，烹茶帳中，贊普問曰：「此爲何物？」魯公曰：「滌煩療渴，所謂茶也。」贊普曰：「我此亦有。」遂命出之，以指曰：「此壽州者，此舒州者，此顧渚者，此蘄門者，此昌明者，此㴩湖者。」

〔注〕

〔一〕常魯公：常魯。舊書一九六下：「建中二年十二月，入蕃使判官常魯與吐蕃使論悉諾羅等至自蕃中。」新書二一六下同。

102 吐蕃自貞元末失維州，常惜其險，百計復之。乃選婦人有心者，約曰：「去爲維州守卒之妻，十年兵至，汝爲内應。」及元和中，婦人已育數子，蕃寇大至，發火應之，維州復陷〔一〕。

〔注〕

〔一〕維州復陷：李德裕李衛公會昌一品集一二論太和五年八月將故維州城歸降準詔卻執送本蕃就戮人吐蕃城副使悉怛謀狀：「且維州據高山絶頂，三面臨江，在戎虜平川之衝，是漢地入邊之路。初河隴盡殁，惟此州獨存。吐蕃潛將婦人，嫁與此州門子。二十年後，兩男長成，竊開壘門，引兵而入，遂爲所滅，號曰無憂城。從此得併力於西邊，更無虞於南路，憑陵近甸，旰食累朝。貞元中，韋皋以經略河湟，此城爲始，盡鋭萬旅，急攻數年。吐蕃愛惜既甚，遣其舅論莽熱來救。雉堞高峻，臨衝難及於層霄；鳥徑屈蟠，猛士多糜於磊石。莫展公輸之巧，空擒莽熱而還。」舊書四一所載略同：「上元元年後，河西、隴右州縣，皆陷吐蕃。贊普更欲圖蜀川，累急攻維州，不下，乃以婦人嫁維州門者。二十年中，生二子。及蕃兵攻城，二子内應，城遂陷。吐蕃得之，號無憂城。累入兵寇擾西川。韋皋在蜀二十年，收復不遂。至大中末，杜悰鎮蜀，維州首領内附，方復隸西川。」

103 西蕃呼贊普之妻爲「朱蒙」①。

〔校〕

① 朱蒙　新書二一六上作「末蒙」。吐蕃語贊普之妻爲བཙན་མོ，意爲貴女，音近「朱蒙」，新書蓋誤。

附録一　翰林志

唐翰林學士左補闕李肇撰

1 昔宋昌有言曰：所言公，公言之；所言私，王者無私。夫翰林爲樞機密宥之地①，有所慎者，事之微也。若制置任用，則非王者之私。漢制，尚書郎主作文書起草，更直於建禮門内臺，給青縑白綾，或以錦被、帷帳、氈褥畫②、通中枕，大官供食③，湯官供餅餌、五熟果，五日一美食，下天子一等。建禮門内得神仙門，内得光明殿④、神仙殿。自門下省⑤，中書省，蓋以今翰林之制略同⑥，而所掌輕也。漢武帝時，嚴助、朱買臣、吾丘壽王、司馬相如、東方朔、枚臯之徒皆在左右。是時朝廷多事，中外論難，大臣數詘，亦其事也。

〔校〕

① 密宥　翰苑二字互乙。

② 畫　守約作「盡」。

③ 大　翰苑齋本作「太」。

④ 内　四庫、翰苑前有「神仙門」三字。

⑤ 自　守約、翰苑齋本作「有」。

⑥ 以　四庫、翰苑作「比」，守約作「與」。

2 唐興，太宗始於秦王府開文學館，擢房玄齡、杜如晦一十八人，皆以本官兼學士，給五品珍膳，分爲三番更直，宿於閣下，討論墳典，時人謂之「登瀛洲」。貞觀初，置弘文館學士，聽朝之隙，引入大内殿①，講論文義，商較時政，或分夜而罷②。至玄宗，置麗正殿學士，名儒大臣，皆在其中。後改爲集賢仙殿③，亦草書詔。至翰林置學士，集賢書詔乃罷。④

〔校〕

① 入　四庫作「之」。

② 分夜　説郛九〇、四庫、翰苑二字互乙。

③ 集賢仙殿　説郛九〇、四庫、翰苑作「集賢殿」。

④ 歷代小史一二無此節。

3 初，國朝修陳故事，有中書舍人六員，專掌詔誥，雖曰禁省，猶非密切，故溫大雅、魏徵、李百藥、岑文本、褚遂良、許敬宗、上官儀時召草制，未有名號。乾封已後，始曰北門學士，劉懿之、劉禕之①、周思茂、元萬頃、范履冰爲之。則天朝，蘇味道、韋承慶，其後上官昭容獨掌其事。睿宗，則蘇稷、賈膺福、崔湜。玄宗初②，改爲翰林待詔，張說、陸堅、張九齡、徐安貞相繼爲之，改爲翰林供奉。開元二十六年，劉光謹、張垍乃爲學士，始別建學士院於翰林院之南。又有韓紘③、閻伯輿④、孟匡⑤、陳兼、李白、蔣鎮在翰林院，雖有其名，不職其事⑥。

〔校〕

① 禕　説郛九〇、守約、翰苑齋本作「禕」。

② 初　四庫無此字。

③ 紘　四庫作「翃」。

④ 興　四庫作「璵」。

⑤ 孟匡　四庫、守約、翰苑作「孟匡朝」。

⑥ 職　説郛九〇作「掌」。

4 已後翰林始兼學士之名①。代宗初②，李泌爲學士，而今壁記不列名氏③，蓋以不職事之故也④。

〔校〕

① 已後　四庫、翰苑前有「至德宗」三字。

② 初　翰苑庫本作：「時」。

③ 而　守約無此字。壁：説郛九〇、四庫、守約、翰苑作「壁」，當據改。

④ 職　説郛九〇作「掌」。説郛九〇、守約此節繫於上節。歷代小史一二無此節。四庫、翰苑以上四節併作一節。全唐文七二一同，且以翰林志序爲題。

5 案六典，中書掌詔旨①、制敕、璽書、册命，皆案典故，起草進書。其禁有四：一曰漏洩，二曰稽緩，三曰遺失，四曰忘誤②，所以重王命也。制敕既行③，有誤則奏而正之。凡王命之制有七④：一曰册書，立后建嫡，封樹藩屏，寵命尊賢，臨軒備禮則用之；二曰制書，行大典賞罰，授大官爵，釐革舊政，赦宥降虜則用之；三曰慰勞制書，褒贊賢良⑤，勸勉遣勞則用之⑥；四曰發白敕，增減官員，廢置州縣，徵兵發馬，除免官爵，授六品已下官，處流已上罪並用之；五曰敕旨，爲百司承旨，而爲程式奏事請施行者⑦；六曰論事敕書⑧，慰諭公卿，誡約臣下則用之；七曰敕牒，隨事承旨，不易舊典則用之。又，答疏於王公則用皇帝行寶，勞來勳賢乃用皇帝之寶⑨，徵召臣下則用皇帝信寶⑩，答四夷書則用天子行寶⑪，撫慰蠻夷則用天子之寶⑫，發番國兵則用天子信寶⑬。並甲令之定制也。近朝大事直出中禁⑭，不由兩省，不用六寶，並從權也。元和初，置書詔印，學士院主之。凡赦書、德音、立后、建儲、大誅討、免三公宰相、命將曰制，並用白麻紙，不用印。雙日起草，候閤門鑰入而後進書⑮。隻日，百寮立班於宣政殿⑯，樞密使引案自東上閤門出。若謫宰相，則付通事舍人矩步而宣之。機務要速，亦用雙日。甚者雖休假⑰，追朝而出之⑱。凡賜與徵召、宣索處分曰詔，用白藤紙。凡慰軍旅，用黄麻紙並用印⑲。凡批答表疏⑳，不用印。凡太清宮道觀薦告詞文，用青藤紙、朱字，謂之青詞。凡諸陵薦告上表、內道觀歎道文，並用白麻紙。雜詞、祭文、禁軍號並進本。

〔校〕

①掌　說郛九〇無此字。
②忘　守約作「妄」。
③制敇　說郛九〇二字互乙。
④命　四庫、翰苑庫本作「言」。
⑤良　四庫、翰苑作「能」。
⑥遣　說郛九〇作「勳」。
⑦說郛九〇、五一、守約、翰苑齋本下有「則用之」三字。
⑧論　說郛九〇同，其餘各本均作「論」。
⑨乃　四庫、守約、翰苑作「則」。
⑩臣下　四庫二字互乙。
⑪夷　說郛五一作「方」。

⑫ 夷　說郛五一作「方」。

⑬ 番　四庫、守約、翰苑作「蕃」。

⑭ 中禁　守約二字互乙。

⑮ 書　說郛九〇作「制」。

⑯ 日百　說郛五一、歷代小史一二作「旦日」。寮：說郛九〇作「僚」。

⑰ 假　翰苑作「暇」。

⑱ 追　說郛九〇作「退」。

⑲ 用　說郛五一、歷代小史一二、四庫、守約、翰苑無此字。

⑳ 凡　說郛九〇下有「大」字，說郛五一、歷代小史一二下有「印」字。

6 凡將相告身，用金花五色綾紙，所司印。凡吐蕃贊普書及別録，用金花五色綾紙，上白檀香木真珠瑟瑟，鈿函銀鏁。回紇可汗、新羅、渤海王書及別録①，並用金花五色綾紙，次白檀香木瑟瑟，鈿函銀鏁②。諸蕃軍長、吐蕃宰相、回紇内外宰相、摩尼已下書及別録，並用五色麻紙，紫檀木③，鈿函銀鏁，並不用印。南詔及大將軍清平官書，用黄麻紙，出付中書，奉行卻，送院封函，與回紇同。凡畫而不行④，藏之；函而不用者，納之。

〔校〕

① 王　歷代小史一二作「三」。

② 鈿　翰苑庫本無此字。

③ 紫檀木　四庫作「紫檀香木」。

④ 行　四庫、守約、翰苑下有「者」字。

7 凡參議、奏論、撰述、注釋，無定名，奏復無晝夜。凡徵天下草澤之士，臨軒策試，則議科設問，覆定與奪。凡受宣有堂曆日記①、有承旨簿記。大抵四者之禁無殊，而漏泄之禁爲急②。天寶十二載，安禄山來朝，玄宗欲加同中書平章事③，命張垍草制，不行。及其去也，怏怏滋甚。楊國忠曰：此張之咎也④。遂貶盧溪郡司馬，兄均建安郡太守，弟埱宜春郡司馬⑤。德宗雅尚文學，注意是選，乘輿每幸學士院，顧問錫賚，無所不至，御饌珍肴，輟而賜之。又嘗召對於玉堂，移院於金鑾殿，對御起草⑥，詩賦唱和，或旬日不出。吴通微昆季同時擢用⑦，與陸贄争恩不叶，甚於水火，天下醜之。貞元三年，贄上疏曰：「伏詳舊式及國朝典故⑧，凡有詔令，合由於中書⑨。如或墨制施行，所司不須承受，蓋所以示王者無私之義，爲國家不易之規。貞觀中，有學士一十八人，太宗聽朝之餘，但與講論墳籍，時務得失，悉不相干。實録之中，具載其事。玄宗末方置翰林，張垍因緣國親，特承寵遇，當時之議，以爲非宜。然止於唱和文章，批答表疏，其於樞密輒不知⑩。肅宗在靈武、鳳翔，事多草創，權宜濟急，遂破舊章，翰林之中，始掌書詔。因循未革，以迄於今⑪，歲月滋深，漸逾職分。頃者物議尤所不平，皆云學士是天子私人，侵敗綱紀⑫，致使聖代虧至公之體，宰相有備位之名⑬。陛下若俯順人情，大革前弊，凡在詔敕⑭，悉歸中書，遠近聞之，必稱至當。若未能變改⑮，且欲因循，則學士年月校深⑯，稍稍替換，一者謗議不積，二者氣力不衰，君臣之間，庶全終始⑰。事關國體，不合不言。」疏奏不納。雖徵據錯謬，然識者以爲知言。貞元末，其任益重，時人謂之内相。而上多疑忌，動必拘防，有守官十三考而不遷⑱，故當時言内職者榮滯相半⑲。及順宗不懌⑳，儲位未立，王叔文起於非類，竊學士之名，内連牛美人、李忠言，外結姦黨，取兵柄，弄神器，天下震駭。是時鄭絪爲内庭之老，首定大計。今上即位，授絪中書侍郎平章事㉑。初，姜公輔行在命相，及就第而拜之。

至李吉甫除中書侍郎平章事，適與裴垍同直。裴垍草吉甫制㉒，吉甫草武元衡制，垂簾揮翰，兩不相知。至暮，吉甫有歎惋之聲，垍終不言，書麻尾之後，乃相慶賀，禮絶之敬，主於座中㉓。及明，院中使學士送至銀臺門，而相府官吏候於門外，禁署之盛，未之有也。

〔校〕

① 日　説郛五一、歷代小史一二、守約作「自」。
② 爲急　説郛九〇作「大約爲甚」。
③ 中書　四庫、翰苑下有「門下」二字。
④ 張　翰苑庫本作「垍」。之咎：説郛五一、歷代小史一二、守約作「之告」。四庫、翰苑作「告之」。
⑤ 埱　説郛九〇作「椒」，四庫、翰苑作「埱」。四庫至此與上一節併成一節。翰苑此下另分一節。
⑥ 歷代小史一二此下另分一節。
⑦ 微　守約作「徵」。

⑧ 舊　說郛五一、歷代小史一二、守約作「今」，四庫、翰苑作「令」。

⑨ 合　翰苑庫本作「令」。

⑩ 知　四庫、守約、翰苑前有「預」字。

⑪ 迄　四庫、翰苑作「至」。

⑫ 綱紀　守約二字互乙。

⑬ 相　翰苑齋本作「臣」。

⑭ 詔　說郛九〇作「誥」。

⑮ 改　守約作「革」。

⑯ 校　四庫、翰苑庫本作「較」。

⑰ 全　說郛九〇作「存」。終始：守約二字互乙。

⑱ 守官　四庫二字互乙。

⑲ 榮　四庫、翰苑前有「多」字。

⑳ 懌　四庫、翰苑作「豫」，當據改。

㉑ 授　說郛五一、歷代小史一二作「綬」。守約、翰苑以下另作一節。

㉒ 裴　四庫無此字。

㉓ 主　四庫、守約、翰苑作「生」。

8 凡學士無定員，皆以他官充，下自校書郎，上及諸曹尚書，皆爲之。所入與班行絶跡，不拘本司，不繫朝謁。常參官二周爲滿歲，則遷知制誥。一周歲爲遷官，則奏就本司判記上月日。北省官，宰相送；南省官，給、舍、丞、郎送上。①興元元年敕翰林學士朝服序班，宜準諸司官知制誥例。凡初遷者，中書、門下召令右臺門候旨②。其日入院，試制書答共三首，詩一首，自張仲素後加賦一首。試畢封進，可者翌日受宣，乃定，事下中書、門下，於麟德殿候對，同院賜宴③，營幕使宿設帳幕茵褥④，尚食供饌⑤，酒坊使供美酒，是爲敕設序立。拜恩訖，候就宴，又賜衣一副、絹二十疋⑥，飛龍司借馬一疋⑦。旬日，又進文一軸⑧，内庫給青綺錦被、青綺方褡、青綾單帊、漆通中枕、銅鏡、漆奩、象篦、大小象梳⑨、漆箱、銅𥵽⑩、羅銅、鞘椀、紫絲履、白布手巾、畫木架床、爐銅案席、氈褥之類畢備。内諸司供饍飲之物，主饍四人掌之。内園官一户，三人以供使，令其所乘馬送迎於掛仗門内⑫，擴門之西⑬，度支月給手力資四人⑭，人錢三千五百，四品已上加一人。每歲内賜春服物三十疋，暑服物三十疋⑮，緜七屯。寒食，節料三十疋⑯，酒飴、杏酪⑰、粥屑、肉餤⑱。清明，火二社，蒸餭。端午，衣一副，金花銀器一事，百索一軸，青團鏤竹大扇一柄，角糉三服，沙蜜⑲。重陽，酒餹粉餻⑳。冬至，歲酒，兔、野雞。其餘時果、新茗、瓜、新曆，是爲經制。直日就須授㉑，下直就第賜之。凡内宴，坐次宰相，坐居一品班之上，别賜酒食珍果，與宰相同，賜帛二十疋、金花銀器一事。貞元四年敕，晦日、上巳、重九節㉒，百寮宴樂，翰林學士每節賜錢一百千，其日奏選勝而會賜酒脯茶果。明年廢晦日，置中和節，宴樂如之。非凶年、旱歲、兵革，則每歲爲常。

〔校〕

① 四庫、翰苑齋本至此分節。

② 右　四庫、翰苑下有「銀」字。

③ 同　四庫、守約、翰苑作「本」。

④ 茵　説郛五一、歷代小史一二、四庫、守約、翰苑作「圖」。

⑤ 供饌　説郛九〇作「使供珍饌」。

⑥ 二十疋　四庫、守約、翰苑齋本作「三十匹」。

⑦借　説郛九〇作「供」。

⑧又　翰苑庫本作「人」。

⑨象篦大小　説郛九〇作「大小象篦」。

⑩柒　四庫、翰苑作「𣓌」。

⑫擗　歷代小史一二作「一」。

⑬擴　四庫、翰苑作「横」。

⑭手力　翰苑齋本二字互乙。

⑮物　四庫、翰苑無此字。

⑯料　四庫、翰苑下有「物」字。

⑰酪　歷代小史一二作「酩」。

⑱肉　翰苑庫本作「飲」。餤：翰苑作「啖」。

⑲沙　四庫、翰苑作「粆」。

⑳粉餻　翰苑庫本二字互乙。

㉑須　四庫作「班」，翰苑作「頒」，當作「頒」。

㉒九　四庫、翰苑作「陽三」。

9 凡正、冬至不受朝，俱入進名奉賀。大忌，進名奉慰，其日尚食供素饌，賜茶十串。

10 凡郊廟大禮，乘輿行幸，皆設幕次於御幄之側，侍從親近，人臣第一。御含元殿、丹鳳樓，則二人於宫中乘馬，別駕出殿門①，徐出就班。大慶賀則俱出就班。

〔校〕

① 別　四庫、守約、翰苑作「引」。

11 凡當直之次，自給、舍、丞、郎入者，三直無儤。自起居、御史、郎官入，五直一儤。其餘雜入者，十直三儤。新遷官一直，服價名於次之中減半①，著爲別條，例題於北壁之西閣。

〔校〕

① 服價　四庫、翰苑庫本作「報儤」。

12 凡交直，候内朝之退，不過辰巳，入者先之，出者後之。直者踈數，視人之衆寡，事之勞逸，隨時之動静。凡節國忌，授衣二分，田假之令不霑①。有不時而集，併夜而宿者，或内務不至，外喧已寂，可以探窮理養性浩然之氣②。故前輩傳楞伽經一本，函在屋壁，每下直，出門相謔，謂之「小三昧」，出銀臺乘馬，謂之「大三昧」，如釋氏之去纏縛而自在也。北廳前堦有花塼道，冬中日及五塼爲入直之候③。李程性懶，好晚入，恒過八塼乃至④，衆呼爲八塼學士。

〔校〕

① 田　四庫、翰苑庫本作「旬」。

② 養性　四庫、守約、翰苑二字互乙。浩：四庫作「潔」。

③ 日　説郛九〇作「日影」。

④ 恒　説郛九〇作「日」。

13 元和已後，院長一人，别敕承旨①，或密受顧問，獨召對②，數居北壁之東閤，號爲承旨閤子。其屋棟别列名爲政事④。駕在大内，即於明福門置院。駕在興慶宫，則於金明門内置院。今在右銀臺門之北第一門⑤，向牓曰翰林之門⑥。其制高大重複，號爲胡門⑦。入門直西爲學士院，即開元十六年所置也⑧。引鈴於外，惟宣事入。其北門爲翰林院。又北爲少陽院，東屋三院，西廂之結麟樓，南西並禁軍署。有高品二人知院事⑨，每日晚執事於思政殿，退而傳旨。小使衣緑黄青者逮至十人，更番守曹。南廳五間⑩，本學士騎馬都尉張垍飾爲公主堂⑪，今東西間前架⑫，高品使居之。中架爲藏書南庫，西三間前架中三洞，谿設榻⑬，受制旨印書詔⑭，一時會食之所。四辟列制敕例名數⑮，其中使置博一局印櫃⑯，中間爲北一户架，東西各一間，學士居壁之⑰。出北門，横屋六間，當北廳通廊⑱，東西二間爲藏書北庫⑲，其二庫書各有録，約八千卷，小使主之。西三間書官居之，號曰待制。北廳五間⑳，東一間是丞旨閤子，並學士雜處之。題記名氏存於壁者㉑，自吕問始㉒。建中已後，年月遷换，乃爲周悉。南北二廳，皆有懸鈴，以示呼召㉓。前庭之南，横屋七間，小使居之，分主實牘㉔、詔草、紙筆之類。又西南爲高品使之馬厩，北爲寶庫㉕，庫北小扳廊㉖，抵於北廳。西舍之南㉗，其一門待詔戴小平嘗處其中，死而復生，因弊爲南向之宇㉘，畫山水樹石㉙，號爲畫堂㉚。次二間，貯遠歲詔草及制舉詞策。又北迴而東，並待詔居之。又東盡於東垣，爲典主堂待詔之職，執筆硯以俟書寫㉛，多至五六員，其選以能不以地㉜，故未嘗用士人。自王伾得志，優給頗厚，率三歲一轉官，有至四品登朝者，虛廊曲壁，多畫怪石松鶴㉝。北廳之西南小樓，王涯率人爲之，院内古槐松、玉蘂藥樹、柿子、木瓜、庵羅峘山、桃、杏、李㉞、櫻桃、紫薔薇、辛夷、蒲萄、冬青玫瑰、凌霄牡丹、山丹芍藥、石竹紫花、蕪菁青菊㉟、商陸蜀葵㊱、萱草紫苑㊲，諸學士至者雜植其間㊳，殆至繁溢。元和十二年，肇自監察御史入。明年四月，改左補闕，依職守㊴。中書舍人張仲素、祠部郎中知制誥段文昌、改司勳員外杜元穎㊵、司門員外郎沈傳師在焉。是時睿宗文武皇帝裂海、岱十二州爲三道之歲㊶，時以居翰苑，皆謂凌玉清、遡紫霄㊷，豈止於登瀛洲哉，亦曰玉署㊸、玉堂焉。

〔校〕

① 丞　翰苑庫本作「承」，下同。

② 召　守約作「占」。

③ 歇　説郛九〇、五一作「賜」。

④ 爲政　四庫、守約、翰苑作「焉故」。政事：説郛九〇下有「堂」字。

⑤ 右銀臺門　四庫無「右」字，説郛九〇、翰苑庫本無「門」字。

⑥ 牓　四庫、翰苑庫本前有「闕」字。

⑦ 胡　翰苑庫本作「北」。

⑧ 十　翰苑庫本作「二十」。

⑨ 品　四庫、守約、翰苑下有「使」字。

⑩ 廳　説郛九〇作「序」。

⑪ 騎　説郛九〇、四庫、翰苑作「騑」，當據改。

⑫ 西　守約作「三」。

⑬ 谿　四庫、翰苑作「各」。守約「谿」下有「各」字。

⑭ 印　説郛九〇下有「信」字。

⑮ 辟　四庫、守約、翰苑作「壁」。例：四庫、守約、翰苑前有「條」字。

⑯ 一局　四庫、守約、翰苑二字互乙。櫃：歷代小史一二作「人」。

⑰ 壁　説郛九〇無此字。

⑱ 廳　説郛九〇作「序」。

⑲ 二　説郛九〇、五一作「三」。

⑳ 廳　説郛九〇作「序」。

㉑ 存　翰苑庫本無此字。

㉒ 問　四庫、守約、翰苑作「向」，當據改。

㉓ 示　説郛九〇無此字。

㉔ 實　説郛九〇作「日」，四庫、守約、翰苑作「案」。

㉕ 竇　説郛五一、歷代小史一二、四庫、守約、翰苑作「竇」。

㉖ 庫　説郛九〇下有「之」字。説郛五一、歷代小史一二、四庫、守約、翰苑「庫」作「之」。扳：説郛九〇、五一、歷代小史一二作「攀」，四庫、守約、翰苑作「板」。

㉗ 西　四庫、守約、翰苑齋本前多一「廳」字。

㉘ 弊　説郛九〇作「改」，四庫、守約、翰苑作「敝」。

㉙ 樹石　説郛九〇二字互乙。

㉚ 畫　歷代小史一二作「盡」。

㉛ 俟　守約作「待」。

㉜ 地　説郛九〇作「他」。

㉝ 鶴　翰苑庫本作「屋」。

㉞ 杏李　説郛九〇、四庫、翰苑二字互乙。

㉟ 蕪菁青　説郛九〇作「蔓菁」。

㊱ 商　四庫、翰苑作「當」。蜀：四庫作「茂」，翰苑作「茂」。

㊲ 苑　説郛九〇作「菀」。

㊳ 諸　翰苑作「署」。植：翰苑齋本作「殖」。

㊴ 職　四庫、守約、翰苑前有「舊」字。

㊵ 改司勳員外　四庫、翰苑作「司勳員外郎」。

㊶ 宗　四庫、守約、翰苑作「聖」。

㊷ 居翰苑皆謂凌玉清遡紫霄　説郛六作「登韓苑者謂之凌玉清翔紫霄」。

㊸ 曰　四庫、翰苑下有「登」字。

説郛六另有題作翰林志之佚文三條。翰林舊規云：陸扆撰光院例榜於院堂，云：貴調金鼎，解視草之煩勞；出擁碧幢，釋暖毫之羈束。固人臣之極致，亦翰苑之榮華。至於察風俗於一方，掌貨泉於三使，其爲盛也，抑又次焉。各請出錢用光玉署。又一條云：學士初入院，賜馬一疋，謂之長借馬。大盈庫供帷褥，瓊林庫供梳鏡。翰林盛事云：王勃所至，請託爲文，金帛豐積，人謂心織筆耕。然按新書藝文志，翰苑舊規爲昭宗時翰林學士楊鉅所撰，陸扆亦爲昭宗時人，晚於李肇；翰林盛事出張著之手，内容亦與翰林志體例不類。當是説郛誤入。

附録二　歷代著録與提要

新唐書五八藝文二　乙部史録　雜史類

李肇國史補三卷。翰林學士，坐薦柏耆，自中書舍人左遷將作少監。

崇文總目二　史部　雜史類

國史補三卷，李肇撰。繹按，讀書志、通考並二卷。

郡齋讀書志六　史類總論　雜史類

國史補二卷，右唐李肇撰。起開元，止長慶間事。初，劉餗記元魏迄唐開元事，名曰國朝傳記，故肇續之。

直齋書録解題五　史部　雜史類

國史補三卷，唐學士李肇撰。

通志藝文略三　史類　雜史

國史補三卷，唐李肇撰，雜記開元至長慶間事。

玉海四七藝文　雜史

唐國史補，志李肇國史補三卷，述開元至長慶事，以補史氏之缺。

文獻通考經籍考二三　史部　傳記

國史補二卷，晁氏曰：唐李肇撰。起開元，止長慶間事。初，劉餗記元魏迄唐開元事，名曰國朝傳記，故肇續之。

宋史二〇三藝文二　史類　傳記類

李肇國史補三卷。

菉竹堂書目二　經濟

唐國史補一册。

汲古閣珍藏秘本書目

唐國史補一本，宋本影寫，五錢。

絳雲樓書目一　雜史類

唐國史補一册。三卷。唐李肇撰。起開元，止長慶間事。肇官翰林學士。又嘗撰翰林志。

上善堂書目　名人鈔本

葉石君手鈔國史補三卷。

天禄琳琅書目五　史　元版史部

唐國史補，一函一册。唐李肇撰。分上、中、下三卷。前肇自序。晁公武郡齋讀書志曰：唐李肇撰國史補，起開元，止長慶間事。初，劉餗記元魏迄唐開元事，名曰國朝傳記，故肇續之。考崇文總目於肇國史補外，又載林恩補國史六卷，高若拙後史補三卷，而晁氏讀書志中皆不載，是當時所重者惟肇所補之書。此本密行小字，製甚工整，雖墨光稍遜，而刊手印工咸出上選。目録後有董氏萬卷堂本篆書木記，較元槧他書木記獨精，此書賈中不苟於刻梓者。御題是書採摭開元至長慶故事，以補國史之遺，凡三百有六節，軼事、方言頗資觀覽，其間採取各條，亦間有載入正史者。是序文所云慮正史之或闕，非盡闕也。其字跡刻畫精能，當推爲元本之冠。乾隆御識，鈐寶二：曰「幾暇臨池」，曰「稽古右文之璽」。錢謙益藏本，有「牧翁蒙叟」、「如來真子天子門生」二印。

四庫全書總目提要一四〇　子部　小説家一　雜事之屬

唐國史補三卷，兩江總督採進本，唐李肇撰。肇有翰林志，已著録。此書其官尚書左司郎中時所作也。書中皆載開元至長慶間事，乃續劉餗小説而作。上卷中卷各一百三條，下卷一百二條，每條以五字標題，所載如謂王維取李嘉祐水田白鷺之聯，今李集無之。又記霓裳羽衣曲一條，沈括亦辨其妄。又謂李德裕清直無黨，謂陸贄誣于公異，皆爲曲筆。然論張巡則取李翰之傳，所記左震、李汧、李廙、顔真卿、陽城、歸登、鄭絪、孔戣、田布、鄒待徵妻、元載女諸事，皆有裨於風教。又如李舟天堂地獄之説，楊氏穆氏兄弟賓客之辨，皆有名理。末卷説諸典故，及下馬陵、相府蓮義，亦資考據。餘如摴蒱盧雉之訓，可以解劉裕事；劍南燒春之名，可以解李商隱詩。可採者不一而足。自序謂：「言報應，敘鬼神，徵夢卜，近帷箔，則去之。紀事實，探物理，辨疑惑，示勸戒，採風俗，助談笑，則書之。」歐陽修作歸田録，自稱以是書爲式，蓋於其體例有取云。

孫氏祠堂書目三　史學　傳記

國史補三卷，唐李肇撰。

鄭堂讀書記六三　子部　小説家類　雜事

唐國史補三卷，津逮祕書本。唐李肇撰。肇仕履見職官類。四庫全書著録。新唐志雜史類、崇文目雜史類、讀書志雜史類、書録解題雜史類、通志雜史類、通考傳記、宋志傳記類俱載之。晁氏、馬氏作二卷，字之誤也。先是，劉餗記南北朝迄唐開元事，名曰國朝傳記，故肇作是書以續之，起開元，止長慶間。凡三百有八節，每節標題俱五字，如「魯祀山先子」、「崔顥見李邕」之類。自序稱：「慮史氏或闕則補之意，續傳記而有不爲，」故其書唯擺物理、辨疑似、示勸戒、采風俗、助談笑而已，而于鬼邪、墓卜、報應以及帷箔之事悉去之不載。在唐人小記中最爲近正。學津討原亦收入之。説郛、唐宋叢書均止節録一卷云。

越縵堂讀書記　　子部　小説家類

國史補，唐李肇撰。閱李肇國史補，其言王維有詩名，然好取人文章佳句，「行到水窮處，坐看雲起時」，李華集中詩也；「漠漠水田飛白鷺，陰陰夏木囀黄鸝」，李嘉祐詩也。是未嘗云添漠漠陰陰四字。

藏園群書經眼録八　　子部　雜家類　雜記

唐國史補三卷，唐李肇撰。影寫宋刊本。鈐有毛氏汲古閣印。按此書自津逮祕書本外未見古刊。余取津逮本對勘，字體頗有不同，而文字乃少所更定，惟卷下「内外諸使名」一條，「團練司使」下增二十字，按之寫本，正脱一行。庚申歲獲之蘇估王茂齋手，後爲蔣孟蘋持去。

藏園群書題記八　子部　雜家類　雜記

校唐國史補跋

李肇此書皆紀唐代雜事，上自朝章國故，下及閭里瑣屑諧謔，凡上、中、下三卷，共三百八事。自津逮祕書本以前未見古刊。絳雲樓有宋刊本，見有學集題跋，孫從添上善堂書目有葉石君手鈔本，近世各家藏目中均未見其書，諒亦無可追尋矣。

憶庚申歲，在津沽於王茂齋書估許得見國史補一帙，照宋版摹寫，工麗可翫，鈐有毛氏汲古閣印。愛不忍釋，因以善價得之。暇時偶檢津逮祕書本校勘，字體頗有不同，而詞句乃少所更定。惟卷下「内外諸使名」一條，「團練司使」下增「補有時而置者，則大禮使、禮儀使、禮會使、删定使、三」凡二十字，按之鈔本，正誤失一行。蓋本條所敘諸使名，歷述在朝有太清宫等使，外任則有節度等使，後述臨時特置諸使。若脱去此行，是大禮、删定、三司、會盟、册立諸使皆屬之外任，於官制寧不剌謬耶。雖祇此寥寥二十字，而關係之巨乃如此。夜光一粒，勝於魚目十斗，彼單詞隻字，無關閎旨，縱塗乙盈篇，又奚足貴耶！

今夕檢書於池北書堂，偶披覽及此，忽忽已十有三年。此書後歸之蔣氏密韻樓，近聞儲藏半已散佚，不知流落誰家矣。幸留此校本，異時當寫入群書點勘中，以公諸當世焉。壬申九月二十六日，藏園居士書於長春室。

頃閲太平廣記中引此書者，通一百三十八則，各條以藍筆校改於行間。廣記引書於文字往往删潤，未必盡足據依，然足以供參證者正多，未可盡廢也。別有四條爲今本所無，列目如下：山東士大夫類例、一百八十四。源乾曜、二百二。唐同泰、二百三十八。胡延慶。二百三十八。壬申十月，藏園記。

四庫全書總目提要七九　史部　職官類

翰林志一卷，唐李肇撰。案肇所作國史補結銜題「尚書左司郎中」，此書結銜則題「翰林學士左補闕」。王定保摭言又稱肇爲元和中中書舍人。新唐書藝文志亦云肇爲翰林學士，坐薦柏耆，自中書舍人左遷將作少監。以唐官制考之，蓋自左司改補闕，入翰林，後爲中書舍人，坐事左遷。國史補及此書，各題其作書時官也。唐時翰林院在銀臺門内、麟德殿西、重廊之後，爲待詔之所。新唐書百官志謂「乘輿所在，必有文詞經學之士，下至卜醫伎術之流，皆直於别院，以備燕見」者是也。韋執誼翰林院故事亦謂其地乃天下以藝能伎術見召者之所處。蓋其始本以延引雜流，原非爲文學侍從而設。至明皇置翰林待詔供奉，與集賢院學士分掌制誥，其職始重。後又改爲學士，别置學士院，謂之東翰林院。於是舊翰林院雖尚有以伎能入直，如德宗時術士桑道茂之類，而翰林之名，實盡歸於學士院。歷代相沿，遂爲儒臣定職。肇此書成於元和十四年。唐宋藝文志皆著於録。其記載賅備，本末燦然，於一代詞臣職掌，最爲詳晰。宋洪遵輯翰苑群書已經收入。今以言翰林典故者，莫古於是書，故仍録專本，以存其朔焉。

附録三 參考書目

一、經 部

今人 屈萬里 尚書集釋 臺北：聯經出版事業公司 一九八三年

清 馬瑞辰 毛詩傳箋通釋 北京：中華書局 一九八九年

今人 程俊英、蔣見元 詩經注析 北京：中華書局 一九九一年

清 阮元 十三經注疏 北京：中華書局 一九八〇年

宋 陳暘 樂書 臺北：商務印書館 影印文淵閣四庫全書

二、史 部

漢 司馬遷 史記 北京：中華書局 二〇一三年

漢　班固　漢書　北京：中華書局　一九六二年
宋　范曄　後漢書　北京：中華書局　一九六五年
晉　陳壽　三國志　北京：中華書局　一九五九年
唐　房玄齡等　晉書　北京：中華書局　一九七四年
梁　沈約　宋書　北京：中華書局　二〇一八年
唐　姚思廉　梁書　北京：中華書局　二〇二〇年
唐　姚思廉　陳書　北京：中華書局　一九七二年
唐　魏徵等　隋書　北京：中華書局　二〇一八年
唐　李延壽　南史　北京：中華書局　一九七五年
後晉　劉昫等　舊唐書　北京：中華書局　一九七五年
今人　潘鏞　舊唐書食貨志箋證　西安：三秦出版社　一九八九年
宋　歐陽脩、宋祁等　新唐書　北京：中華書局　一九七五年
今人　趙超　新唐書宰相世系表集校　北京：中華書局　一九九八年
宋　吴縝　新唐書糾謬　北京：中華書局　一九五六年

元　脱脱等　宋史　北京：中華書局　一九七七年
清　趙翼　廿二史札記校證　北京：中華書局　一九八四年
清　湯球　九家舊晉書輯本　上海：商務印書館　一九三六年
宋　司馬光　資治通鑑　北京：中華書局　一九五六年
宋　鄭樵　通志二十略　北京：中華書局　一九九五年
國語　上海：上海古籍出版社　一九七八年
今人　何建章　戰國策注釋　北京：中華書局　一九九〇年
唐　裴庭裕　東觀奏記　北京：中華書局　一九九四年
宋　宋敏求　唐大詔令集　北京：中華書局　二〇〇八年
唐　杜佑　通典　北京：中華書局　一九八八年
宋　王溥　唐會要　上海：上海古籍出版社　二〇〇六年
清　趙鉞、勞格　唐御史臺精舍題名考　北京：中華書局　一九九七年
唐　李林甫　唐六典　北京：中華書局　一九九二年
唐　李肇　翰林志　長塘：知不足齋叢書

北魏　酈道元　清　楊守敬　水經注疏　南京：江蘇古籍出版社　一九八九年
唐　李吉甫　元和郡縣圖志　北京：中華書局　一九八三年
宋　樂史　太平寰宇記　北京：中華書局　二〇〇七年
宋　宋敏求　長安志　臺北：商務印書館　影印文淵閣四庫全書
宋　程大昌　雍録　北京：中華書局　二〇〇二年
宋　談鑰　嘉泰吴興志　上海：上海古籍出版社　續修四庫全書
宋　施宿等　嘉泰會稽志　臺北：商務印書館　影印文淵閣四庫全書
宋　潛説友　咸淳臨安志　臺北：商務印書館　影印文淵閣四庫全書
宋　祝穆　方輿勝覽　北京：中華書局　二〇〇三年
清　李煦　滎陽縣志　一九二六年
清　徐松　唐兩京城坊考　靈石：連筠簃叢書本
今人　李健超　增訂唐兩京城坊考　西安：三秦出版社　二〇〇六年
清　穆彰阿等　大清一統志　臺北：商務印書館　影印文淵閣四庫全書
清　趙之謙等　江西通志　臺北：商務印書館　影印文淵閣四庫全書

宋　趙明誠　金石録校證　桂林：廣西師範大學出版社　二〇〇五年
宋　佚名　寶刻類編　臺北：商務印書館　影印文淵閣四庫全書
宋　王堯臣　崇文總目　上海：商務印書館　一九三七年
宋　晁公武　郡齋讀書志校證　上海：上海古籍出版社　一九九〇年
宋　陳振孫　直齋書録解題　上海：上海古籍出版社　一九八七年
元　馬端臨　文獻通考經籍考　上海：華東師範大學出版社　一九八五年
清　朱彝尊　經義考　北京：中華書局　一九九八年
清　勞格、趙鉞　唐尚書省郎官石柱題名考　北京：中華書局　一九九二年

三、子　部

唐　王燾　外臺秘要方　臺北：商務印書館　影印文淵閣四庫全書
明　朱橚　普濟方　臺北：商務印書館　影印文淵閣四庫全書
明　王肯堂　證治準繩　臺北：商務印書館　影印文淵閣四庫全書

清 允禄等 欽定協紀辨方書 臺北：商務印書館 影印文淵閣四庫全書
宋 陳思 書苑菁華 臺北：商務印書館 影印文淵閣四庫全書
唐 封演 封氏聞見記校注 北京：中華書局 二〇〇五年
今人 胡道静 新校正夢溪筆談 香港：中華書局 一九七五年
宋 蘇軾 東坡志林 臺北：商務印書館 影印文淵閣四庫全書
宋 曾慥 今人 王汝濤 類説校注 福州：福建人民出版社 一九九六年
宋 程大昌 演繁露 叢書集成初編本 北京：中華書局 一九九一年
宋 吴曾 能改齋漫録 上海：中華書局上海編輯所 一九六〇年
宋 洪邁 容齋隨筆 上海：上海古籍出版社 一九九六年
元 陶宗儀 説郛 上海：上海古籍出版社 一九八八年
清 勞格 讀書雜識 上海：上海古籍出版社 續修四庫全書
唐 林寶 今人 岑仲勉 元和姓纂附四校記 北京：中華書局 一九九四年
宋 鄧名世 古今姓氏書辯證 南昌：江西人民出版社 二〇〇六年
宋 李昉等 太平御覽 北京：中華書局 一九六〇年

宋　王欽若等　册府元龜　北京：中華書局　一九六〇年
宋　王應麟　玉海　揚州：廣陵書社　二〇〇三年
明　顧起元　説略　臺北：商務印書館　影印文淵閣四庫全書
明　解縉等　永樂大典　北京：中華書局　一九八六年
唐　張鷟　朝野僉載　北京：中華書局　一九七九年
唐　李肇　今人　常鵬　唐國史補校箋　新北：花木蘭文化出版社　二〇一五年
唐　劉餗　隋唐嘉話　北京：中華書局　一九七九年
唐　劉肅　大唐新語　北京：中華書局　一九八四年
唐　段成式　酉陽雜俎　北京：中華書局　一九八一年
唐　趙璘　因話録　臺北：世界書局　一九七八年
唐　范攄　雲溪友議　上海：商務印書館　一九三九年
唐　薛用弱　集異記　北京：中華書局　一九八〇年
五代　王定保　唐摭言　上海：商務印書館　一九三六年
五代　何光遠　鑑誡録　長塘：知不足齋叢書本

宋　李昉等　太平廣記　北京：中華書局　一九六一年
宋　錢易　南部新書　北京：中華書局　二〇〇二年
宋　王闢之　澠水燕談録　北京：中華書局　一九八一年
宋　文瑩　玉壺清話　北京：中華書局　一九八四年
宋　王讜　今人　周勛初　唐語林校證　北京：中華書局　一九八七年
宋　周煇　今人　劉永翔　清波雜志校注　北京：中華書局　一九九四年
明　葉盛　水東日記　北京：中華書局　一九八〇年
梁　釋慧皎　高僧傳　北京：中華書局　一九九二年
宋　贊寧　宋高僧傳　北京：中華書局　一九八七年
續藏經　臺北：新文豐出版公司　一九九三年
宋　張君房　雲笈七籤　臺北：自由出版社　一九八九年

四、集　部

唐　張説　張燕公集　上海：上海古籍出版社　一九九二年

唐　張九齡　今人　熊飛　張九齡集校注　北京：中華書局　二〇〇八年

唐　元結　元次山集　北京：中華書局　一九六〇年

唐　李華　李遐叔文集　臺北：商務印書館　影印文淵閣四庫全書

唐　權德輿　權載之文集　四部叢刊初編　上海：上海書店　一九八五年

唐　韓愈　近人　馬其昶　韓昌黎文集校注　上海：上海古籍出版社　一九八六年

唐　柳宗元　柳河東集　北京：中華書局　一九五八年

唐　劉禹錫　劉禹錫集　北京：中華書局　一九九〇年

唐　元稹　元稹集　北京：中華書局　一九八二年

唐　白居易　白居易集　北京：中華書局　一九七九年

唐　李德裕　李衛公會昌一品集　上海：商務印書館　一九三六年

梁　蕭統　文選　上海：上海古籍出版社　一九八六年

唐　元結、殷璠等　唐人選唐詩十種　上海：上海古籍出版社　一九七八年

宋　李昉等　文苑英華　北京：中華書局　一九六六年

宋　郭茂倩　樂府詩集　北京：中華書局　一九七九年

清　彭定求等　全唐詩　北京：中華書局　一九六〇年
清　董誥等　全唐文　北京：中華書局　一九八三年
宋　計有功　今人　王仲鏞　唐詩紀事校箋　北京：中華書局　二〇〇七年
宋　葛立方　韻語陽秋　上海：上海古籍出版社　一九八四年
明　胡震亨　唐音癸籤　上海：上海古籍出版社　一九八一年

五、今人論著

岑仲勉　唐史餘瀋　北京：中華書局　二〇〇四年
岑仲勉　突厥集史　北京：中華書局　一九五八年
孟二冬　登科記考補正　北京：北京燕山出版社　二〇〇三年
郁賢皓　唐刺史考全編　合肥：安徽大學出版社　二〇〇〇年
嚴耕望　唐僕尚丞郎表　上海：上海古籍出版社　二〇〇七年
吴廷燮　唐方鎮年表　北京：中華書局　一九八〇年

戴偉華　唐方鎮文職僚佐考　桂林：廣西師範大學出版社　二〇〇七年
嚴耕望　唐代交通圖考　上海：上海古籍出版社　二〇〇七年
鄒逸麟　中國歷史地理概述　上海：上海教育出版社　二〇〇五年
傅璇琮　唐才子傳校箋　北京：中華書局　一九八七年
孫望　元次山年譜　上海：古典文學出版社　一九五七年
周紹良　唐代墓誌彙編　上海：上海古籍出版社　一九九二年
周紹良　唐代墓誌彙編續集　上海：上海古籍出版社　二〇〇一年
湯用彤　漢魏兩晉南北朝佛教史　北京：北京大學出版社　一九九七年
傅璇琮　唐五代人物傳記資料綜合索引　北京：中華書局　一九八二年
方積六、吴冬秀　唐五代五十二種筆記小説人名索引　北京：中華書局　一九九二年
二十五史紀傳人名索引　上海：上海古籍出版社、上海書店　一九九〇年
臧勵龢等　中國人名大辭典　上海：上海書店　一九八〇年
陳垣　二十史朔閏表　北京：中華書局　一九六二年
周勛初　唐代筆記小説敘録　南京：鳳凰出版社　二〇〇八年

譚其驤　中國歷史地圖集　北京：中國地圖出版社　一九八二年
任育才　唐德宗奉天定難及其史料之研究　臺北：中國學術著作獎助委員會　一九七〇年
楊劍橋　漢語音韻學講義　上海：復旦大學出版社　二〇〇五年
李樹桐　唐史新論　臺北：中華書局　一九七二年
賈鴻源　唐國史補執金吾鋪官圍外獻疑　陝西歷史博物館館刊　第二二輯　二〇一五年

志雅堂雜鈔　雲煙過眼録　澄懷録

〔宋〕周密

大唐傳載（外三種）

不著撰人　〔唐〕張固　〔唐〕李濬　〔唐〕李綽

劉賓客嘉話録

〔唐〕韋絢

唐國史補校注

〔唐〕李肇

唐摭言校證

〔五代〕王定保

賓退録

〔宋〕趙與旹

丁晉公談録（外三種）
〔宋〕潘汝士　〔宋〕夷門君玉
〔宋〕孫升口述　〔宋〕劉延世筆録
〔宋〕孔平仲

奉天録（外三種）
〔唐〕趙元一　〔唐〕佚名　〔南唐〕尉遲偓
〔南唐〕劉崇遠

靖康緗素雜記
〔宋〕黄朝英

夢溪筆談
〔宋〕沈括

愧郯録
〔宋〕岳珂

錢塘遺事校箋考原
〔宋〕劉一清

曾公遺録
〔宋〕曾布

儒林公議
〔宋〕田況

雲溪友議校箋
〔唐〕范攄

嬾真子録校釋
〔宋〕馬永卿

王文正公筆録
〔宋〕王曾

王文正公遺事　清虚雜著三編
〔宋〕王素　〔宋〕王鞏

酉陽雜俎
〔唐〕段成式

新輯實賓録
〔宋〕馬永易

麟臺故事校證
〔宋〕程俱

師友談記　曲洧舊聞　西塘集耆舊續聞
〔宋〕李廌　〔宋〕朱弁　〔宋〕陳鵠

墨莊漫録　過庭録　可書
〔宋〕張邦基　〔宋〕范公偁　〔宋〕張知甫

侯鯖録　墨客揮犀　續墨客揮犀
〔宋〕趙令畤　〔宋〕彭□輯

北夢瑣言
〔五代〕孫光憲

南部新書
〔宋〕錢易

范成大筆記六種
〔宋〕范成大

容齋隨筆
〔宋〕洪邁

封氏聞見記校注
〔唐〕封演

開元天寶遺事　安禄山事迹
〔五代〕王仁裕　〔唐〕姚汝能

朝野類要
〔宋〕趙升

後山談叢　萍洲可談
〔宋〕陳師道　〔宋〕朱彧

愛日齋叢抄　浩然齋雅談　隨隱漫録
〔宋〕葉寘　〔宋〕周密　〔宋〕陳世崇

蘇氏演義（外三種）
〔唐〕蘇鶚　〔五代〕馬縞　〔唐〕李匡文

〔唐〕李涪

教坊記（外三種）
〔唐〕崔令欽　〔唐〕李德裕　〔唐〕鄭綮

〔唐〕段安節

桯史
〔宋〕岳珂
游宦紀聞　舊聞證誤
〔宋〕張世南　〔宋〕李心傳
鐵圍山叢談
〔宋〕蔡絛
四朝聞見録
〔宋〕葉紹翁
春渚紀聞
〔宋〕何薳
蘆浦筆記
〔宋〕劉昌詩
鶴林玉露
〔宋〕羅大經
湘山野録　續録　玉壺清話
〔宋〕文瑩

泊宅編
〔宋〕方勺
老學庵筆記
〔宋〕陸游
西溪叢語　家世舊聞
〔宋〕姚寬　〔宋〕陸游
石林燕語
〔宋〕葉夢得　〔宋〕宇文紹奕考異
雲麓漫鈔
〔宋〕趙彦衛
鷄肋編
〔宋〕莊綽
清波雜志校注
〔宋〕周煇
建炎以來朝野雜記
〔宋〕李心傳

唐宋史料筆記叢刊　書目

隋唐嘉話　朝野僉載
〔唐〕劉餗　〔唐〕張鷟
明皇雜録　東觀奏記
〔唐〕鄭處誨　〔唐〕裴庭裕
大唐新語
〔唐〕劉肅
唐語林校證
〔宋〕王讜
東齋記事　春明退朝録
〔宋〕范鎮　〔宋〕宋敏求
澠水燕談録　歸田録
〔宋〕王闢之　〔宋〕歐陽脩
龍川略志　龍川別志
〔宋〕蘇轍
東坡志林
〔宋〕蘇軾

默記　燕翼詒謀録
〔宋〕王銍　〔宋〕王林
涑水記聞
〔宋〕司馬光
東軒筆録
〔宋〕魏泰
青箱雜記
〔宋〕吴處厚
齊東野語
〔宋〕周密
癸辛雜識
〔宋〕周密
邵氏聞見録
〔宋〕邵伯温
邵氏聞見後録
〔宋〕邵博

人名索引

F

G

H

X

Z